古典手帖 源氏物語

角川選書ビギナーズ

針本正行
室城秀之
鈴木裕子
編

角川選書
1203

まえがき

みなさんは、『源氏物語』にどのようなイメージをいだいていますか。

光源氏の多彩な恋物語というイメージでしょうか。あるいは、光源氏の恋の相手として魅力的な女性たちが描かれるはなやかな王朝絵巻といったものでしょうか。

それは間違っているとは言いませんが、『源氏物語』に語られているのは恋だけではありません。平安時代の貴族社会での政治権力をめぐる駆け引きや家族関係の問題、誰もがいずれ直面する老病死の悩みなど多様なテーマを見つけられるでしょう。現代の私たちにも通じる問題意識やその解決のためのヒントを見出せるかもしれません。

また、光源氏は決して完璧な人物ではありません。人を傷つけたり、過ちを犯したりもしますし、孤独や挫折も味わいます。光も影もある人生が語られているのです。現実でも、欠点のない人などいないのと同じです。そう思うと、親しみを覚えませんか。

もちろん、千年も昔に書かれた古典作品ですから、現代とは異なる考え方や慣習なども描かれていますし、現代社会では許されないことも描かれています。でも、過去の積み重なりの上に現代があり、未来が開けていくのですから、古い時代を知ることは、今の時代を理解し、私たちの人生を豊かにすることにも繋がるはずです。

このような『源氏物語』の魅力を味わうために、本当は、原文で読んで、描かれている人の心や言葉に触れることをお勧めしたいのです。でも、五十四帖と長大で言葉も難しく、読み解くのはそう容易ではありません。原文を読むのはハードルが高い、と思ってためらっている人も多いでしょう。本書は、『源氏物語』の世界へと初めの一歩を踏み出そうとする人のために、ガイドブックとして役立つ一冊になるはずです。

本書の構成は、次のようになっています。まず、巻ごとの概要、そして主要登場人物の紹介、最後に年立の三部から成っています。また、あらすじでは説明しきれない要点や読みどころ、鑑賞の手引きとなる事柄などをコラムとして適宜差し挟みました。どこから読んでも構いません。見出しから興味をいだいた巻のあらすじや、関心のある登場人物の紹介から読んでみるというのはどうでしょうか。そうして『源氏物語』の世界に親しみ、どの巻でもよいので、原文を読むきっかけになりますように！

なお、本書は、秋山虔《けん》先生と室伏信助先生の監修による『源氏物語大辞典』の編集の際に討議したことなどがもとになっています。両先生ともに鬼籍に入られましたが、『源氏物語大辞典』編集委員会を引き継いでの成果として、お名前を記しました。

目次

コラム

※「各巻について」の見出し下の数字は、登場人物それぞれの年齢を示す。
※系図の人名についた▼は、その巻の始まる時点で故人であることを示し、人間関係を表す線のうち点線は、隠された実の親子関係を示す。

図版クレジット（番号は巻の番号）

イラスト／三角亜紀子

1・3・5・6・8・10・11・12・15・17・18・19・21・24・25・28・29・31・34・36・38・40・41・43・44・45・48・49・50・51・53・54

有職図版／須貝稔

4・37・38・45・49・50

巻末年立・系図作成／小林美和子

『源氏物語色紙貼混交屛風』（斎宮歴史博物館蔵）

2・7・9・13・14・23・26・27・30・33・35・37・39・42・46・47・50

『承応絵入版本』　11・22・32・52

『久我家嫁入り本源氏物語』（國學院大學図書館蔵）　4・16

『源氏物語画帖』（京都国立博物館蔵）　20

各巻について

第一

桐壺《きりつぼ》

主人公の誕生

光源氏……誕生～12
藤壺の宮……6～17
葵の上……5～16

桐壺帝《きりつぼてい》の御代《みよ》に、帝《みかど》の寵愛《ちょうあい》が深い更衣《こうい》※（桐壺の更衣）がいた。父はすでに亡く、しっかりした後ろ盾もないまま、帝の寵愛を独占していたために、ほかの女御《にょうご》や更衣たちの妬《ねた》みをかっていた。

しばらくして、第二皇子（光源氏）が生まれた。第一皇子（後の、朱雀帝《すざくてい》）の母弘徽殿《こきでん》の女御をはじめ、女御や更衣たちの心は穏やかではない。

桐壺の更衣は、第二皇子が三歳で袴着《はかまぎ》※をした年の夏に亡くなり、桐壺帝は深い悲しみに沈んだ。その翌年に、

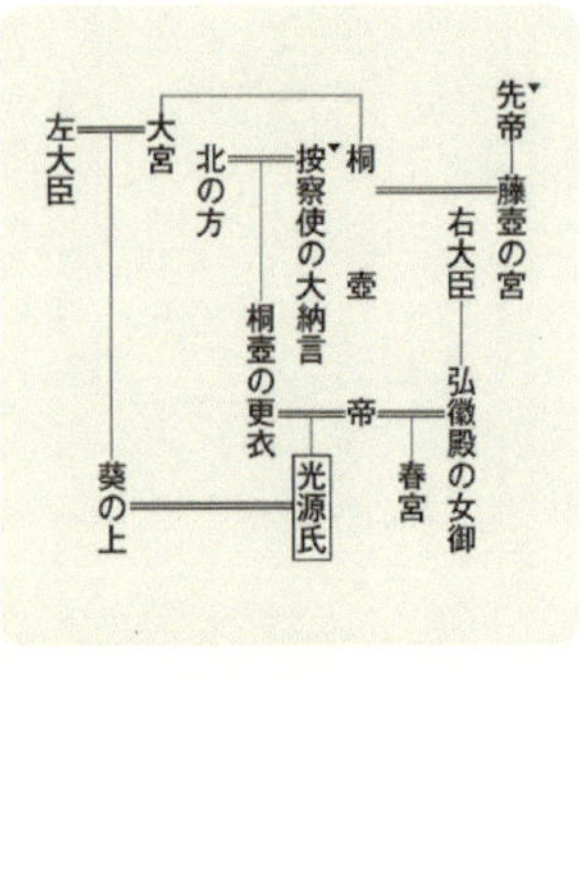

第一皇子が春宮《とうぐう》になった。第二皇子が六歳の年、桐壺の更衣の母も亡くなった。その後、桐壺帝は、高麗人《こまうど》たちの、第二皇子が帝となると国が乱れるかもしれないという観相《かんそう》をもとに、第二皇子を臣籍《しんせき》に降下《こうか》させて源氏とした。

時がたっても亡き桐壺の更衣を忘れられない帝は、桐壺の更衣にそっくりな※藤壺《ふじつぼ》の宮（先帝《せんだい》の四の宮）を入内《じゅだい》させた。光源氏は、母に似ているという藤壺の宮を慕った。世間の人々は、光源氏を「光君」、藤壺の宮を「輝く日(妃《ひ》)の宮」と呼んだ。

桐壺帝は、一刻も早く生まれた子を見たいと参内を急がせた。

光源氏は十二歳で元服し、四歳年上の左大臣家の一人娘（葵《あおい》の上）と結婚した。しかし、光源氏は、母に似た藤壺の宮を恋い慕い、藤壺の宮のような人を自邸である二条の院に迎えたいと思うようになった。

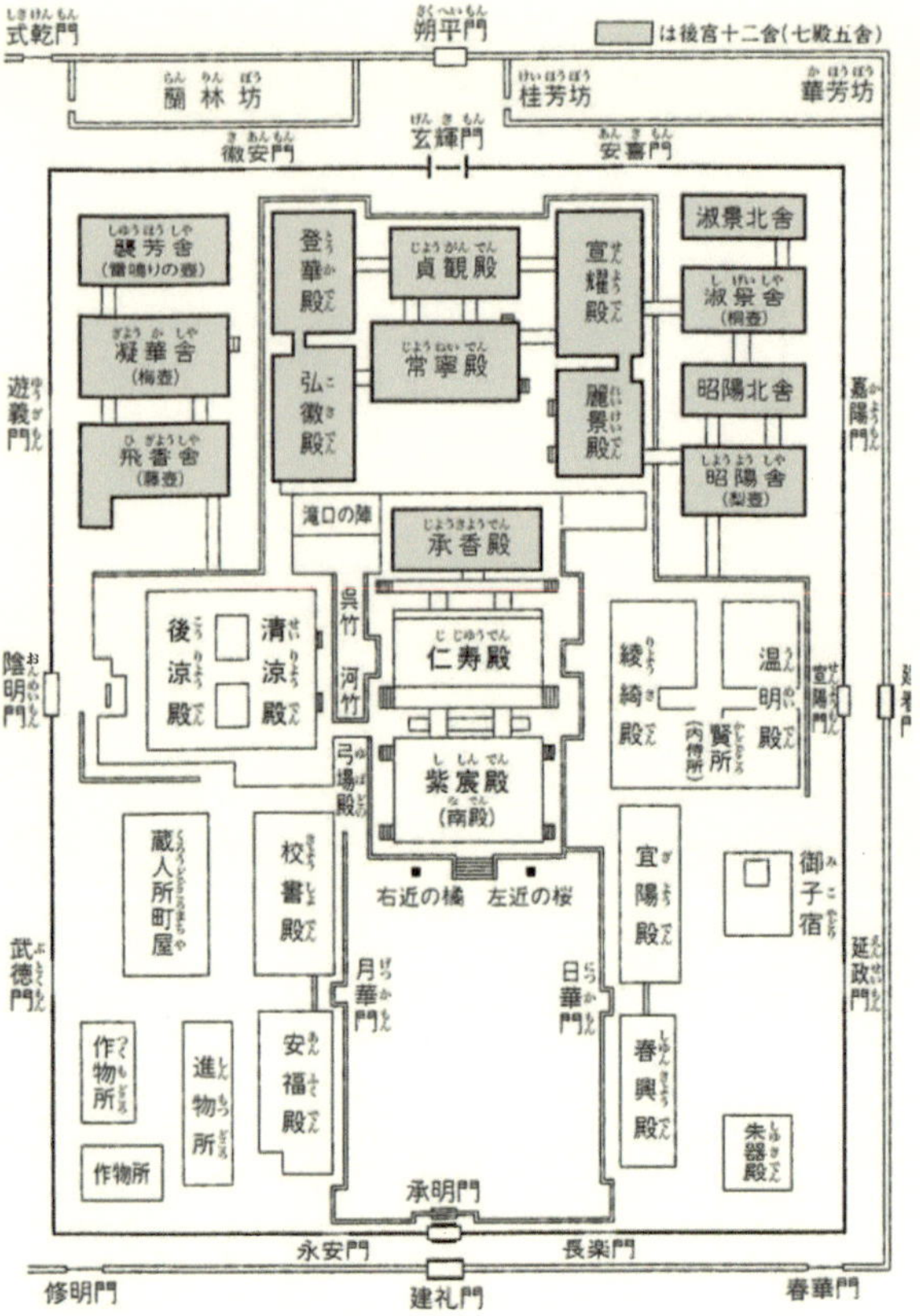

式乾門《しきけんもん》
朔平門《さくへいもん》
は後宮十二舎（七殿五舎）
蘭林坊《らんりんぼう》
桂芳坊《けいほうぼう》
華芳坊《かほうぼう》
玄輝門《げんきもん》
徽安門《きあんもん》
安喜門《あんきもん》
襲芳舎《しゅうほうしゃ》
（雷鳴りの壺）
凝華舎《ぎょうかしゃ》
（梅壺）
飛香舎《ひぎょうしゃ》
（藤壺）
登華殿《とうかでん》
貞観殿《じょうがんでん》
常寧殿《じょうねいでん》
弘徽殿《こきでん》
宣耀殿《せんようでん》
麗景殿《れいけいでん》
淑景北舎
淑景舎《しげいしゃ》
（桐壺）
昭陽北舎
昭陽舎《しょうようしゃ》
（梨壺）
遊義門《ゆうぎもん》
嘉陽門《かようもん》
滝口の陣
承香殿《じょうきょうでん》
呉竹
河竹
後涼殿《こうりょうでん》
清涼殿《せいりょうでん》
仁寿殿《じじゅうでん》
陰明門《おんめいもん》
綾綺殿《りょうきでん》
温明殿《うんめいでん》
賢所《かしこどころ》
（内侍所）
宣陽門《せんようもん》
弓場殿《ゆばどの》
紫宸殿《ししんでん》
（南殿《なでん》）
右近の橘
左近の桜
蔵人所町屋《くろうどどころまちや》
校書殿《きょうしょでん》
宜陽殿《ぎようでん》
御子宿《みこやどり》
武徳門《ぶとくもん》
延政門《えんせいもん》
月華門《げっかもん》
日華門《にっかもん》
作物所《つくもどころ》
進物所《しんもつどころ》
安福殿《あんぷくでん》
春興殿《しゅんきょうでん》
作物所
朱器殿《しゅきでん》
承明門
永安門
長楽門
修明門
建礼門
春華門

内裏図

※桐壺の更衣　桐壺に住んでいた更衣。「桐壺」は、後宮五舎の一つで、淑景舎《しげいしゃ》の異称。壺（中庭）に桐が植えてあった。淑景舎・淑景北舎から成る。

※袴着　コラム31（133ページ）参照。

※藤壺の宮　藤壺に住んでいたための呼称。「藤壺」も後宮五舎の一つで、飛香舎《ひぎょうしゃ》の異称。壺に藤が植えてあった。

コラム1　天皇の妻たち

「桐壺」の巻の冒頭は、桐壺帝《きりつぼてい》に女御《にょうご》と更衣《こうい》が大勢いたと語っています。女御と更衣は、妃《きさき》のことです。女御は摂政《せっしょう》・関白や大臣などの娘が、更衣は大納言以下の公卿《くぎょう》の娘がなりました。

天皇のもとに入内《じゅだい》した娘が皇子を生み、その皇子が天皇になると、外戚《がいせき》として政治的な力を持つことができたので、貴族たちは自分の娘を次々と天皇の妃にして、皇子の誕生を願ったのです。

天皇の妃には、ほかに皇后（中宮《ちゅうぐう》）がいるのですが、『源氏物語』の始まりの時点では、まだ皇后がいませんでした。後に皇后（中宮）になったのは、桐壺の更衣が亡くなった後に入内した藤壺《ふじつぼ》の宮でした。桐壺帝は、藤壺の宮が第十皇子（後の、冷泉帝《れいぜいてい》）を生んだことで、皇子の将来を考えて、藤壺の宮を立后《りっこう》させたのです。第一皇子の母である弘徽殿《こきでん》の女御は心穏やかではなく、藤壺の宮や光源氏に敵意をつのらせることになるのです。

第二

帚木《ははきぎ》

女性を語る男たち

光源氏……17
藤壺の宮……22
葵の上……21
空蝉……年齢未詳

光源氏の元服から五年がたった。五月雨《さみだれ》が続く夏の夜、宮中の宿直所《※とのいどころ》で、光源氏は、頭《とう》の中将と、女性について語っていた。そこへ左の馬頭《うまのかみ》と藤式部丞《とうしきぶのじょう》も加わって、それぞれの体験談も含めた女性論を語った。光源氏は、専ら聞き役だった。この雨夜の品定めで、光源氏は、中《なか》の品《しな》（中流階級）の女性の中にもすぐれた人がいると知って、興味を懐《いだ》く一方、藤壺《ふじつぼ》の宮を恋い慕う気持ちはますます深まった。

雨夜の品定めの翌日、光源氏は久しぶりに左大臣邸を訪

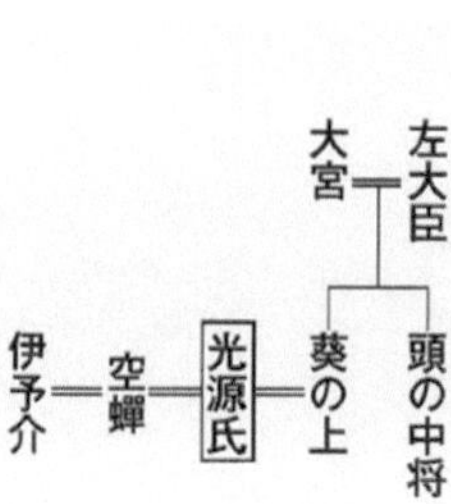

光源氏が頭の中将に女性から送られた手紙を見せているところに、左の馬頭たちが訪れて、中流の女性の魅力を語った。光源氏はその話を聞いて、中流の女性に興味を懐いた。

れるが、葵《あおい》の上は相変わらずうち解けようとはしなかった。

その日の夜、光源氏は方違《※かたたが》えをした紀伊守《きのかみ》邸で、中の品の女性である空蝉《うつせみ》と契りを結ぶ。空蝉は、紀伊守の父である伊《い》予介《よのすけ》の若い後妻であった。

その後、光源氏は、空蝉とふたたび逢《あ》いたいと望むが、空蝉は、光源氏と自分の身分の違いを考えて、逢おうとはしなかった。

※宿直所　宮中で宿直する人が個別にあてられた居室。光源氏は亡き母更衣の居処であった桐壺を宿直所とした。

※方違え　コラム2（21ページ）参照。

コラム2　「方違え」って何？

「方違え」とは、陰陽道《おんようどう》による風習で、外出する際にその方角が忌むべき方角にあたる場合に、その方角を避けるために、前もって別な所に移ることをいいます。たとえば、翌日、北へ行こうとしても、その方角が忌むべき方角にあたる時には、前日のうちに東の方へ行ってそこから出かければ、忌むべき方角に向かわずにすみます。このように、忌むべき方角を避けるために移る所を、「方違え所」といいます。

『枕草子』の「すさまじきもの（興ざめなもの）」の段に、「方違へに行きたるに、饗《あるじ》せぬ所（方違えのために出かけて行ったのに、ご馳走《ちそう》してくれない所）」とあるように、平安時代の人々にとって、方違えをすることは楽しみでもありました。また、人の家に出かけることで、男女の新たな出会いもあったのです。

第三

空蟬《うつせみ》

光源氏を拒んだ女

光源氏……17
空蟬……年齢不詳

紀伊守《きのかみ》の留守中に空蟬《うつせみ》を訪ねた光源氏は、空蟬の弟の小君《こぎみ》の手引きで、軒端荻《のきばのおぎ》と碁※を打つ空蟬を※垣間見《かいまみ》た。光源氏が寝所に入ると、空蟬は、軒端荻と一緒に寝ていたが、光源氏のけはいを察して、そっと自分一人部屋を出る。光源氏は、残された軒端荻と契りを結びながらも、空蟬が残した衣を取ってむなしく帰った。

光源氏は、空蟬のことが忘れられず、※畳紙《たとうがみ》に歌を書いた。小君は、この畳紙を持って来て、空蟬に見せる。空蟬も、光源氏を拒んだものの、光源

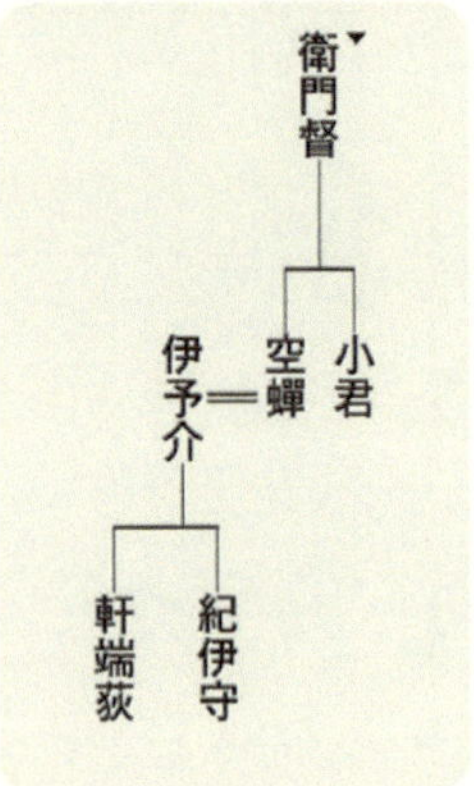

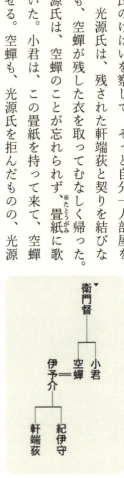

光源氏、空蟬と軒端荻が碁を打つところを垣間見る。後ろ姿の女性が空蟬。

氏への思いを胸にしまっておくことができずに、この畳紙の端に、思いを託した歌を書き記すのだった。

※碁　中国伝来の盤上遊戯。二人の競技者が碁盤の上の目に白と黒の石を交互に置き、広く目数を占めた方が勝ちとなる。『枕草子』に、「つれづれ慰むもの、碁・双六《すぐろく》」とあるように、よく行われた遊びで、男女ともに楽しんだ。

※垣間見　コラム3（24ページ）参照。

※畳紙　畳んで懐に入れておいた紙。材質は柔らかい楮紙《こうぞがみ》。手紙や手習《てならい》の用紙にも用いた。

コラム3　垣間見は恋の始まり

「垣間見《かいまみ》」とは、垣根など物の隙間から覗《のぞ》き見ることをいいます。『源氏物語』では、男性が女性を垣間見したことがきっかけとなって、さまざまな恋が始まっていいます。

「3空蟬《うつせみ》」の巻では、空蟬と軒端荻《のきばのおぎ》が碁を打って楽しんでいるところを、光源氏が垣間見しました。地味で美人とはいえないけれども品がよく嗜《たしな》み深い空蟬と、はなやかで豊満な美人ではあるけれども気品に欠けていて落ち着きがない軒端荻が、対照的に捉えられています。光源氏は、空蟬を目当てに忍んで行ったのですが、二人を垣間見して、それぞれに異なる魅力を感じました。

「5若紫」の巻では、光源氏は、病気治療のために訪れた北山で、ひそかに思いを寄せていた藤壺《ふじつぼ》の宮によく似た少女を垣間見して、心惹《ひ》かれました。後に生涯の伴侶となる紫の上との出会いです。

また、「34若菜上」の巻では、偶然に女三の宮を垣間見した柏木《かしわぎ》は、女三の宮への恋心を抑えることができなくなってしまいました。その垣間見をきっかけに、光源氏の正妻である女三の宮への危険な恋へと足を踏み出していったのです。

第四

夕顔《ゆうがお》

はかない女

光源氏……17
葵の上……21
六条の御息所……24
夕顔……19
玉鬘……3

「3空蟬」の巻でのできごとと同じ頃、六条の御息所《みやすどころ》のもとに通っていた光源氏は、病気にかかった乳母《めのと》（大弐《だいに》の乳母）を見舞うために、五条にある家を訪ねた。この家の隣には、夕顔の白い花が咲く家があり、興味をそそられた光源氏は、乳母子《めのとご》の惟光《これみつ》にその家の女主人（夕顔）の素性を探らせた。

秋になって、光源氏は、惟光から、夕顔が頭《とう》の中将ゆかりの人らしいとの報告を受ける。葵《あおい》の上にも六条の御息所にも気詰まりな思いを懐《いだ》いていた光源氏は、惟光に手引きを命じ、素性を隠して夕顔のもとに通うようになった。

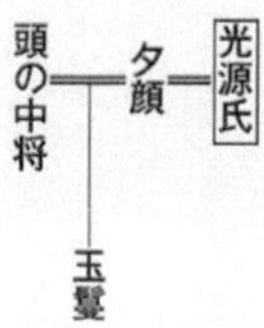

夕顔の花は、歌が書かれた扇に乗せて差し出された。

八月十五夜に夕顔のもとを訪れた光源氏は、夜が明け始める頃、荒れ果てた何がしの院に夕顔を誘って、一日を過ごす。その夜、光源氏が夕顔と寝ていると、美しい女性が夢に現れた。その後、夕顔は物の気に襲われて取り殺されてしまった。

後を惟光に託して、自邸の二条の院に戻った光源氏は、十七日の夜、※東山で火葬される夕顔と最後の対面をして戻った後、病で寝込んでしまった。

後日、光源氏は、夕顔の乳母子の右近から、夕顔の素性を聞いた。夕顔は、雨夜の品定めの際に頭の中将が語った愛人であった。頭の中将との間に娘（玉鬘《たまかずら》）がいたが、頭の中将の正妻の怒りを恐れて身を隠し、山里に籠もろうとしているところだったという。光源氏は、右近に、夕顔の形見にと思ってこの娘を引き取りたいと言ったが、消息を知ることができなかった。
十月の初旬、空蟬は、夫伊予介《いよのすけ》とともに、伊予の国に下向した。

※東山　京都の東方の山。鴨川《かもがわ》より東方に、南北に連なる丘陵の総称。送葬の地でもあった。

コラム4　乳母子の大活躍

天皇や貴族たちは、子が生まれると、その子を、母親に代わって乳を飲ませる女性に育てさせました。この女性を、乳母《めのと》といいます。乳母は、乳を飲ませるばかりではなく、教育係の役割も果たしました。乳が出る女性ですから、乳母には自分自身の子もいます。この子のことを、乳母子《めのとご》といいます。貴族の子と乳母子は、もっとも信頼できる主従関係を結びました。

光源氏にとって惟光《これみつ》が乳母子であり、夕顔にとっては右近が乳母子です。惟光は、光源氏の乳母子として、光源氏の依頼を受けて夕顔の素性を探り、右近は、夕顔の乳母子として、夕顔が亡くなる最後までそのそばにいました。

この後も、惟光は、後の「12須磨」の巻で光源氏が須磨に退去する時にも行動をともにしたように、常にそばにいて、光源氏を支えています。

右近は、後の「22玉鬘」の巻で、夕顔の遺児玉鬘《たまかずら》と再会して、玉鬘を光源氏のもとに連れてゆく役を果たします。

このように、乳母子は、物語の中でさまざまに大切な役割を果たしているのです。

第五

若紫《わかむらさき》

美少女発見

光源氏……18
藤壺の宮……23
紫の上……10
明石の君……9

病気にかかった光源氏は、治療のために加持祈禱《かじきとう》を受けようとして、三月の末に北山を訪れた。夕方になって、光源氏は、藤壺《ふじつぼ》の宮にそっくりな、十歳ほどのかわいらしい少女（後の、紫の上）を垣間見《かいまみ》た。その少女は、藤壺の宮の兄 兵部《ひょうぶ》卿《きょう》の宮（後に式部卿の宮）の娘で、藤壺の宮の姪《めい》であった。

少女は、母を亡くして、祖母（北山の尼君）のもとで育てられていた。光源氏は、この少女を引き取りたいと願い出たが、少女が幼いことを理由に断られた。病も癒えた光源氏は、少女の

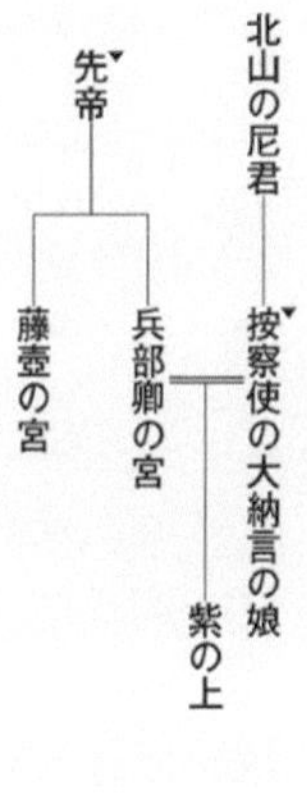

光源氏、紫の上を垣間見る。部屋の中で立っているのが紫の上、座っているのが北山の尼君。

ことが忘れられないままに帰京した。

その後、光源氏は、体調がすぐれずに三条の宮に退出していた藤壺の宮と逢瀬《おうせ》を遂げた。六月に、藤壺の宮が懐妊していることが明らかになり、光源氏と藤壺の宮は苦悩を深めた。

秋の末、光源氏は、京の邸《やしき》に戻っていた北山の尼君と少女のもとを訪れて、尼君の病状がひどく悪化したことを知る。尼君が亡くなった後、少女が父兵部卿の宮に引き取られることを知った光源氏は、冬になって、少女をひそかに二条の院に迎え取った。二条の院での生活に馴染《なじ》んでゆく少女を、光源氏は大切に育てた。

コラム5 「紫のゆかり」の女性たち

『源氏物語』では、藤壺《ふじつぼ》の宮、紫の上、女三の宮たちと光源氏との関わりが、物語の展開において重要なモチーフになっています。

光源氏は、亡き母桐壺《きりつぼ》の更衣《こうい》に似た藤壺の宮に親しむうちに恋心を懐《いだ》くようになりましたが、それは許される恋ではありません。藤壺の宮への思いは、藤壺の宮のゆかりの人である紫の上に注がれることになります。紫の上の父宮は、藤壺の宮の兄なので、紫の上は藤壺の宮の姪《めい》にあたります。

紫の上は、「6末摘花」の巻と「34若菜上」の巻で、愛する人の縁者という意味で「紫のゆかり」と呼ばれています。「紫のゆかり」とは、『古今和歌集』の詠人不知《よみびとしらず》の和歌「紫草《むらさき》の一本《ひともと》ゆゑに武蔵野《むさしの》の草は皆がらあはれとぞ見る（一本の紫草に愛着をおぼえるので武蔵野の草のすべてに心が惹《ひ》かれるのです）」による表現です。

また、後に朱雀院《すざくいん》の女三の宮も、藤壺の宮のゆかりの人として登場します。女三の宮の母は、藤壺の宮と異母姉妹なので、女三の宮も藤壺の宮の姪なのです。紫の上という愛妻がいながら、光源氏が女三の宮と結婚したのは、ただ朱雀院の頼みを断り切れなかったというだけではなく、女三の宮が藤壺の宮の姪、つまり「紫のゆかり」だったからでもあるのです。

第六

末摘花《すえつむはな》

お姫さまの顔を見た！

光源氏……18〜19
紫の上……10〜11
末摘花……年齢未詳

亡《な》き夕顔を忘れることができずにいた光源氏は、乳母《めのと》（左衛門《さえもん》の乳母）の娘である大輔《たいふ》の命婦《みょうぶ》から、故常陸《ひたち》の宮が晩年にもうけた姫君（末摘花《すえつむはな》）が心細い思いをしながら住んでいるという噂《うわさ》を聞く。しかも、※琴《きん》の琴《こと》を弾くという。興味を懐《いだ》いた光源氏は、春の朧月夜《おぼろづきよ》に、大輔の命婦の手引きで、末摘花の琴《きん》の音《ね》を聞くために、宮中からの帰りに末摘花邸を訪れた。光源氏の行動をあやしんだ頭《とう》の中将は、光源氏の後をつけて、末摘花のことを知る。その後、光源氏と頭の中将は、競って、末摘花に歌を贈るが、返事をもらえないまま、春と夏を過ごして、秋を迎えた。

▼常陸の宮――末摘花＝光源氏

光源氏は、雪明かりで末摘花の顔をはっきりと見て驚いた。

八月下旬に、光源氏は、ようやく末摘花と契りを結んだが、その後、桐壺帝《きりつぼてい》の朱雀《すざく》※院《いん》行幸の準備に忙しくて、末摘花のもとを訪れなかった。

ある雪の夜、光源氏は、思い立って、末摘花邸を訪れた。その翌朝、光源氏は、雪明かりで末摘花の姿を見て驚く。末摘花は、座高が高く、鼻も象かと思われるほどに長く伸びていて、先のほうが垂れて赤く色づいていた。ただ、頭の形と髪は美しく、すばらしかった。

光源氏は、その後、末摘花邸を訪れることはあまりなかったが、貧しい末摘花に対する経済的な援助を欠かすことはなかった。一方、末摘花は、夫の新年の装束の用意は正妻の役割であるのに、あたかも正妻であるかのように、光源氏の新年の装束を贈ってよこすなど、無神経なふるまいをした。

新春、光源氏は、末摘花を訪問した後、二条の院で、紫の上と親しみ、鼻の赤い女の絵を描《か》き興じた。

※琴の琴　コラム30（130ページ）参照。
※朱雀院　この「朱雀院」は人物のことではなく、上皇御所。三条大路の南、朱雀大路の西にあった。

コラム6　末摘花の髪

光源氏は、末摘花《すえつむはな》の顔を見て驚きましたが、頭の形と衣にかかる髪の美しさは、普段見ている高貴ですばらしい女性たちにも引けを取らないと感心しています。末摘花の髪は、ふさふさとしていて衣の裾にたまり、髪の先はさらに一尺以上も伸びていました。

髪が長いことは、当時の女性の美人の条件の一つでした。髪が短い女性は、鬘《かずら》をつけて補いました。鬘とは、今のつけ毛（ウィッグ）のことです。光源氏は、妻の一人である花散里《はなちるさと》の、歳をとって薄くなってきた髪を見て、鬘をつけて飾ったらいいのにと、批判的な眼《まな》ざしを向けています（「23初音」の巻）。

末摘花は、抜け落ちた自分の髪を取っておいて作った鬘を、末摘花のおばに連れられて九州に行くことになった侍女の侍従《じじゅう》の君に贈っています。その長さは、九尺を超えるものだったと語られています（「15蓬生」の巻）。末摘花は、貧しいなかで長年一生懸命に仕えてくれた侍従の君に感謝の気持ちを込めて鬘を贈ったのです。末摘花は、自分の髪が美しいことを自覚していたのでしょう。

第七

紅葉賀《もみじのが》

本当の父は光源氏

光源氏……18〜19
藤壺の宮……23〜24
葵の上……22〜23
紫の上……10〜11
冷泉帝……誕生

桐壺帝《きりつぼてい》の※朱雀院行幸《すざくいんぎょうこう》は、十月十日過ぎに予定されていた。桐壺帝が藤壺《ふじつぼ》の宮のために催した清涼殿《せいりょうでん》の御前での※試楽《しがく》で、光源氏と頭《とう》の中将は、青海波《せいがいは》の舞を舞った。懐妊していた藤壺の宮は、光源氏の美しい舞い姿を見ながらも、複雑な思いを懐《いだ》くのだった。

朱雀院行幸が予定どおり行われた後、藤壺の宮は、出産のために三条の宮に退出した。光源氏は、藤壺の宮との逢瀬《おうせ》の機会を探る毎日を過ごし、葵《あおい》の上のもとに通うこ

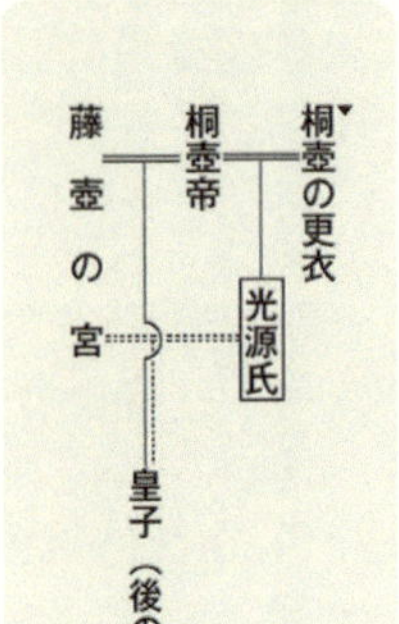

とはなかった。一方、光源氏が二条の院に女性を迎え取ったらしいとの噂《うわさ》を聞いた葵の上は、光源氏を疎み、二人の夫婦関係はますます悪化していった。

翌年の二月、予定よりも二か月後れて、藤壺の宮が皇子（後の、冷泉帝《れいぜいてい》）を生んだ。

藤壺の宮は、光源氏と生き写しの皇子を見て、良心の呵責《かしゃく》に苦しむ。

七月、藤壺の宮が、弘徽殿《こきでん》の女《によう》御《ご》を超えて中宮《ちゆうぐう》となった。また、光源氏は、参議に昇進した。

光源氏と頭の中将、青海波を舞う。

※試楽　行幸や賀宴などの際に行われる舞楽の予行演習。

※朱雀院　「6末摘花」の巻の※（34ページ）参照。

第八

花宴《はなのえん》

春の夜の恋の冒険

光源氏……20
藤壺の宮……25
葵の上……24
紫の上……12
朧月夜……年齢未詳
春宮（朱雀帝）……23

二月下旬、宮中の※紫宸殿《ししんでん》（南殿《なんでん》）で桜の花の宴が催された。人々は、光源氏の舞や詩のみごとさに感嘆する。宴が果てて夜が更けた後、酔い心地のままに※藤壺《ふじつぼ》のあたりをうかがっていた光源氏は、たまたま立ち寄った※弘徽殿《こきでん》の細殿《ほそどの》で、ある女君と出逢った。光源氏は、その女君と契りを結ぶが、名前も聞かずに別れた。

　後日、光源氏は、この女君が弘徽殿の女《にょう》御《ご》の妹（朧月夜《おぼろづきよ》）であったことを知る。朧月夜は、四月に春宮《とうぐう》（後の、朱雀帝《すざくてい》）に入《じゅ》

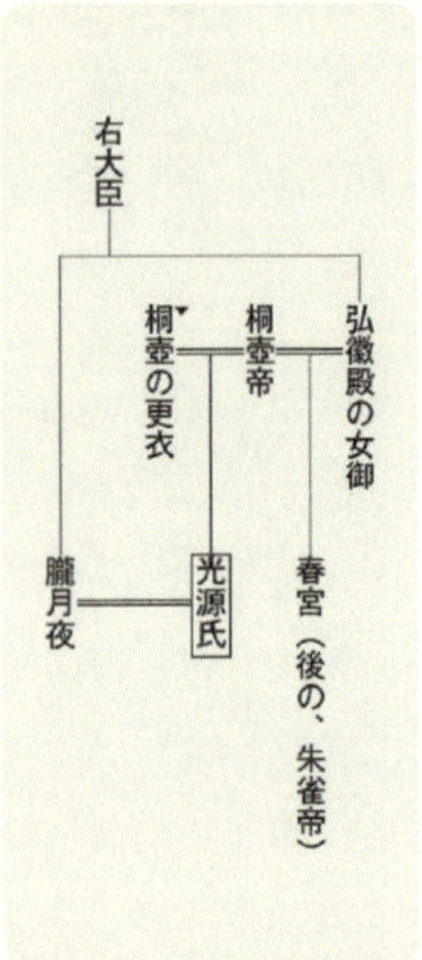

内《だい》する予定であった。

宮中から二条の院に退出した光源氏は、紫の上が愛らしく成長していることを感じてうれしく思う。一方、葵《あおい》の上とは、相変わらず気まずい関係が続いていた。

三月下旬に、右大臣家で藤の花の宴が催された際、光源氏も招かれて、朧月夜と再会し、歌を詠み交わした。

光源氏、朧月夜と偶然に出会う。

※紫宸殿 平安京内裏の正殿。即位、春宮《とうぐう》の元服、朝賀、節会《せちえ》などの公事《くじ》や儀式が行われた。「南殿《なんでん》」ともいう。「内裏図」（16ページ）参照。

※藤壺 後宮五舎の一つで、飛香舎《ひぎょうしゃ》の異称。壺（中庭）に藤が植えてあった。「内裏図」（16ページ）参照。

※弘徽殿 後宮七殿の一つ。清涼殿の北にあり、中宮・女御などが住んだ。「内裏図」（16ページ）参照。

コラム7　平安時代のお花見

平安時代の人々は、宮中でも貴族の邸《やしき》でも、それぞれの季節に咲き乱れる花々や、秋の月や色づく紅葉などを愛《め》でるための宴を催して、移りゆく季節を楽しみました。

「8花宴」の巻の名は、桐壺帝《きりつぼてい》が二月の二十日過ぎに宮中の紫宸殿《ししんでん》（南殿《なんでん》）の前の東隅に植えられた桜の花を愛でるために催した桜の花の宴によって名づけられました。現在の暦では、三月の下旬から四月の初めにあたります。この桜の木を、左近の桜といいます。北を上にして描いた現在の地図では紫宸殿の右側になりますが、「右近」「左近」という言い方は、紫宸殿で南を向いて玉座にすわる天皇の側《がわ》から見たものです。

この桜の花の宴では、漢詩文に秀でた人々が漢詩を作りました。光源氏は、句の末に「春」という文字を用いた漢詩を作っています。また、春宮《とうぐう》（後の、朱雀帝《すざくてい》）から所望されて、春鶯囀《しゅんのうでん》という舞の所作を少し舞って見せました。

このように、その季節にふさわしい舞や詩を披露しながら、人々はともに一日を楽しんだのです。

第九

葵《あおい》

やっと心が通ったのに

光源氏	22〜23
藤壺の宮	27〜28
葵の上	26
紫の上	14〜15
六条の御息所	29〜30
朱雀帝	25〜26
夕霧	誕生〜2

すでに、桐壺帝《きりつぼてい》が譲位し、朱雀帝《すざくてい》が即位して、藤壺《ふじつぼ》の宮が生んだ皇子（後の、冷泉帝《れいぜいてい》）が春宮《とうぐう》になっている。大将に昇進した光源氏は、警護の従者も多くなり、思いどおりに忍び歩きもできなくなった。六条の御息所《みやすどころ》は、光源氏の頼みどころのない態度に悩み、娘が斎宮※《さいぐう》になったことを機に、娘とともに伊勢へ下向しようかと悩む。

四月、六条の御息所は、心が慰められるかと思って、光源氏が供として行列に加わる、新斎院※の御禊《ごけい》の見物に

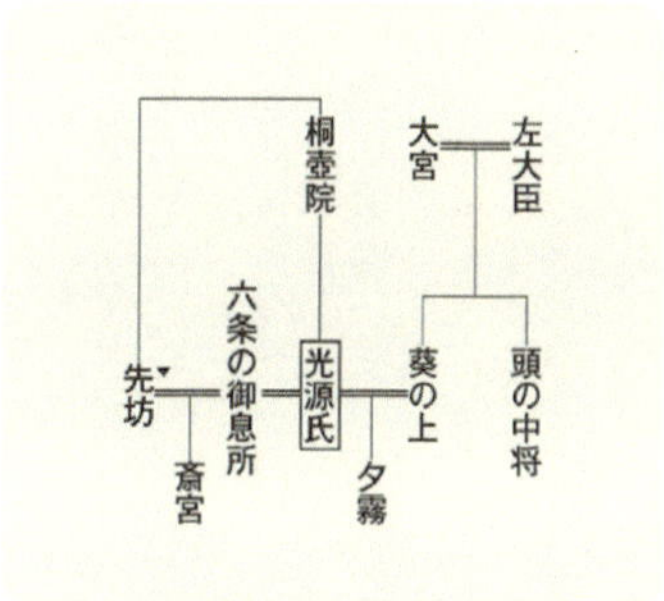

六条の御息所の車は、葵の上一行に押しのけられる。

出かけた。懐妊していた葵《あおい》の上も、侍女たちにせがまれて見物に出かけた。ここで、御息所と葵の上の従者同士の物見の場所取りの争い（車争い）があり、御息所は、葵の上の従者から辱めをうけた。

　この後、葵の上は物《もの》の気《け》に取り憑《つ》かれて苦しむようになった。特に正体がわからない執念深い物の気が一つあり、人々は六条の御息所ではないかと噂《うわさ》した。噂を聞いた六条の御息所は、心当たりがあるので、自分の魂が葵の上に取り憑いているのではないかと思い、苦悩する。葵の上は、六条の御息所の物の気に悩まされながら、八月になって、男君（夕霧）を生んだ。

　秋の司召《つかさめし》で、光源氏や左大臣たちが参内している間に、産後も健康が戻らないままだった葵の上が亡くなり、八月下旬に※鳥辺野《とりべの》に葬られた。葵の上の死は、光源氏とやっと心が通いあったかと思われた矢先のことであった。

葵の上の四十九日も終わり、左大臣邸から自邸の二条の院に戻った光源氏は、藤壺の宮そっくりに成長した紫の上と新枕《にいまくら》を交わした。

※斎宮・斎院　コラム9（48ページ）参照。
※鳥辺野　京都郊外の東山山麓一帯の地。清水寺の南方から泉涌寺《せんにゅうじ》の北方にわたるあたりをいう。火葬場があり、墓地が多かった。

コラム8　物の気の正体は六条の御息所？

「物の気《もののけ》」とは、人に取り憑《つ》いて苦しめたり死に至らしめたりすると信じられていた霊で、生霊《いきりょう》と死霊《しりょう》がありました。物の気に取り憑かれたら、加持《かじ》などによって一時的に物の気を憑坐《よりまし》に移して、正体を名告《なの》らせたり取り憑いた理由などを話させたりして、物の気を退散させました。

懐妊している葵《あおい》の上に取り憑いて苦しませた物の気は、初めはなかなか正体を名告りませんでした。人々は、光源氏が通っている女性たちの生霊が取り憑いているのではないかと噂《うわさ》しました。斎院の御禊《ごけい》の日、物見の車争いで、葵の上の一行に辱《はずかし》められて以来、苦悩を深めていた六条の御息所《みやすどころ》は、その噂を耳にして、物の気は自分の生霊ではないかと思うようになります。

やがて、物の気の正体は六条の御息所だということが明らかにされます。ただし、物の気が正体を現すのは、光源氏の前だけなのです。いかにも誇り高い六条の御息所らしいといえるかもしれません。あるいは、光源氏自身も、噂を聞いていて、そのように思い込んだという解釈も成り立つかもしれません。

第一〇

賢木《さかき》

思い人の突然の出家

光源氏	23～25
藤壺の宮	28～30
紫の上	15～17
六条の御息所	30～32
夕霧	2～4
朝顔の姫君	年齢未詳

「9葵」の巻の翌年の秋、斎宮として潔斎《けっさい》中の娘と一緒に野宮《ののみや》にいた六条の御息所《みやすどころ》は、光源氏への思いを断ち切って、九月に予定されている斎宮の伊勢下向に同行することを決意した。下向間近になった九月七日の頃、光源氏は、六条の御息所を野宮に訪れて、歌を詠み交わして別れを惜しんだ。九月十六日、六条の御息所は、斎宮とともに伊勢に下向した。

十月、桐壺院《きりつぼいん》は、朱雀帝《すざくてい》に、光源氏を朝廷の後見役とするようにと遺言し、十一月に亡くなった。

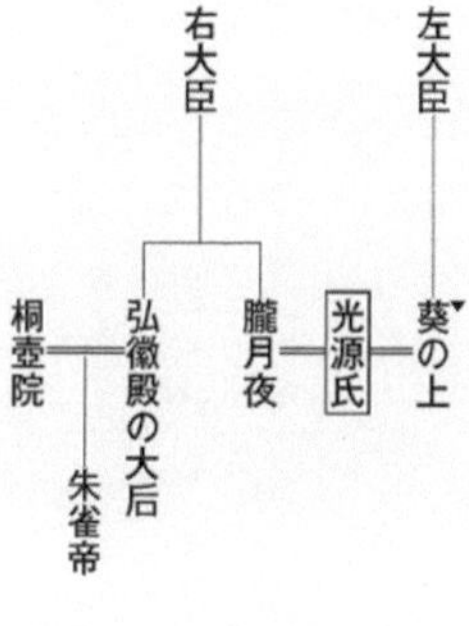

光源氏、六条の御息所がいる野宮を訪ね、榊をさし出す。

藤壺《ふじつぼ》の宮は、桐壺院の四十九日が明けた後に、三条の宮に退出した。

翌年の二月、朧月夜《おぼろづきよ》は※尚侍《ないしのかみ》になった。また、斎院が父桐壺院の喪に服することによって、朝顔の姫君が代わりに次の斎院になった。

藤壺の宮への思いを断ち切ることができない光源氏は、三条の宮を訪れて宮に迫るが、宮はその場をのがれた。秋、藤壺の宮との関係に絶望した光源氏は、雲林院《うりんいん》にしばらく籠もった。

十二月下旬、藤壺の宮は、桐壺院の一周忌のための※法華八講《ほっけはっこう》を主催し、その最後の日に出家した。光源氏のいまだにやまない恋心を危ぶみ、春宮《とうぐう》（後の、冷泉帝《れいぜいてい》）を守るための出家であった。

翌年春、左大臣が辞任した。世の中は、ますます右大臣方が勢力を強めてゆく。

夏、光源氏は、里に下がっていた朧月夜との密会を右大臣に見つけられる。右大臣は、すぐに娘の弘徽殿《こきでん》の大后《おおきさき》に報告した。

※尚侍　コラム26（112ページ）参照。
※法華八講　『法華経』八巻を、朝座・夕座の八座に分けて講説する法会。

コラム9　斎宮と斎院

皇室を守護するための伊勢《いせ》神宮《じんぐう》と、平安京を鎮護するための賀茂《かも》神社は、皇室から未婚の皇女や女王が赴いて、祭祀《さいし》を行いました。

伊勢神宮に奉仕する皇女や女王を斎宮、賀茂神社に奉仕する皇女や女王を斎院といいます。また、その奉仕する所を斎宮・斎院ということもあります。天皇が替わると、原則として、斎宮と斎院も替わりました。

斎宮に選ばれると、三年間の潔斎を経て、伊勢に下《くだ》りました。桐壺帝《きりつぼてい》が譲位して朱雀帝《すざくてい》が即位した時に斎宮に選ばれたのは、六条の御息所《みやすどころ》の姫君でした。この時、朱雀帝に皇女がいなかったためです。この斎宮は、朱雀帝が譲位して冷泉帝《れいぜいてい》が即位したため帰京した後に、女御《にょうご》（梅壺の女御）として冷泉帝のもとに入内《じゅだい》しました。後の、秋好中宮《あきこのむちゅうぐう》です。

斎院に選ばれると、賀茂川で御禊《ごけい》をし、二年間の潔斎を経て、三年目にふたたび賀茂川で御禊をして賀茂神社の斎院に入りました。朱雀帝が即位した時には、まだ朱雀帝に皇女がいなかったために、譲位した桐壺帝の女三の宮が斎院になっています。この女三の宮の母は、朱雀帝と同じく、弘徽殿《こきでん》の大《おお》后《きさき》です。

第一一

花散里《はなちるさと》

昔のことを語り合える女君たち

光源氏……25
花散里……年齢未詳

光源氏は、朧月夜《おぼろづきよ》との一件もあって、世の中を厭《いと》わしく思うが、出家にまではふみきれずにいた。その気持ちを慰めようと思って、五月二十日、故桐壺院《きりつぼいん》の女御《にょうご》の一人であった麗景殿《れいけいでん》の女御を訪ねようとした。その途中、昔の女性の家の前を通りかかって、歌を詠み交わした。

女御の邸《やしき》では、木々が高く生い繁《しげ》り、橘《たちばな》の花が心惹《ひ》かれるように香っていた。光源氏は、女御と昔のことを語り合う。その折、橘の香に誘われるようにほととぎすが鳴いた。光源氏は、女御と歌を詠み交わした後、女御の妹の花散里《はなちるさと》のもとを訪れた。

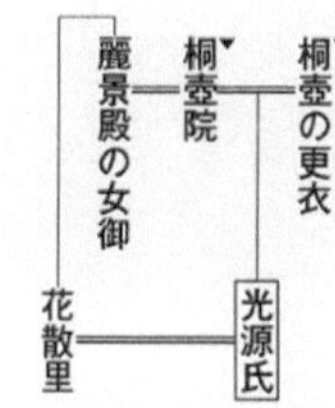

光源氏、麗景殿の女御と昔のことを語り合う。

橘の花

ほととぎす

第一二

須磨《すま》

光源氏、都を離れる

光源氏……26～27
藤壺の宮……31～32
紫の上……18～19
六条の御息所……33～34
明石の入道……60ほど
明石の尼君……50(51)～51(52)
明石の君……17～18
夕霧……5～6

光源氏は、失脚させられるのではないかと恐れて、みずから須磨に退去することを決心する。都を離れるにあたって、光源氏は、左大臣邸の人々や、紫の上、藤壺《ふじつぼ》の宮たちと、それぞれに別れを惜しんだ。光源氏は、所領の権利書などを紫の上に託した。このような折にも、光源氏は朧月夜《おぼろづきよ》にこっそりと手紙を贈っていた。須磨に出発する前日、光源氏は、藤壺の宮を訪れ、その後で亡き桐壺院《きりつぼいん》の山陵《さんりょう》を拝んだ。

三月下旬、須磨に到着した光源氏は、寂

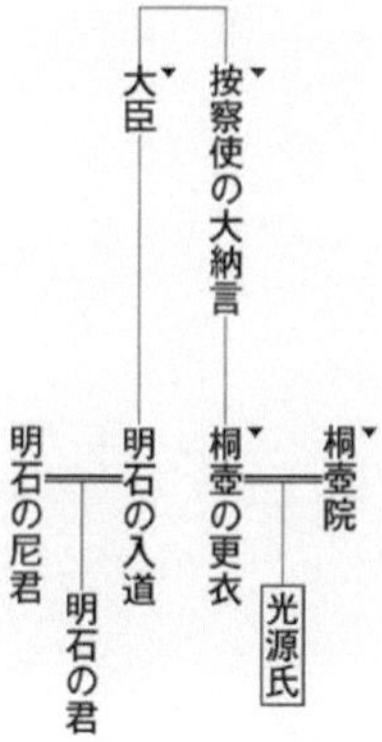

須磨の地を暴風雨が吹き荒れる。

しい生活のなか、藤壺の宮、紫の上、六条の御息所《みやすどころ》たちと手紙を交わしていた。しかし、心が慰められない光源氏は、八月十五夜、都に思いを馳《は》せ、憂愁の念を深めた。

　明石《あかし》では、光源氏が須磨に来ているという噂《うわさ》を聞いた明石の入道が、これは住吉の神のお導きだと信じて、明石の尼君に、娘明石の君を光源氏と結婚させたいと告げた。

　翌年の三月の初め、光源氏が、※上巳《じょうし》の祓《はら》えをするために海辺に出向き、神々に身の潔白を主張する歌を詠むと、暴風雨が突然吹き荒れた。

※上巳の祓え　コラム10（53ページ）参照。

コラム10　上巳の祓え

罪や穢《けが》れを人形《ひとかた》（人の形を写し取った物）に移して水に流すことによって身を清めて災いを除くことを、祓《はら》えといいます。特に、三月の初めの巳《み》の日に行われた上巳《じょうし》の祓えは五節供の一つであり、この時に水に流される人形は、現在の雛《ひな》祭りの際の流し雛の原型です。

光源氏は、須磨に退去して二年目の三月に上巳の祓えをしました。光源氏は、流されていく人形と、須磨に退去している自分の運命とを重ね合わせて、

知らざりし大海《おほうみ》の原に流れ来てひとかたにやはものは悲しき（思いも寄らなかった見たこともなかった大海のほとりにこの人形のように流れて来て、並一通りではない悲しい思いをしている）

という歌を詠みました。「ひとかたに」に、「人形」と形容動詞の「ひとかたに」を掛けた歌です。

光源氏は、この後、夢に現れた亡き桐壺院の諭しに従って明石の浦に行って、明石の君と出会い、都に戻ることになります。光源氏が海辺にある須磨の地へ退去したことは、みずからが犯した罪の穢れを祓うためであり、光源氏の運命を大きく変えたのでした。

第一三

明石《あかし》

光源氏復活！

光源氏……27〜28
藤壺の宮……32〜33
紫の上……19〜20
朱雀帝……30〜31
明石の入道
……60ほど
明石の尼君
……51(52)〜52(53)
明石の君……18〜19

暴風雨は、数日間続いた。三月十三日の夜、光源氏の夢に亡き桐壺院《きりつぼいん》が現れ、須磨を去るようにと諭した。その後、明石《あかし》の入道が、光源氏を迎えるために舟で訪れた。光源氏は、亡き桐壺院の諭しに従って、入道に伴われて明石の浦に行った。

明石の入道は、光源氏と明石の君が結婚することを望んだ。明石の君は、光源氏と自分の身分の違いを考えて、結婚をためらっていた。八月中旬、光源氏は、明石の君

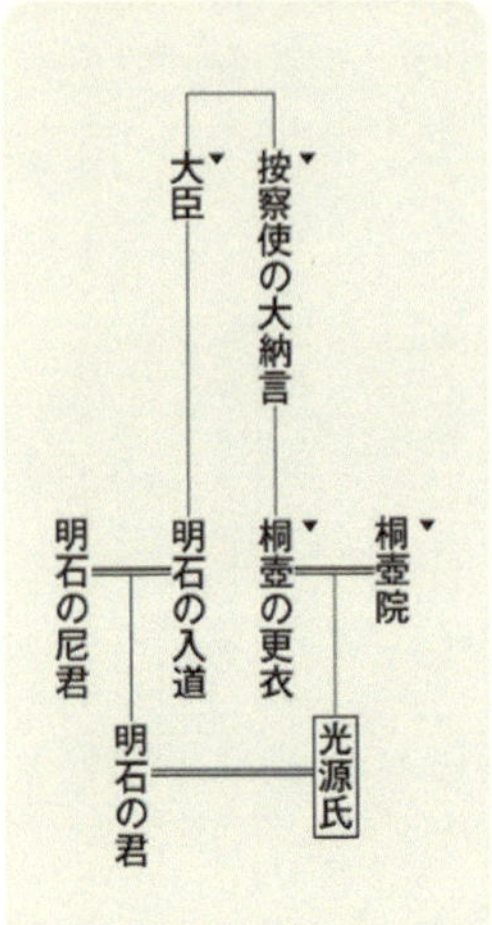

のもとを訪れ、二人は契りを結んだ。

光源氏の夢に亡き桐壺院が現れた日、朱雀帝《すざくてい》の夢にも桐壺院が現れて朱雀帝を睨《にら》みつけた。それ以来、朱雀帝は眼病を患う。

この年は、都でも天変地異があった。

年が明けて、朱雀帝は譲位したいと強く思い、桐壺院の遺言どおり、光源氏を朝廷の後見役とするために召還することにした。

七月、光源氏は、懐妊した明石の君を残して帰京した。帰京後、光源氏は権大納言に昇進した。

光源氏、明石の君のもとを訪ねる。

コラム11　住吉信仰

住吉の神は、摂津《つ》の国（現在の大阪府・兵庫県の一部）から播磨《はりま》の国（現在の兵庫県の一部）を含む広大な神域を持ち、海に関わる浄めの神として、古くから信仰されていました。平安時代では、遣唐使船が帰朝した際に天皇から勅使が送られるなど、住吉信仰は朝廷にも広がっていました。

光源氏が退去した須磨も、後に移った明石《あかし》も、住吉の神の広大な神域の中にありました。光源氏が、暴風雨に見舞われた時に住吉の神に祈願したのもそのためです。「14澪標」の巻では、光源氏は、その時の願ほどきのために住吉神に参詣しています。

また、光源氏が暴風雨の後に須磨から明石に移ったのも、住吉の神に導かれてのことでした。そこで明石の君と結ばれたのは、まさしく住吉の神の神意に拠《よ》るものだといえるでしょう。二人の間に誕生した姫君は、将来、帝の后になる運命なのでした。

じつは、明石の一族と住吉信仰とは深い関わりがありました。明石の入道が、誰にも秘密にして、明石の君の将来に関わる祈願を住吉の神にしていたことは、「34若菜上」の巻で初めて明らかになります。

第一四

澪標《みおつくし》

栄華の予感

光源氏……28～29
藤壺の宮……33～34
紫の上……20～21
朱雀帝（朱雀院）……31～32
冷泉帝……10～11
六条の御息所……35～36
前斎宮（秋好中宮）……19～20
明石の君……19～20

十月に、光源氏は、亡き桐壺院《きりつぼいん》のための追《つい》善《ぜん》の法華《ほっけ》八講《はっこう》を催した。

翌年の二月に、春宮《とうぐう》（後の、冷泉帝《れいぜいてい》）が元服した。同月の下旬には、朱雀帝《すざくてい》が在位九年で譲位して、春宮が即位した。光源氏も内大臣となって、実質上の政権を握った。三月、明石《あかし》の姫君が誕生したことを聞いた光源氏は、自分には子どもが三人生まれ、それぞれが、

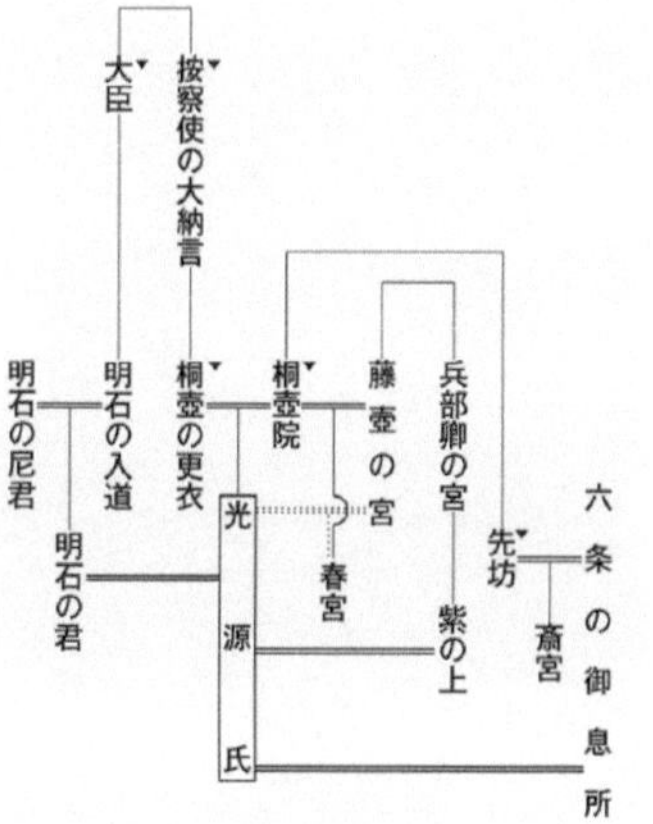

光源氏、住吉に参詣する。偶然居合わせた明石の君は、圧倒されて、光源氏に会わずに帰る。明石の君は、左上の舟に乗っている。

帝《みかど》、后《きさき》、太政大臣《だいじょうだいじん》になるという予言を思い起こした。それで、姫君を京に迎えようと思って、紫の上に光源氏から明石の君のことをうち明けた。紫の上は明石の君に嫉妬する。

秋になって、光源氏は、無事に都に戻ることができたことのお礼のために、住吉大社に参詣した。一方、明石の君も住吉大社に参詣した。その途中、舟の上から遠く光源氏一行の盛大で華やかな様子を眺めて圧倒された明石の君は、光源氏との身分の違いを改めて思い知る。

天皇が交替したことにともなって、前斎宮（後の、秋好中宮《あきこのむちゅうぐう》）が母六条の御息所《みやすどころ》とともに帰京した。六条の御息所は、出家をした後、光源氏に娘の将来を託して亡くなった。

その冬、光源氏は、藤壺の宮と相談して、前斎宮を冷泉帝《れいぜいてい》に入内《じゅだい》させることにした。

コラム12　紫の上の嫉妬

紫の上は、理想的な女性として描かれていますが、光源氏にとって、一つだけやっかいだったのは、嫉妬をすることだとされています。ただし、紫の上は上手に嫉妬するので、実際は、光源氏の愛情を深める魅力の一つなのでした。

「14澪標」の巻には、嫉妬する紫の上の様子が描かれています。明石の地から帰ってきた光源氏は、退去していた間に明石の君と結ばれていたばかりでなく、娘まで生まれていたというのです。そのことを光源氏の口から聞いた紫の上は、衝撃を受けながらも、明石の君への嫉妬を率直に光源氏に伝えています。紫の上は、明石の君に対しては、幾度となく嫉妬の情を表しています。それは、自分よりも身分が低い明石の君に対してだからこそ可能なことでした。

やがて、「34若菜上」の巻で、光源氏が朱雀院《すざくいん》の女三の宮を正妻に迎えた時は、紫の上は嫉妬の気持ちを表すことも憚《はばか》られて、苦悩を深めるばかりでした。

当時の女性は、結婚しても子どもが生まれないと不安な立場に置かれました。子ども好きだったのに自分の子に恵まれなかった紫の上は、光源氏の愛情だけが頼りでした。それゆえの不安や苦悩は、すでにこの「14澪標」の巻に芽生えていたといえるでしょう。

第一五

蓬生《よもぎう》

待っていた効があって

光源氏……28～29
末摘花……年齢不詳

光源氏が須磨に退去している間、その援助がなくなった末摘花《すえつむはな》の邸《やしき》は荒れ果てて、生活は困窮していた。侍女たちも一人二人と去ってゆくなかで、末摘花は、亡き父常陸《ひたち》の宮の思い出の邸を頑《かたく》なに守っていた。

末摘花のおばは、※受領《ずりよう》と結婚したことで宮家から疎まれていた。その報復のために、おばは、末摘花を娘たちの侍女にしようとたくらんでいた。夫が※大宰大弐《だざいのだいに》になった際に、おばは、末摘花を九州へ伴おうとしたが拒まれた。代わりに、末摘花に長年仕えていた侍女の

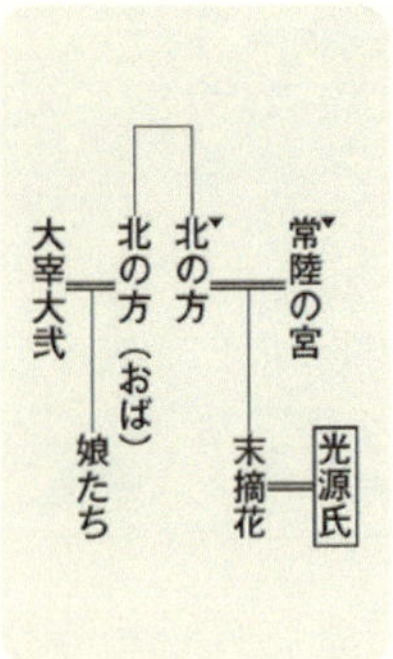

侍従《じじゅう》の君を連れて行ってしまった。

その頃、光源氏は、都に戻っていたが、末摘花を思い出すことはなかった。

翌年の四月、光源氏は、花散里《はなちるさと》への訪問を思い立ち、その途中、末摘花邸のそばを通った際に、末摘花のことを思い出して、惟光《これみつ》の導きで邸を訪れて、末摘花と再会した。それから二年あまりの後、末摘花は、光源氏の二条の東の院に迎え入れられたという。

※**受領**　任国に赴いて国務を司《つかさど》る国司の長官。位は、五位か六位程度だった。

※**大宰大弐**　九州の大宰府の次官。長官である帥《そち》が不在の時は、実質的な長官だった。

末摘花邸の前を通りかかった光源氏は、末摘花のことを思い出して、草が生い茂ったその邸を訪ねた。

第一六

関屋《せきや》

光源氏を拒んだ
あの女は……

光源氏……29
空蟬……年齢不詳

桐壺院《きりつぼいん》が亡くなった翌年、空蟬《うつせみ》は、夫伊予介《いよのすけ》が常陸介《ひたちのすけ》になったために、常陸の国に下っていた。空蟬は、任期を終えた夫とともに上京した。一行は、※逢坂《おうさか》の関で、石山《いしやま》寺《でら》へ参詣しようとしていた光源氏と出会った。

後日、光源氏は、空蟬の弟小君（今は右衛門佐《えもんのすけ》）を介して、空蟬に手紙を贈り、空蟬も返事を書いた。

その後、常陸介が亡くなり、継子《ままこ》紀伊《きの》守《かみ》から恋心をうち明けられた空蟬は、現

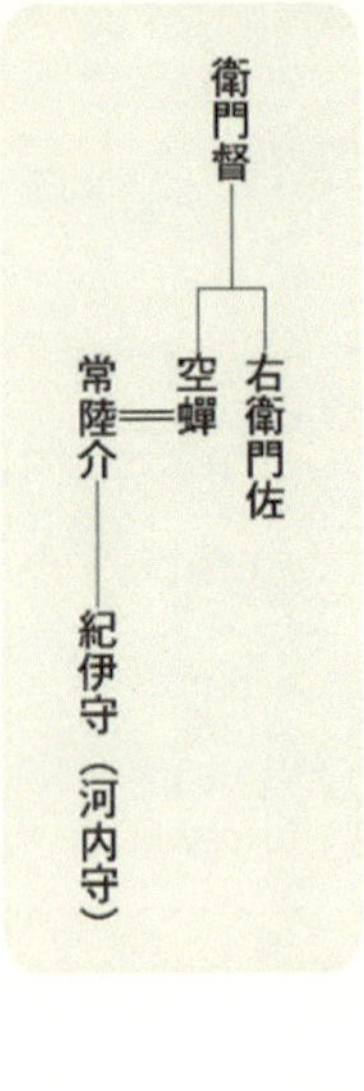

常陸の国から上京する途中、逢坂の関で、空蟬は、石山寺に参詣する光源氏と出会った。右下の牛車には光源氏、左上の牛車には空蟬が乗っている。

世を厭《いと》わしく思って出家した。

※**逢坂の関**　コラム13（64ページ）参照。

コラム13　逢坂の関

逢坂《おうさか》の関は、現在の京都府と滋賀県との境にある逢坂山に設けられた関で、機内と東国との境界として、交通の要衝の地でした。逢坂の関があることから、逢坂山のことを関山《せきやま》といい、その関の番人の詰め所のことを関屋といいます。

逢坂の関を詠んだ有名な歌に、『百人一首』に採られた、

　これやこの行くも帰るも別れては知るも知らぬも逢坂の関

という、蟬丸《せみまる》の歌があります。都から東国へ旅立つ人とそれを見送る人が逢坂の関で別れるさまを詠んだ歌です。「逢坂」の語に、「逢ふ」の意味が掛けられているように、人が会う、特に男女が「逢ふ」ことを詠んだ歌が多く詠まれています。

光源氏と空蟬《うつせみ》は、逢坂の関で会いながらも、この時は、「逢ふ」ことがかないませんでした。

空蟬は、夫の死後に、継子《ままこ》である紀伊守《きのかみ》から恋心をうち明けられて出家しますが、その後、「23初音」の巻には、光源氏によって二条の東の院に引き取られて、光源氏の世話になりながら余生を暮らしたことが語られています。

第一七

絵合《えあわせ》

光源氏VS頭の中将

六条の御息所が亡くなって二年後の春、前斎宮は、冷泉帝《れいぜいてい》のもとに女御《にょうご》として入内《じゅだい》し、梅壺《※うめつぼ》を局《※つぼね》とした。すでに入内していた権中納言《ごんちゅうなごん》（頭《とう》の中将）の娘の弘徽殿《こきでん》の女御と光源氏の養女である梅壺の女御（後の、秋好中宮《あきこのむちゅうぐう》）は、冷泉帝の後宮を二分することになる。

梅壺の女御は絵が上手で、絵を好む冷泉帝の寵愛《ちょうあい》は、次第に梅壺の女御へ移ってゆく。光源氏も権中納言も、後見する女御たちのために、それぞ

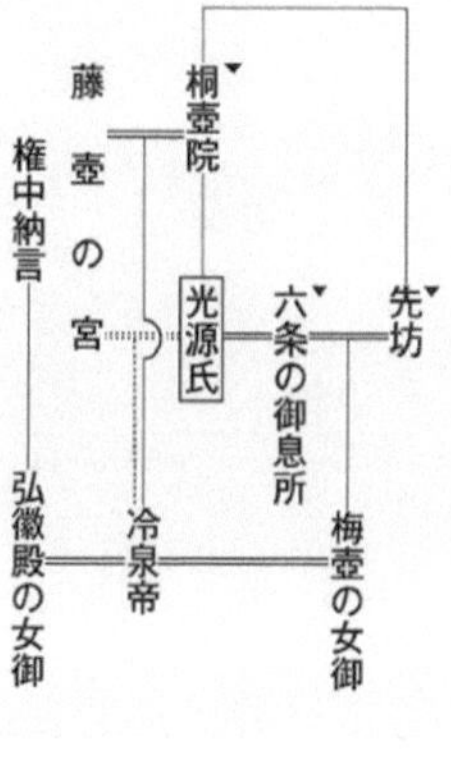

冷泉帝の前で、梅壺の女御方と弘徽殿の女御方が、それぞれ自慢の絵を出し合う。御簾の向こうにいるのが冷泉帝。

れに絵を集める。藤壺の宮の御前で、梅壺の女御方（右方）と弘徽殿の女御方（左方）に分かれて、物語絵の優劣を競う絵合《えあわせ》が催された。勝負は持ち越しとなり、日を改めて冷泉帝の御前で絵合が催された。左方の最後に、須磨に退去した当時の憂愁の日々が描かれた、光源氏の日記絵が出され、左方が勝ちとなった。このことをきっかけとして、冷泉帝の後宮は梅壺の女御方が弘徽殿の女御方を政治的にも圧倒することになった。

※梅壺　「梅壺」は、後宮五舎の一つで、凝華舎《ぎようかしや》の異称。壺（中庭）に梅が植えてあった。

※局　宮中において天皇の后妃《こうひ》に与えられた殿舎。

コラム14　物合

物を比べ合わせて、その優劣を競う遊びを、「物合《ものあわせ》」といいます。「歌合」「根合」「薫物合《たきものあわせ》」などがありました。

歌合は、左方と右方から出された歌を合わせて一番の取組として、その歌を講師《こうじ》が吟じて披露し、判者《はんじゃ》が勝ち・負け・持《じ》（引き分け）の判を下しました。

根合は、五月五日の端午の節供に、菖蒲《しょうぶ》の根の長さを競ったものです。薫物合は、各自が調合して持ち寄った薫物の香りを競ったものです。

絵合も、左方と右方から出された絵の優劣を競う物合の一つですが、『源氏物語』では、後宮争いの一こまとして描かれています。絵を好む冷泉帝《れいぜいてい》のために、藤壺《ふじつぼ》の宮の発案で、梅壺の女御《にょうご》方と権中納言《ごんちゅうなごん》（頭《とう》の中将）方の弘徽殿《こきでん》の女御が、『竹取の翁』と『伊勢物語』、『うつほの俊蔭《としかげ》』と『正三位《しょうさんみ》』を出して優劣を競いましたが、決着がつかずに、光源氏の提案で、後日、冷泉帝の御前でも行われることになりました。この絵合では、朱雀院《すざくいん》の母后《ははきさき》（弘徽殿の大后）から伝わる絵を、光源氏の「須磨、明石《あかし》の二巻《ふたまき》」が圧倒するかたちで決着して、光源氏の政治的な復活を印象づけることになったのです。ただし、『源氏物語』以前には、絵合が催されたという記録がありません。

第一八

松風《まつかぜ》

明石の君、ついに上京する

光源氏……31
紫の上……23
明石の君……22
明石の姫君……3
明石の尼君……55(56)

「17絵合」の巻と同じ年の秋、二条の東の院が完成した。光源氏は、西の対《たい》には花散里《はなちるさと》を住まわせた。東の対には明石《あかし》の君を上京させて住まわせようと予定していた。

しかし、明石の君は、自分の身分が低いことを思って上京をためらう。明石の入道は、明石の尼君が伝領していた※大堰《おおい》の山荘を改修して、明石の君をそこに住まわせることにした。明石の君が尼君や姫君とともに明石の地を去る

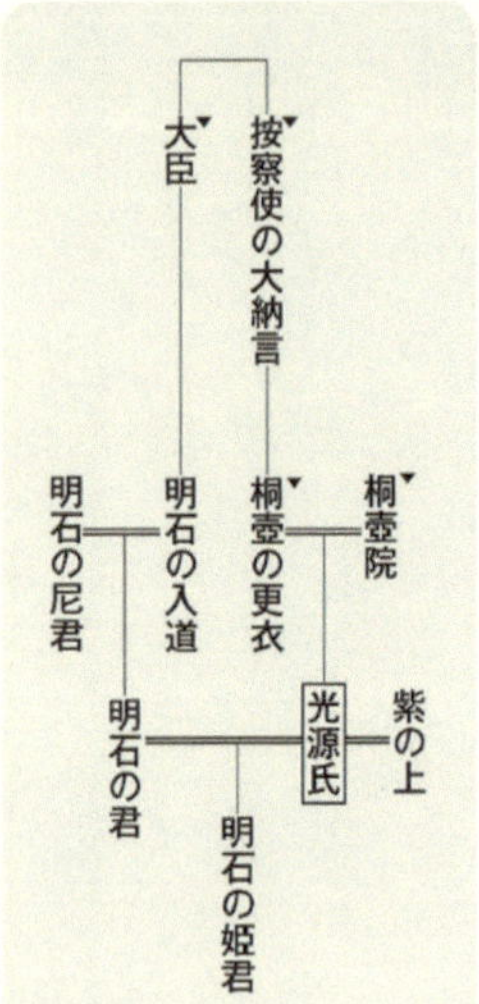

桂の院で饗宴を催していた光源氏のもとに、鷹狩をしていた男たちが、獲物の小鳥を献上した。

朝、明石の入道は、涙ながらに皆を送り出した。

明石の君たちが大堰に移り住んだことを紫の上に知らせていなかった光源氏は、嵯峨《さが》野《の》の御堂《みどう》での用事にかこつけて、明石の君を訪ねた。光源氏は、明石の君と二年ぶりに再会して、明石の姫君の将来を思いつつ山荘を後にする。光源氏が大堰に出かけたことを知った人々が桂《※かつら》の院に集まったので、光源氏は饗宴《きょうえん》を催した。

帰宅した光源氏は、紫の上にすべてをうち明けて、明石の姫君を養女として迎えることを相談した。

※大堰　京都の嵯峨・嵐山のあたり。
※桂の院　光源氏が桂川のほとりに造った別邸。

コラム15　母子を引き裂く理由《わけ》

光源氏は、大堰《おおい》の山荘に移り住んだ明石《あかし》の君のもとを訪れて、初めて明石の姫君に会いました。光源氏が明石の地を離れた時にはまだ生まれていなかった姫君は、数え年で三歳となり、かわいい盛りです。光源氏は、姫君をたいそういとおしいと思い、このまま大堰には置いてはおけないと思います。

じつは、光源氏は、子どもが三人生まれて、それぞれ、帝《みかど》、后《きさき》、太政大臣《だいじょうだいじん》になるという予言を得ていました。すでに、藤壺《ふじつぼ》の宮との秘密の子が冷泉帝《れいぜいてい》となって、予言の一部は実現しています。そうすると、葵《あおい》の上が生んだ夕霧が将来の太政大臣、この明石の君が生んだ姫君が后になることになります。

将来、明石の姫君を入内《じゅだい》させるためには、身分の低い明石の君が母親であること、都ではなく明石の地で生まれたことは、マイナスの要因です。光源氏は、姫君を早く二条の院に引き取って、紫の上を養母にして育てさせようと決めました。

明石の姫君が后になるというすぐれた運命を持っているのであるならば、光源氏は、親としてその実現のために手を尽くしたいと思ったのです。

なお、物語のなかには、夕霧が太政大臣になることは語られていません。

第一九

薄雲《うすぐも》

親子のつらい別れ

光源氏……31～32
藤壺の宮……36～37
紫の上……23～24
冷泉帝……13～14
梅壺の女御（秋好中宮）……22～23
明石の君……22～23
明石の姫君……3～4

「18松風」の巻と同じ年の冬、明石《あかし》の君は、光源氏から二条の東の院に移り住むことを勧められて思案にくれる。光源氏は、姫君だけでも京に移り住まわせたいと考えて、姫君を紫の上の養女として二条の院に迎えたいと伝えた。明石の君は、思い悩んだ末、明石の尼君の助言もあり、姫君の将来のためを思って、姫君を手放すことを決意した。二条の院に引き取られた姫君はすぐに紫の上に親しんだ。

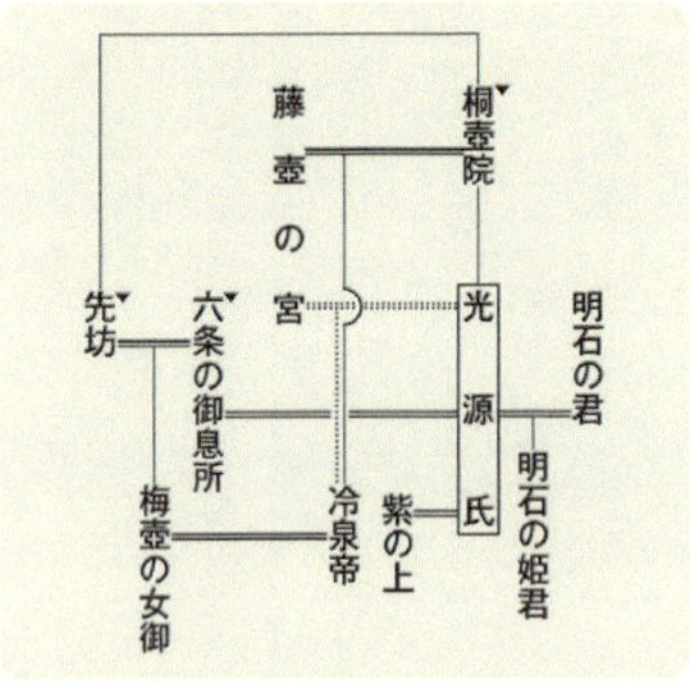

明石の君、娘の将来のために姫君を紫の上に託そうと決心する。みずから姫君を抱いて車まで送る。

年が明けると、故葵《あおい》の上の父太政大臣《だいじょうだいじん》が亡くなった。この年は、天変地異が起こり、疫病も流行した。藤壺《ふじつぼ》の宮も、厄年《やくどし》の三十七歳で亡くなった。

藤壺の宮の四十九日が過ぎた頃、藤壺の宮の母后《ははきさき》、藤壺の宮、冷泉帝《れいぜいてい》と三代に仕えた祈禱《きとう》僧が、冷泉帝に出生の秘密を奏上した。光源氏が実父であることを知って驚愕《きょうがく》した帝《みかど》は、光源氏に帝位を譲ろうとするが、光源氏は頑《かたく》なに拒む。

秋、権中納言《ごんちゅうなごん》（頭《とう》の中将）は、大納言に昇進した。この頃、光源氏は、二条の院に退出した梅壺の女御《にょうご》（後の、秋好中宮《あきこのむちゅうぐう》）に、母六条の御息所《みやすどころ》のことを語りながら恋心をほのめかした。この折に、光源氏と秋好中宮は、春と秋のどちらがすばらしいかについて語り合った。秋好中宮は、母御息所が亡くなった季節であることを理由に、秋に心を寄せていると答えた。

コラム16　春と秋と、どっちが好き？

　わが国は、四季折々の美しさに恵まれていて、春夏秋冬それぞれの季節を楽しむことができます。『古今和歌集』には、春の歌（巻一と巻二）が百三十四首、夏の歌（巻三）が三十四首、秋の歌（巻四と巻五）が百四十五首、冬の歌（巻六）が二十九首収められています。このことからわかるように、なかでも、春の花、秋の紅葉に代表される春と秋は、特に親しまれました。

　春と秋のどっちがすばらしいか、どっちが好きかということは、『万葉集』の時代から人々の関心の的で、それを論ずることを春秋《しゅんじゅう》争いといいます。『源氏物語』の中では、紫の上と梅壺《うめつぼ》の女御《にょうご》が春秋争いをしています。紫の上は春、梅壺の女御は秋が好きな女君とされています。紫の上が春を好むのは、「5若紫」の巻で、三月の末に、山桜の花盛りに登場することと関わるのでしょうし、梅壺の女御が秋を好むのは、母である六条の御息所《みやすどころ》が秋に亡くなったことによるものです。紫の上は、「28野分」の巻で、美しく咲き乱れる樺桜《かばざくら》にたとえられてもいます。梅壺の女御は、後世、秋好中宮《あきこのむちゅうぐう》と呼称されています。

「21少女」の巻で光源氏の六条の院が完成した時には、紫の上は春の町、梅壺の女御は秋の町に移り住んでいます。

第二〇

朝顔《あさがお》

また、光源氏を拒む女

光源氏……32
紫の上……24
朝顔の姫君……年齢未詳
源典侍……71（72）

藤壺《ふじつぼ》の宮が亡くなった年と同じ年の秋、光源氏は、亡き桐壺院《きりつぼいん》の女五の宮を訪問して、その後に朝顔の姫君を訪ねた。姫君は、父式部卿《しきぶきょう》の宮が亡くなったことによって斎院《さいいん》を退《しりぞ》き、故宮邸で叔母の女五の宮と一緒に住んでいたのであった。光源氏は、姫君に親しく語りかけるが、姫君は、光源氏にうち解けようとしなかった。

十一月、光源氏は、ふたたび朝顔の姫君を訪ねるが、ここで、すっかり老い衰えた源典侍《げんないしのすけ》と会う。源典侍は、亡き桐壺帝の典侍※で、かつて光源氏と関係があった人である。光源氏は、あらためて朝顔の姫君に恋心を訴える

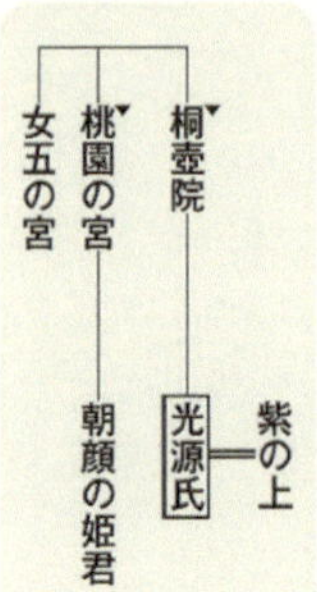

が、姫君は、それを拒み、仏道修行に励んだ。

雪の夕暮れ、光源氏は、庭で女童《めのわらわ》たちに雪玉を作らせる遊びをして、紫の上に見せた後、紫の上に、藤壺の宮、朝顔の姫君、朧月夜《おぼろづきよ》、明石《あかし》の君たちとの思い出を語った。

その夜、光源氏の夢に亡き藤壺の宮が現れた。光源氏は、宮が成仏できずにいると思って、寺々に誦経《※ずきょう》を依頼して、自身も阿弥陀仏《あみだぼとけ》を念じた。

光源氏は、雪の日の夕暮れ、女童に雪の玉を作らせる。隣りにいるのは紫の上。

※典侍 内侍《ないし》の司《つかさ》の次官。定員四人。内侍の司は、後宮十二司《こうきゅうじゅうにし》の一つ。天皇のそばに仕えて、天皇への取り次ぎや、後宮の礼式・雑事などをつかさどった。
※誦経 僧にお経を唱えさせること。

コラム17　平安時代の結婚式

平安時代の貴族の一般的な結婚の儀式は、現在とはずいぶん違っていました。

結婚の初日、新郎は、夜になって新婦の家を訪れます。その時に新郎が持ってきた火は、新婦の家の火と合わせて、新郎新婦の寝所に立てられた帳《とばり》の前の灯台に灯《とも》しました。この火は、三日間灯し続けます。新郎が脱いだ沓《くつ》は、婿が足繁《あししげ》く娘のもとに通い続けるようにとの願いを込めて、新婦の親が抱いて寝ました。新郎は、夜が明ける前に自分の家に戻って、新婦に手紙を送ります。この手紙を「後朝《きぬぎぬ》の文」といいます。二日目の儀式も、初日とほぼ同じように行われました。

三日目には、「三日夜《みかよ》の餅《もちい》」という儀式が行われました。新郎が新婦の家を訪れると、小さな餅《もち》が盛られた銀盤が三枚、銀の箸《はし》と木の箸とともにさし出されます。この餅を二人で食べることで、正式に結婚が成立しました。この餅のことも「三日夜の餅」といいます。餅を食べた後、新婦の両親が用意した装束を身につけた新郎は帳の外に出て新婦の両親と顔を合わせて、祝宴が催されました。この祝宴を、「露顕《ところあらわし》」といいます。新婚三日目の「三日夜の餅」と「露顕」が終わって、二人の結婚は社会的に認知されるのです。

第二一

少女《おとめ》

六条の院完成

光源氏……33〜35
紫の上……25〜27
夕霧……12〜14
雲居雁……14〜16
冷泉帝……15〜17
秋好中宮……24〜26
明石の君……24〜26

年が改まり、藤壺《ふじつぼ》の宮の一周忌が過ぎた。光源氏は、依然として朝顔の姫君を慕うが、姫君は拒み続けていた。

光源氏は、十二歳で元服した夕霧を、四位《しい》にすることができたのに、六位にして、※大学寮で学ばせた。夕霧は、父の期待に応《こた》えて勉学に励んで、大学寮での試験にすべて合格した。

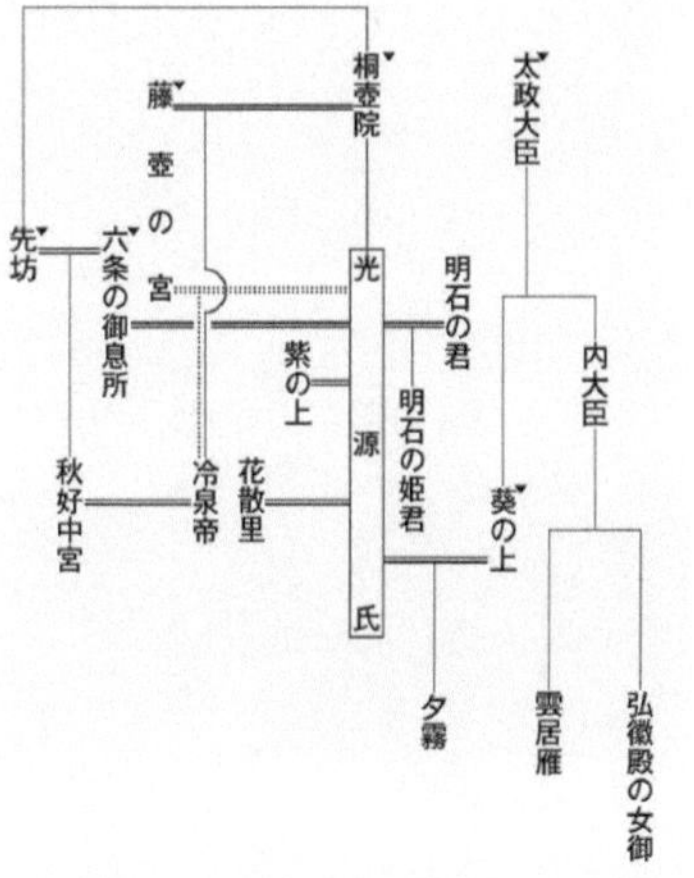

にした。

翌年の二月下旬、冷泉帝《れいぜいてい》が朱雀院《すざくいん》に行幸して、詩歌や歌舞の宴が催された。秋、夕霧は、従五位となって侍従に任じられた。

秋の町の秋好中宮から、春の町の紫の上に、花や紅葉とともに歌が贈られる。

秋、梅壺の女御《にょうご》が中宮（秋好中宮《あきこのむちゅうぐう》）になった。光源氏は太政大臣《だいじょうだいじん》に、大納言（頭《とう》の中将）は内大臣に昇進した。内大臣は、弘徽殿《こきでん》の女御に加えて、次女雲居雁《くもいのかり》も入内《じゅだい》させようと考えていた。しかし、大宮のもとでともに育てられた雲居雁と夕霧は幼い恋心を育《はぐ》んでいた。これを知った内大臣は、雲居雁を強引に自邸に引き取った。

十一月、光源氏は、惟光《これみつ》の娘（後の、藤典侍《とうないしのすけ》）を※五節《ごせち》の舞姫翌年の秋、六条の院が完成した。六条の院は、光源氏が、亡き六条の御息所《みやすどころ》の旧領地を取り入れて造った、普通の寝殿造りの四倍の広さの壮大な邸《やしき》で、四季の町からなっている。春の町に光源氏と紫の上、夏の町に花散里《はなちるさと》、秋の町に秋好中宮がそれぞれ移り住んだ。

九月になると、秋好中宮から紫の上のもとに、秋のすばらしさを詠んだ歌が贈られてきた。

十月、明石《あかし》の君も六条の院の冬の町に移った。

※**大学寮**　式部省に属し、明経道《みょうぎょうどう》、明法道《みょうぼう》、紀伝道《きでん》（文章道《もんじょう》）、算道《さん》などを教授して、官吏を養成する機関。

※**五節**　大嘗会《だいじょうえ》や新嘗会《しんじょうえ》に催された宮中行事。十一月の中の丑《うし》の日から辰《たつ》の日までの四日間、五節の舞姫による舞楽を中心に行われた。

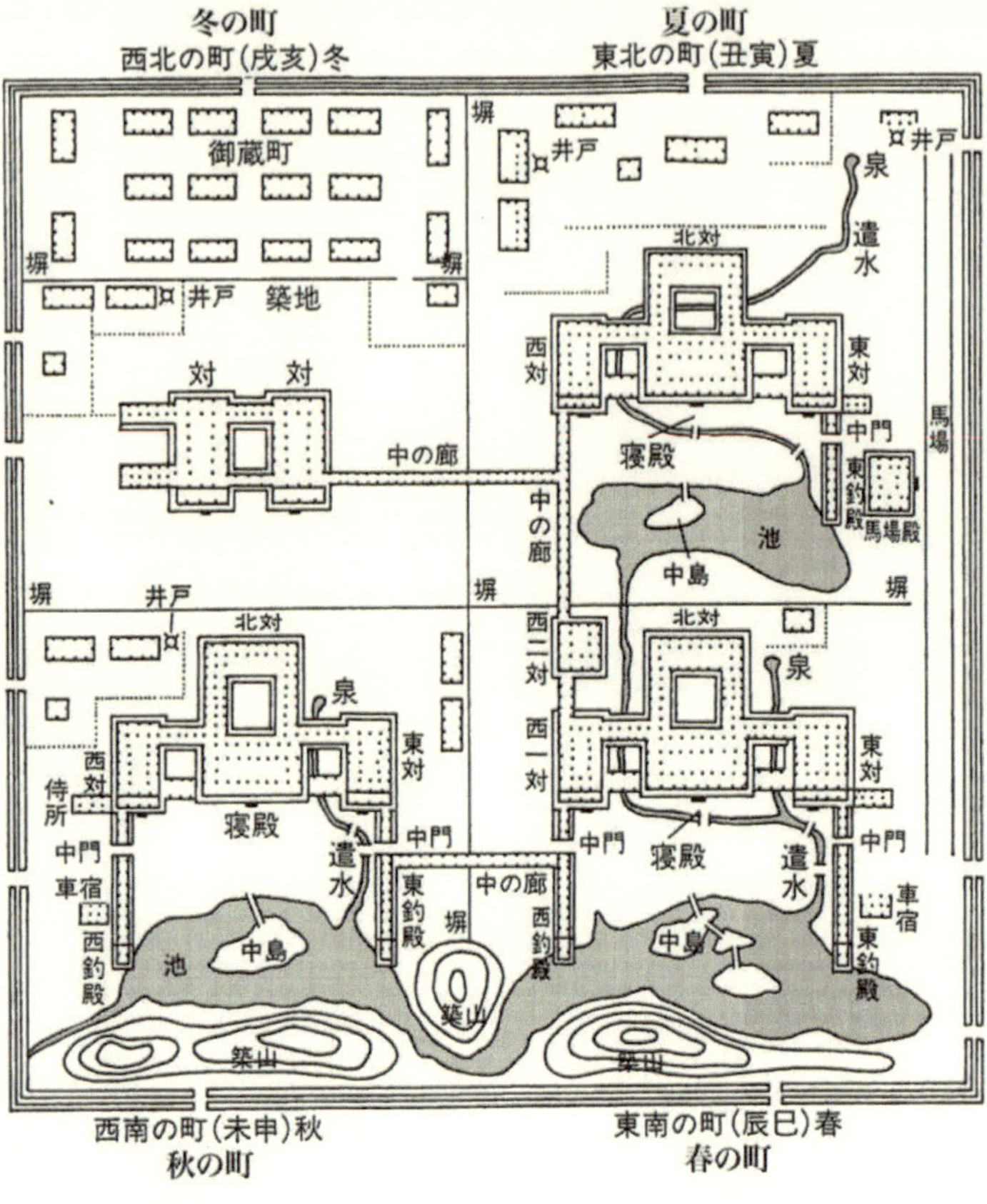

六条の院図（考証・作図：玉上琢彌）

コラム18　六条の院

光源氏は、三十五歳の年の八月に、六条京極周辺に、四つの町の邸《やしき》を造営しました。「町」とは、平安京の市街区画の単位で、四十丈（約百二十一メートル）四方の一区画です。六条の院には、四つの町を合わせた広さがあったのです。それぞれの町には女君たちが住んで、春夏秋冬の風情に合わせて趣向を凝らした庭が作られました。六条の院のそれぞれの町は、廊によって親しく行き来ができるようになっていました。

東南の町は、光源氏と紫の上が住んだ所で、庭には、春の花の木々が多く植えられていて、「春の町」ともいいます。紫の上は、光源氏とともに、東の対《たい》に住みました。後に、朱雀院《すざくいん》の女三の宮が降嫁した時には、女三の宮は寝殿の西側に住みました。同じ寝殿の東側は、紫の上の養女であった明石《あかし》の女御《にょうご》の里とされました。この町は、後々、明石一族の繁栄の象徴となっています。

東北の町は、花散里《はなちるさと》が住んだ所で、涼しげな泉があり、庭には、呉竹《くれたけ》や木高い木々を森のように繁《しげ》らせ、花橘《はなたちばな》や撫子《なでしこ》などが植えられていて、「夏の町」ともいいます。この町の東側には、馬場が作られて、春の町まで続いていました。花散里は東の対に住んでいましたが、西の対には、九州から下向した後に、光源氏の養女となった玉鬘《たまかずら》が住みました。光源氏亡き後は、夕霧が、夫柏木《かしわぎ》を亡くした落葉《おちば》の宮をこの町に住まわせています。

　西南の町は、庭を秋の野のように造って、色あざやかに紅葉する木々が築山に植えられていて、「秋の町」ともいいます。ここは、秋好中宮《あきこのむちゅうぐう》が母六条の御息所《みやすどころ》から伝領した場所で、秋好中宮の里となりました。

　西北の町は、庭に、冬の初めに朝霜が結んで美しくなる菊を植え、松の木が多く植えられていて、「冬の町」ともいいます。明石の君が住みました。寝殿はなく、東西二つの対のまわりに廊が巡らされているだけの質素な住居で、北側には、築地を隔てて、蔵が多く建て並べられていました。

第二二

玉鬘《たまかずら》

六条の院に新しい女君が！

光源氏……35
紫の上……27
玉鬘……21

夕顔の遺児玉鬘《たまかずら》は、乳母《めのと》に伴われて、乳母の夫である大宰少弐《だざいのしょうに》の任国の筑紫《つくし》の国に下《くだ》って、そこで美しく成長していた。玉鬘は、すでに二十歳を過ぎていた。少弐が亡くなり、肥後《ひご》の国の豪族である大夫監《たいふのげん》から執《しっ》拗《よう》に求婚されたので、四月、乳母は、玉鬘や息子の豊《ぶん》後介《ごのすけ》と娘の兵部《ひょうぶ》の君たちを連れて、京へと逃げ出した。

秋になって、玉鬘の一行が、石清水八幡宮《いわしみずはちまんぐう》に参詣した後に、奈良の長谷寺《はせでら》に参詣しようとして椿市《※つばいち》まで来

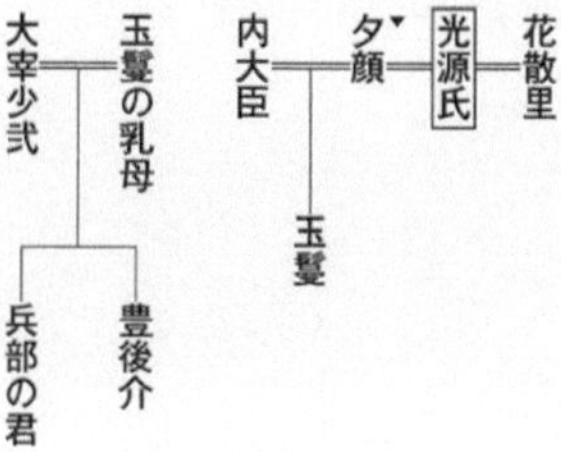

玉鬘一行は、椿市で右近に出会い、夕顔の死を知らされて悲しんだ。

たところ、夕顔の乳母子で、現在は紫の上の侍女となっている右近と出会った。後日、長谷寺から戻った右近は、光源氏に玉鬘を見つけたことを報告する。光源氏は、玉鬘との手紙のやりとりを通して確かめられたその資質に満足して、養女として引き取ることにした。

十月、光源氏は、玉鬘を六条の院の夏の町に住まわせて、花散里《はなちるさと》を後見役とした。その夜、玉鬘と会った光源氏は、期待どおりの女君であったと安心する。

年の暮れ、光源氏は、六条の院や二条の東の院の女君たちのために新年の装束を調えて贈った。

※椿市　大和《やまと》の国の三輪山麓の地名。長谷寺に参詣する人が宿泊した。

コラム 19　観音信仰

観音（観世音菩薩《かんぜおんぼさつ》）は、衆生《しゅじょう》を救うことで、古代から篤《あつ》く信仰されていました。特に、平安時代の貴族の女性たちは、幸せな結婚をすることや子宝に恵まれることなどを祈願して、京の清水寺、近江《おうみ》の国（現在の滋賀県）の石山寺、大和の国（現在の奈良県）の長谷寺《はせでら》に、たびたび参詣していました。

九州から都に戻った玉鬘《たまかずら》一行は、奇跡的に右近と巡り会うことができましたが、それは、観音の加護を願って長谷寺に向かう途中の椿市《つばいち》でのことでした。観音が引き合わせたのでしょうか。また、「53手習」の巻では、横川《よかわ》の僧《そう》都《ず》が救った浮舟を、妹尼が、亡き娘の代わりに長谷寺の観音が授けてくれたのだと信じて、大切に世話をしたことが語られています。

『源氏物語』には、長谷寺だけでなく、石山寺も語られています。光源氏は、「16関屋」の巻で、任国から帰京して逢坂の関に入った常陸介《ひたちのすけ》一行に出会いますが、それは、光源氏が石山寺に願果たしの参詣をした折のことでした。

そのほかにも、『蜻蛉日記《かげろう》』『枕草子《まくらのそうし》』『大和物語』『更級日記《さらしな》』など、多くの文学作品から、観音信仰が盛んだった様子がうかがえます。

紫式部は、石山寺に参籠して『源氏物語』の着想を得たという伝承もあります。

第二三

初音《はつね》

新年のはなやぎ

光源氏……36
紫の上……28
玉鬘……22
明石の姫君……8
明石の君……27
夕霧……15
朱雀院……39

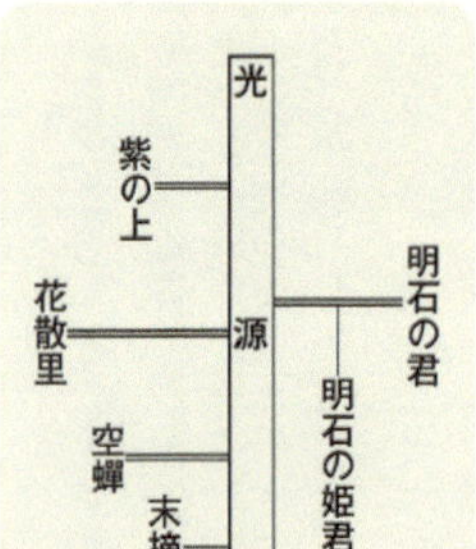

　六条の院は、初めての春を迎えた。光源氏と紫の上が住む春の町は、まるで極楽浄土の世界のようであった。元日、光源氏は、六条の院の女君たちのもとを順に訪れて、新春を寿《ことほ》ぐ。夕方になって、明石《あかし》の君のもとに行って、その夜は泊まり、早朝、紫の上のもとに戻った。

　正月二日、六条の院では、上達部《かんだちめ》や親王《みこ》たちを迎えて饗応《きようおう》の宴が催された。六条の院には、玉鬘《たまかずら》を目当てに、若い君達《きんだち》が数多く参集した。

　数日後、儀式が一段落したところで、光源氏は、二条の東の院に、末摘花《すえつむはな》や空蟬《うつせみ》のもとを訪れた。

正月十四日、※男踏歌《おとことうか》が催されて、その一行が、朱雀院《すざくいん》から六条の院へと順に巡った。玉鬘も春の町を訪れて見物した。光源氏は、この機会に、六条の院の女君たちによる女楽《おんながく》を計画した。

元日、明石の姫君のもとに明石の君から作り物の鶯などとともに歌が贈られた。

※男踏歌 正月の年中行事。正月十四日に行われた男踏歌と、十六日に行われた女踏歌があった。『源氏物語』の例は、すべて男踏歌で、殿上人や地下《じげ》の者が、足を踏み鳴らして拍子を取り、「竹河」「万春楽《ばんすらく》」などの催馬楽《さいばら》を歌い舞った。宮中で行った後、貴人の邸《やしき》を巡って宮中に戻った。ただし、男踏歌は、天元《てんげん》六年（九八三）頃に廃絶されている。

コラム20　正月の年中行事

一年の中で、特定の日に行われる儀式・行事を、年中行事といいます。中でも、正月には、さまざまな年中行事が行われました。代表的なものをいくつか挙げてみましょう。

元日の朝、天皇が大極殿《だいごくでん》で拝賀を受ける儀式を朝拝《ちょうはい》といいます。

二日には、中宮や春宮《とうぐう》が拝賀を受けました。これを、二宮大饗《にぐうだいきょう》といいます。また、正月には、大臣たちも、それぞれ、日を選んで人々を邸《やしき》に招いて大臣大饗を催しています。

元日から三が日に、大根・鮎《あゆ》・猪・鹿などを食べる歯固《はがた》めが行われました。「歯」は「齢」に通じることから、長寿を願って行われたものです。

七日には、白馬《あおうま》の節会《せちえ》が行われました。天皇が、紫宸殿《ししんでん》で左右の馬寮《めりょう》の官人が引く青馬（白色と黒色の毛の入混じった馬）を見る儀式です。青馬を見て一年の邪気を祓《はら》うという中国の信仰に基づくもので、村上天皇の頃から「白馬」と書くようになりました。紫宸殿での儀式の後、太皇太后《たいこうたいごう》・皇太后・皇后（中宮）や、春宮・斎院の前にも馬を引きまわしました。

正月の初めての子の日には、野外に出て小松を引き（小松引き）、若菜を摘みました。松は長寿の象徴で、若菜は邪気を祓うとされたものです。

正月十四日には男踏歌《おとことうか》、十六日には女踏歌が催されました。「踏歌」とは、足を踏み鳴らして拍子を取って、歌を歌い、舞を舞うことで、もとは豊年繁栄を祈願して行われた中国の正月の年中行事でした。男踏歌は、清涼殿《せいりょうでん》の東庭《とうてい》の孫廂《まごびさし》に出御した天皇の前で、舞人が踏歌を行い、祝詞《のりと》を奏した後、京中の貴人たちの邸を巡って披露しました。この途中、貴人たちの邸では、水駅《みずうまや》という休息場を設けて踏歌の人々を饗応《きょうおう》しました。女踏歌は、内教坊《ないきょうぼう》などから選ばれた妓女《ぎじょ》が紫宸殿の南庭で踏歌を行いました。『源氏物語』には、男踏歌だけが描かれています。

十八日には、賭弓《のりゆみ》の節会が催されました。天皇が、弓場殿《ゆばどの》で、近衛府《このえふ》と兵衛府《ひょうえふ》の官人が左右に分かれて弓の技を競うのを見る儀式です。

二十一日から二十三日までの間に、天皇は、正月の公的行事に多忙であった人々をねぎらうために内宴《ないえん》を開きました。仁寿殿《じじゅうでん》で、詩歌や管絃《かんげん》の遊びを楽しんだものです。内宴は、一連の正月行事の区切りと見なされていました。

第二四

胡蝶《こちょう》

華やかな春の町

三月下旬、光源氏は六条の院の春の町で舟楽《ふながく》を催し、上達部《かんだちめ》や親王《みこ》たちが訪れた。秋好中宮《あきこのむちゅうぐう》づきの侍女たちも招待されて、夜を徹して宴が続いた。宴席には、玉鬘《たまかずら》に思いを寄せていた兵部卿《ひょうぶきょう》の宮（蛍の宮）や柏木《かしわぎ》たちもいた。この日は、秋好中宮の季《※き》の御読経《みどきょう》の初日だった。紫の上は、秋の町に住む秋好中宮のもとに、御読経の供養のための花を届けさせた。また、紫の上は、秋好中宮に歌を贈った。秋好中宮は「21少女」の巻で紫の上に贈った歌のお返しだと気付いた。四月、光源氏は、玉鬘のもとに贈られてきた手紙を一

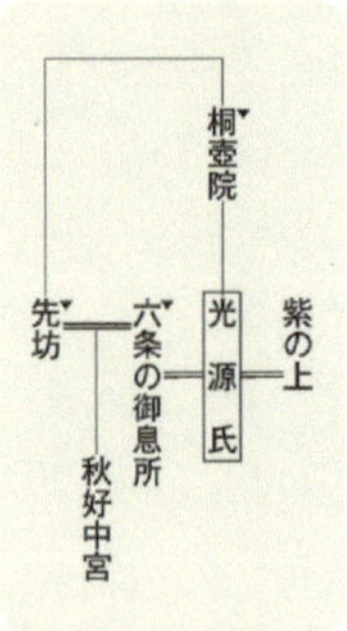

光源氏は、六条の院の春の町で舟楽を催した。

緒に見て、求婚者たちを批評した。紫の上は、光源氏の玉鬘への恋心を察して、光源氏をそれとなく皮肉った。光源氏は、玉鬘のもとへ渡って恋心を訴えるが、玉鬘は、どのように対応したらいいのかわからずに困惑するばかりだった。

※季の御読経　春秋二回、『大般若経《だいはんにゃきょう》』を読む法会。宮中の年中行事だが、貴族の邸《やしき》でも催された。

鳥の舞（迦陵頻《かりょうびん》）

胡蝶

コラム21　六条の院の舟楽

六条の院の春の御殿では、光源氏や紫の上たちが、過ぎゆく春を惜しむかのように、竜頭鷁首《りようとうげきしゆ》の舟を池に浮かべて舟楽を楽しみました。

竜頭鷁首の舟とは、船首に竜の彫物をつけた竜頭の舟と、鷁という鳥の彫物を付けた鷁首の舟とで、二隻一対となっていました。この「24胡蝶《こちよう》」の巻の場面で描かれている竜頭鷁首は、光源氏が新しく造らせた見事な舟です。そこには、光源氏が雅楽寮《ががくりよう》からわざわざ召し寄せた楽人たちが乗っていました。栄花を誇る六条の院の春の御殿を舞台に、趣向を凝らし、贅《ぜい》を尽くしたはなやかな遊びが繰り広げられたのでした。

いつもは宮中にいる秋好中宮《あきこのむちゆうぐう》が、折から、六条の院の秋の御殿に滞在していました。身分上、気ままには振る舞えない中宮の代わりに、侍女たちが、秋の御殿の池から、舟で見物にやって来ました。侍女たちは、すっかり春の町の魅力に心を奪われてしまいました。夜を徹してのはなやかな楽の音が、秋の御殿にも流れたので、秋好中宮は、参加できないことを残念に思いました。「21少女」の巻から始まった紫の上と秋好中宮との春秋争いは、この「24胡蝶」の巻では、秋好中宮が春のすばらしさを称えて、秋の負けを認めたことになります。

第二五

蛍《ほたる》

兵部卿の宮、蛍の光で玉鬘を見る

光源氏……36
紫の上……28
玉鬘……22

光源氏は太政大臣《だいじょうだいじん》という重い職にあり、穏やかに過ごしているので、女君たちも安定した生活を送っている。しかし、玉鬘《たまかずら》は光源氏の恋心に悩んでいた。光源氏は、亡き夕顔を偲びながら、魅力的な玉鬘に強く心惹《ひ》かれる。その一方、光源氏は、兵部卿《ひょうぶきょう》の宮たちの恋心をあおろうとした。五月雨の夜、兵部卿の宮が玉鬘を訪れた際に、光源氏は、隠し持っていた蛍を、玉鬘がいる※几帳《きちょう》の内側にさりげなく放した。兵部卿の宮は、

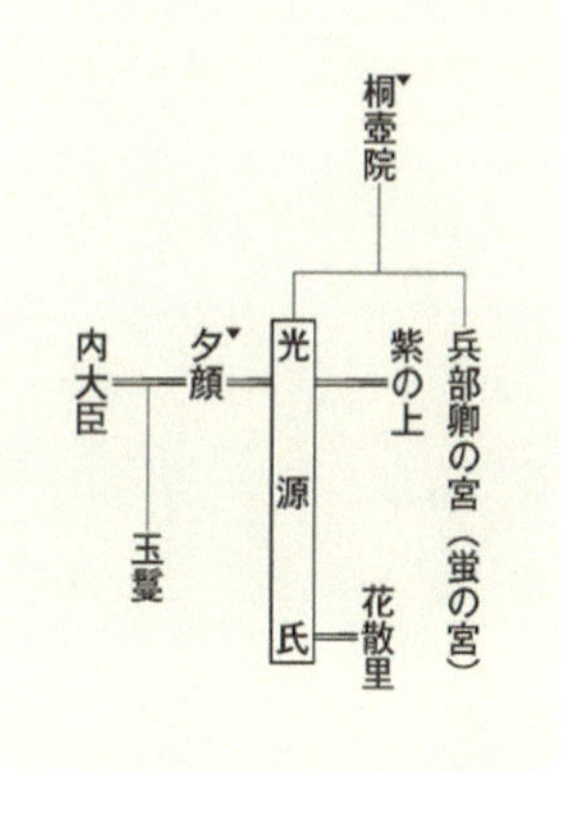

光源氏は、美しい玉鬘を兵部卿の宮に見せようとして蛍を放つ。

蛍の光でほのかに見えた玉鬘の美しさに心を奪われた。

五月五日、六条の院の馬場で騎射※が催された。その夜、光源氏は花散里《はなちるさと》のもとに泊まった。

長雨が続くなかで、六条の院の女君たちは、もの思いを慰めるために物語に熱中する。光源氏は、玉鬘のもとで、歴史書などは人間の一面的なことしか書いていないが、物語は、道理にかない、人間の本性を書いているので、物語のほうが優れていると語る。また、紫の上のもとを訪れて、物語について語り合い、明石《あかし》の姫君に見せる物語にも配慮が必要だと話した。

一方、内大臣（頭《とう》の中将）は、玉鬘の噂《うわさ》を聞いて、夕顔の遺児のことを思い出して、その子の行方を息子たちに探させたり、自分が見た夢を占わせたりしていた。

※几帳　室内の障壁具。木の四角い台（土居《つちい》）に立てた二本の柱に渡した横木に、絹の布（帷子《かたびら》）を垂らしたもの。

※騎射　馬に乗って走らせながら弓を射る競技。

コラム22　蛍の光

光源氏は、蛍の光で、弟の兵部卿《ひょうぶきょう》の宮に、玉鬘《たまかずら》を見せました。このことで、兵部卿の宮は、「蛍の宮」と呼称されるようになったのです。

現在の私たちは、蛍の淡い光で人の姿を見ようなどとは思いませんが、『源氏物語』以前の物語にもこのような趣向がありました。

『伊勢物語』では、源　至《みなもとのいたる》が、女車の中を覗《のぞ》こうとして、蛍を車の中に入れています。また、『うつほ物語』では、朱雀帝《すざくてい》が、参内した俊蔭《としかげ》の娘を蛍の光で見ています（「11内侍のかみ」の巻）。朱雀帝は、春宮時代に、俊蔭の娘に求婚しました。しかし、その思いはかなえられませんでした。後に、朱雀帝は、蛍の光で俊蔭の娘を見ることによって心を慰めたのでした。

『源氏物語』は、このような、それまでの物語を踏まえながら、みずから蛍の光で女性を見る趣向から、光源氏が兵部卿の宮に玉鬘を見せる趣向へと変えながら、新たな物語の場面を描いているのです。

第二六

常夏《とこなつ》

引き取ってはみたものの

光源氏……36
玉鬘……22
雲居雁……17
弘徽殿の女御……19
近江の君……年齢未詳

「24胡蝶」の巻や「25蛍」の巻と同じ年の夏の日、光源氏は、六条の院の春の町の※釣殿《つりどの》で、夕霧や内大臣（頭《とう》の中将）の息子たちと涼んでいた。その際、光源氏は、内大臣が引き取った近江《おうみ》の君の評判が散々であることを知りながらわざと話題にして、内大臣に対する皮肉を言った。夕方、光源氏は、玉鬘《たまかずら》のもとを訪ねて、玉鬘に和琴《わごん》を教えながら、玉鬘への

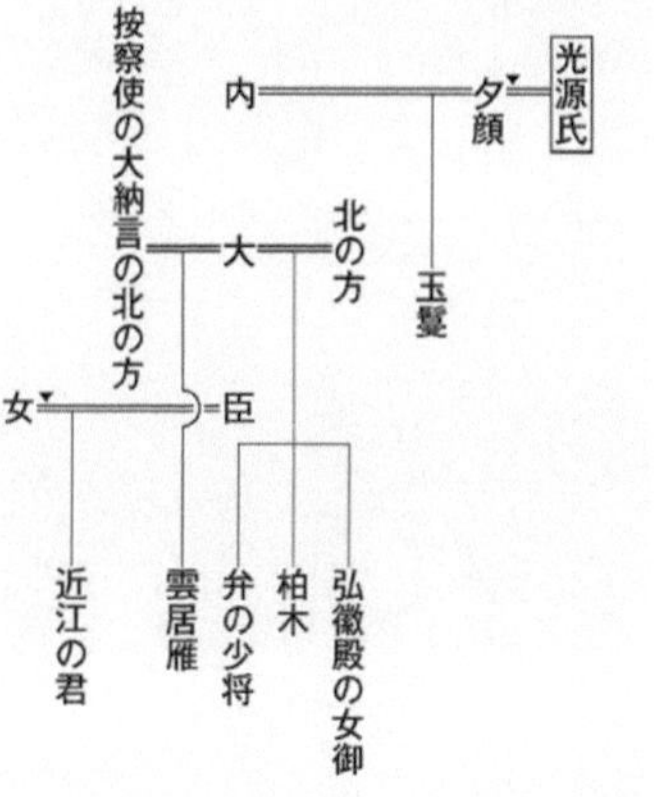

光源氏が、春の町の釣殿で涼をとっていたところに夕霧たちがやってくる。

思いをどのように処理すべきかと思い悩む。

一方、内大臣も、娘雲居雁《くもいのかり》の処遇に苦慮していた。また、近江の君の処遇にも困って、弘徽殿《こきでん》の女御《にょうご》に託そうとしたが、近江の君は、和歌の嗜《たしな》みもなく、行動も発言もとっぴで、貴族の娘らしくなかった。

※釣殿　コラム23（101ページ）参照。

コラム23　釣殿

平安時代の貴族の邸《やしき》には、南の庭に遣水《やりみず》によって水を引き入れた池が作られ、その池に臨んで、釣殿《つりどの》という建物が建てられました。この釣殿では、文字どおり釣りをしたり、夏の暑い日に池の水を渡る風に吹かれながら納涼の宴を催したりしました。

釣殿は、寝殿の東西にある対《たい》から南に延びた中門廊《ちゆうもんろう》の先に作られることが多かったようです。「常夏」の巻の釣殿も、「東の釣殿」とありますから、東の対から延びた中門廊の先に建てられたものです。

釣殿が南の池の中島に建てられた例もあります。『うつほ物語』の源正頼《まさより》の邸の釣殿は、中島の上に池に臨んで建てられていて、そこに行くためには、池に並べた筏《いかだ》や舟の上に板を渡した浮橋《うきはし》を歩いて渡ったり、舟を漕いで渡ったりしました（「6祭の使」の巻）。

歴史上では、藤原頼通《よりみち》の邸である高陽《かや》の院でも、南の池の中島に釣殿が建てられたことが知られています。これは、『うつほ物語』の例に倣ったものとも考えられています。

第二七

篝《かがり》火《び》

もてすぎ玉鬘

光源氏――36
玉鬘――22
柏木――20(21)

光源氏は、自分の娘なのに近江《おうみ》の君を悪く言う内大臣（頭《とう》の中将）を批判する。玉鬘《たまかずら》も、内大臣の近江の君への対応とは違う、光源氏の自分への心遣いを知って、次第に光源氏に親しみを感じてゆく。

秋になって、光源氏は、夏の町の西の対にいる玉鬘のもとに渡って玉鬘と添い臥《ふ》すが、それ以上の行動に出ることはなかった。光源氏は、玉鬘の姿を見ながら篝火《かがりび》に事寄せて恋心を訴えた。光源氏が帰ろうとする

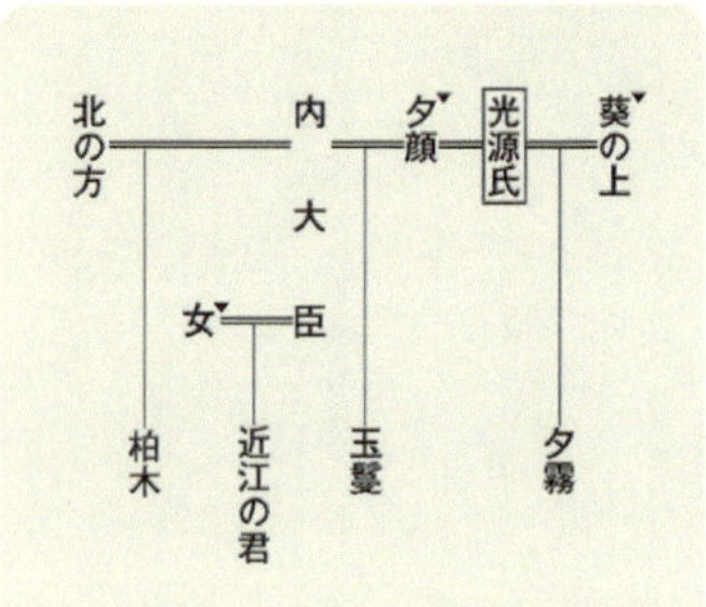

光源氏、玉鬘のもとを訪れる。池の上には篝火が吊られている。

と、東の対から夕霧と柏木《かしわぎ》の合奏の音が聞こえてきた。光源氏は、夕霧たちを西の対に誘って楽器の演奏をさせる。玉鬘がじつの姉だと知らない柏木は、玉鬘への恋心に苦しみながら和琴《わごん》を弾いた。

第二八

野分《のわき》

嵐のあと

光源氏……36
紫の上……28
玉鬘……22
秋好中宮……27
明石の君……27
夕霧……15

八月、激しい暴風雨が六条の院を襲った。夕霧は、暴風雨の見舞いに六条の院を訪れた際に、紫の上を垣間見《かいまみ》て、心をときめかせた。

その日、夕霧は、三条の宮に祖母大宮を見舞い、翌日、ふたたび六条の院を訪れて、光源氏と紫の上との仲むつまじい会話を聞く。光源氏は、秋好中宮《あきこのむちゅうぐう》への見舞いと

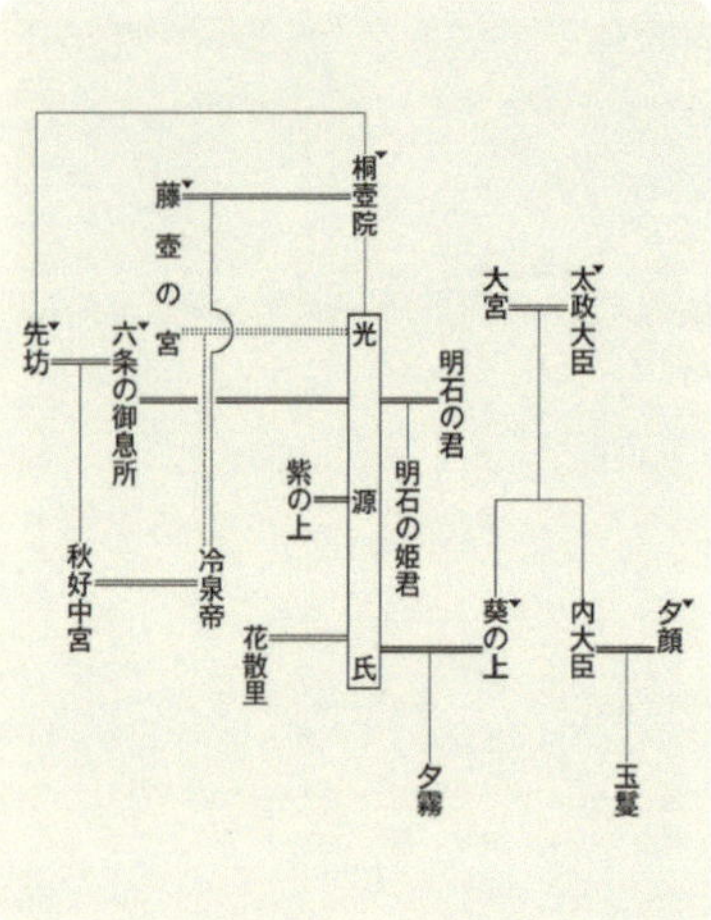

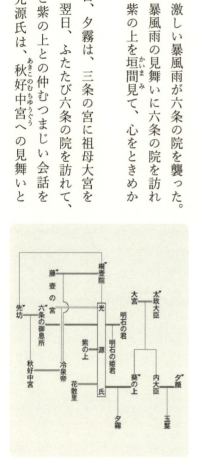

夕霧が秋好中宮のもとに見舞いに行くと、女童が庭に下りて虫籠に露を移していた。

して夕霧を遣わした。

光源氏は、秋好中宮のもとから戻って来た夕霧を伴って、秋好中宮、明石の君、玉鬘《たまかずら》、花散里《はなちるさと》たちのもとへ、暴風雨の見舞いに訪れた。玉鬘のもとを訪れた際に、夕霧は、まるで恋人同士であるかのように振る舞う光源氏と玉鬘の様子を見ていぶかしく思った。

コラム24　野分のおかげ

突然の野分《のわき》（秋の暴風雨）が、例年になく激しい勢いで六条の院に吹き荒れた時、夕霧は、紫の上、玉鬘《たまかずら》、明石《あかし》の姫君の姿を、偶然に垣間見《かいまみ》ました。

まず、野分が吹き荒れた夕べ、春の御殿に参上した夕霧は、紫の上を垣間見て、春の曙《あけぼの》の霞の間から見事な樺桜《かばざくら》の花が咲き乱れているような風情だと思いました。そして、その美しさにすっかり魅せられてしまいました。

翌日、女君たちを見舞ってまわる光源氏のお供をした夕霧は、今度は、玉鬘の美しい顔を垣間見て、咲き乱れる八重山吹の花に露がかかって夕日に照らされている様子を思い浮かべました。また、夕霧は、明石の姫君を垣間見て、可憐だと思い、風に靡《なび》く藤の花を思い浮かべました。

夕霧は、特に、紫の上の美しさに魅了されて、大いに心を乱しました。けれども、真面目《まじめ》な夕霧が、恋の過ちを犯すようなことはありませんでした。

夕霧がこれらの女性たちの姿を垣間見ることができたのは、激しい野分に襲われたために御簾《みす》が風に吹き上げられたり、屏風《びょうぶ》のような視線を遮《さえぎ》る物を片づけたりなどしたためでした。

第二九

行幸《みゆき》

月とスッポン、二人の姫君

光源氏	36〜37
紫の上	28〜29
玉鬘	22〜23
夕霧	15〜16
冷泉帝	18〜19
弘徽殿の女御	19〜20
鬚黒	31(32)〜32(33)

十二月に、冷泉帝《れいぜいてい》が大原野に行幸した。

玉鬘《たまかずら》は、美しい冷泉帝を見て感嘆するが、初めて見た実父内大臣（頭《とう》の中将）のことはそれほどとは思わず、求婚者の一人である鬚黒《ひげくろ》には心惹《ひ》かれなかった。光源氏は、帝《みかど》から要請されて、玉鬘を尚侍《ないしのかみ》として出仕させることを決めた。

翌年の二月に玉鬘に※裳着《もぎ》をさせようと思っ

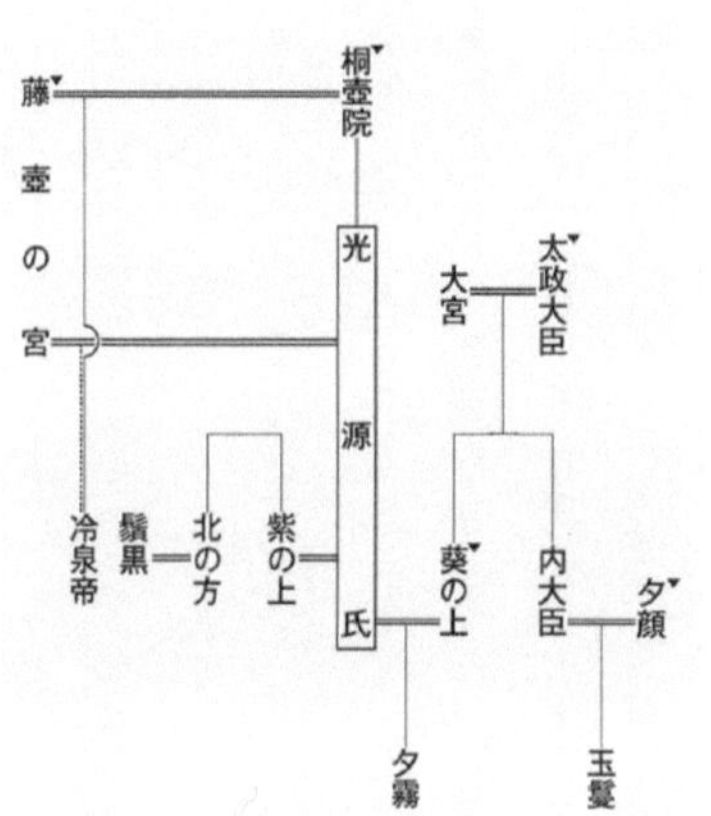

冷泉帝の大原野行幸に参加しなかった光源氏に、帝から枝に付けた雉が贈られた。

た光源氏は、内大臣に、玉鬘が内大臣の娘であることをうち明けて、その※腰結《こしゆい》役を務めることを依頼した。

二月十六日、六条の院で、玉鬘の裳着が催された。玉鬘に対面した内大臣は、その処遇を光源氏に託した。

玉鬘が尚侍として出仕するという噂《うわさ》を聞いて羨《うらや》ましく思った近江の君は、弘徽殿《こきでん》の女御《にょうご》の前で、自分を尚侍に推薦してほしいと言って、内大臣家の人々から笑われた。

※裳着　コラム25（109ページ）参照。
※腰結役　コラム25（109ページ）参照。

コラム25　成人儀礼

男子の成人儀礼を「元服」、女子の成人儀礼を「裳着《もぎ》」といいます。

元服は、男子が成人したしるしとして初めて冠をつける儀式で、「初《うい》冠《こうぶり》」ともいいました。光源氏は十二歳（「1桐壺」の巻）、冷泉帝は十一歳（「14澪標」の巻）、夕霧は十二歳（「21少女」の巻）、薫は十四歳（「42匂兵部卿」の巻）で元服しています。

裳着は、女子が成人したしるしとして初めて裳を着ける儀式です。おおよそ、十二歳から十四歳頃に行われました。もともと、女子の初潮の時期と関連していると考えられています。初潮を迎えたことは結婚の資格を得たことを意味して、結婚相手が決まった時などに行われることが多かったようです。裳の腰を結ぶ腰結《こしゆい》の役は、最も重要な役で、事前に有徳の人を選んで依頼しておきました。朱雀院《すざくいん》の女三の宮の裳着は十三歳か十四歳の時で、太政大臣《だいじょうだいじん》（頭《とう》の中将）を腰結役にして盛大に催されています（「34若菜上」の巻）。その後に、光源氏に降嫁しました。今上帝《きんじょうてい》の女二の宮の裳着は十六歳の時で、その直後に、薫に降嫁しています（「49宿木」の巻）。

光源氏に引き取られて育てられていた紫の上が新枕《にいまくら》の後に裳着をしたり（「9葵」の巻）、遠く九州で育った玉鬘《たまかずら》が二十三歳という当時としては遅い年齢で裳着をしたりしている（「29行幸」の巻）のは例外です。

第三〇

藤袴《ふじばかま》

玉鬘、さらにモテモテ！

光源氏……37
玉鬘……23
夕霧……16
柏木……21(22)
鬚黒……32(33)

玉鬘《たまかずら》は、秋好中宮《あきこのむちゅうぐう》や弘徽殿《こきでん》の女御《にょうご》がいる宮中に、尚侍《ないしのかみ》として出仕して、帝の寵愛《ちょうあい》を女御たちと争うようになることを、思い悩んでいた。

夕霧は、光源氏の使者として、冷泉帝からの尚侍として早く出仕するようにと促す言葉を伝えるために、玉鬘のもとを訪れた。玉鬘は、三月に亡くなった祖母大宮のために喪※に服していた。夕霧は、藤袴《ふじばかま》の花を御簾《みす》のもとからさし入

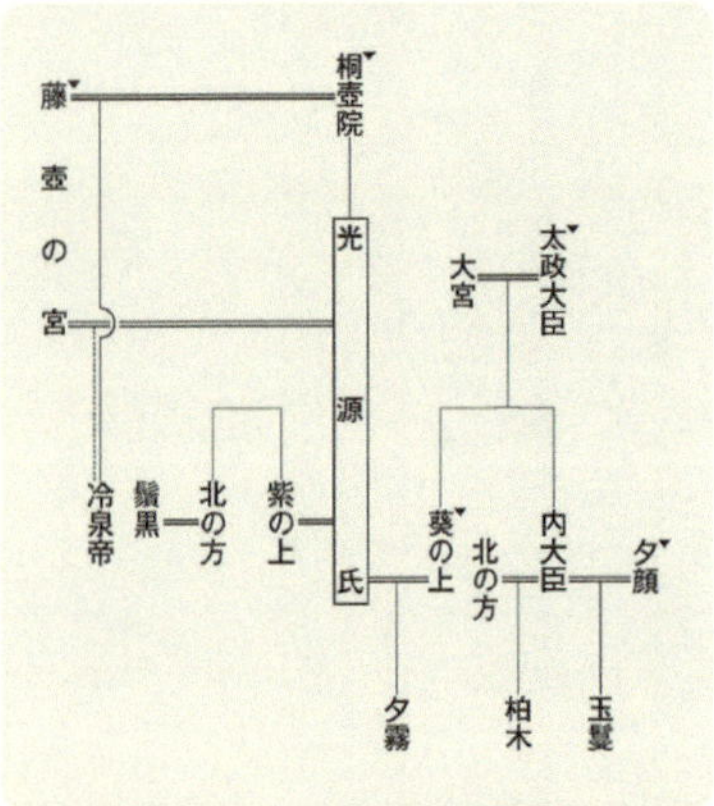

れて、玉鬘への思いを歌で訴えた。

八月に大宮の喪が明けて、玉鬘の尚侍としての出仕は、十月と決まった。それを知った求婚者たちは、玉鬘に手が届かなくなると思って焦った。

九月、求婚者たちは、玉鬘に手紙を贈るが、玉鬘は、蛍の宮以外の人々に返事をすることはなかった。

※**喪**　死者を追悼して、一定期間身を慎むこと。喪の期間は、母方の祖父母の場合は三か月、父方の祖父母の場合は五か月だった。大宮は、夕霧にとっては母方の、玉鬘にとっては父方の祖母にあたる。

夕霧は、喪に服している玉鬘の許を訪れ、藤袴をさし入れて、思いを伝えた。

コラム26　尚侍は微妙な立場

尚侍《ないしのかみ》は、後宮の重要な役所である内侍《ないし》の司《つかさ》の長官です。尚侍は、天皇のそば近くに仕えて天皇への取り次ぎなどをするので、寵愛《ちようあい》を受ける機会が多くなり、女御《にようご》や更衣《こうい》のような、妃《きさき》に準じる立場となることもありました。

玉鬘《たまかずら》が尚侍になると決まった時には、冷泉帝《れいぜいてい》の寵愛を受ける可能性もあったのですが、任じられる前に、鬚黒《ひげくろ》と望まない結婚をすることになってしまいました。しかし、本来の尚侍としての仕事をするのであれば既婚者でもかまわないので、予定どおりに尚侍となりました。その後、娘（内裏《うち》の君）に譲るまで、玉鬘は尚侍の地位にとどまりました。

また、朧月夜《おぼろづきよ》は、御匣殿《みくしげどの》の別当（長官）として後宮に入り、後に尚侍になりました。この御匣殿も、天皇の装束を縫製する仕事などをつかさどる後宮の役所です。天皇のそばに仕えるので、寵愛を得て、尚侍と同じように妃に準じる立場になることもありました。右大臣は、朧月夜を女御として朱雀帝《すざくてい》のもとに入内《じゆだい》させたかったのですが、光源氏とのことがあって、それをあきらめました。しかし、朧月夜は、御匣殿の別当や尚侍の地位を得て、朱雀帝の寵愛を受けたのでした。

第三一

真木柱《まきばしら》

好きでもないのに

光源氏……………37 ～ 38
玉鬘………………23 ～ 24
鬚黒………………32(33)～33(34)
真木柱……………12(13)～13(14)
式部卿の宮
…………………………52～53
冷泉帝……………19～20

多くの求婚者たちを押し退《の》けて玉鬘《たまかずら》と結婚したのは、意外にも鬚黒《ひげくろ》だった。このことを、光源氏も、冷泉帝《れいぜいてい》も残念に思う。鬚黒にはすでに北の方がいて、夫が玉鬘と結婚したことを嘆き悲しんだ。

　十一月に入って、玉鬘は、好きでもない鬚黒と結婚してふさぎ込んでいた。

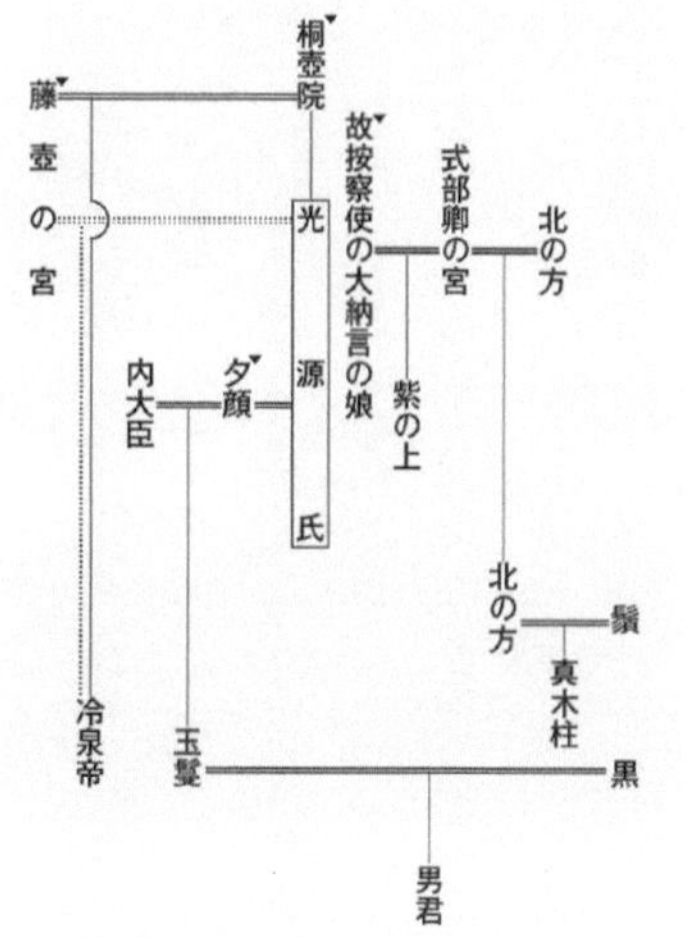

真木柱は、邸を離れるに際して、柱のひび割れた所に歌を書いた紙を押し入れた。

一方、鬚黒は、玉鬘を迎えるために、邸《やしき》を改築し、調度類を整えてゆく。

鬚黒の北の方の父式部卿《しきぶきょう》の宮は、鬚黒が玉鬘と結婚したことを知って激怒し、娘を引き取ることにした。母とともに鬚黒の邸を去る娘（真木柱）は、柱のひび割れた所に、嘆きの歌を書き記した紙を押し入れた。

翌年の正月、男踏歌《※おとことうか》の頃に、玉鬘は、尚侍《ないしのかみ》として参内した。冷泉帝が玉鬘の局《つぼね》を訪れたことを知って心配した鬚黒は、玉鬘を強引に邸へ連れて帰ってしまった。冷泉帝は、玉鬘の退出後も、ひそかに玉鬘のもとに手紙を贈った。

十一月、玉鬘は、鬚黒との間の男

君を生んだ。

※男踏歌　「23初音」の巻の※（89ページ）参照。

第三二

梅枝《うめがえ》

明石の姫君、成人する

光源氏	39
紫の上	31
春宮(今上帝)	13
明石の姫君	11
夕霧	18
雲居雁	20

正月の下旬、光源氏は、六条の院で※薫物合《たきものあわせ》を計画して、女君たちに名香《みょうごう》を配って調合を依頼した。

二月十日、折から六条の院を訪れていた蛍の宮を判者として、薫物合が催された。

薫物合の翌日、明石《あかし》の姫君の裳着《もぎ》が催されて、秋好中宮《あきこのむちゅうぐう》が※腰結役《こしゆい》を務めた。

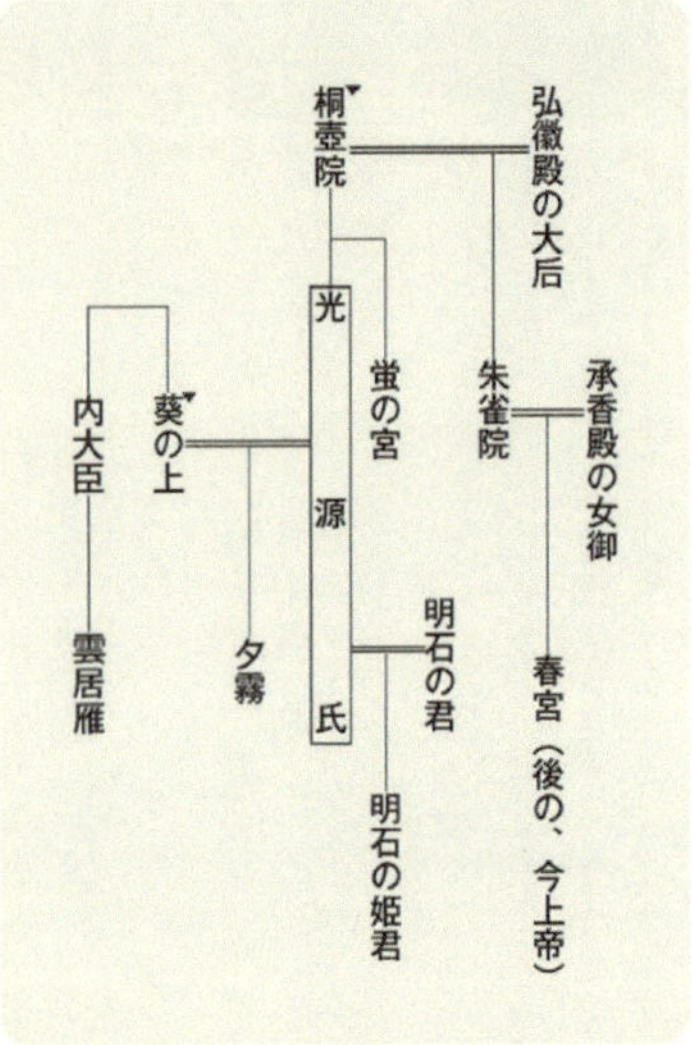

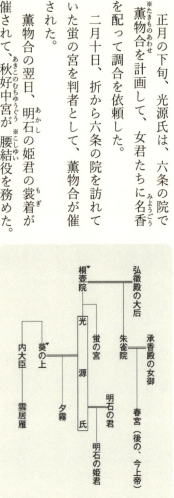

二月二十日過ぎに、春宮《とうぐう》（後の、今上帝《きんじようてい》）が元服した。明石の姫君の春宮への入内《じゆだい》は、四月に決まった。光源氏は、その準備として、調度のほかに、さまざまな草子《そうし》も用意した。

夕霧と雲居雁《くもいのかり》との結婚に反対していた内大臣（頭《とう》の中将）も、今では二人の結婚を許す気持ちになっていた。しかし、夕霧からはっきりした結婚の意思表明がないので、雲居雁の処遇に悩んでいた。光源氏も、夕霧のはっきりしない態度を諫《いさ》めた。夕霧にはほかにも縁談の話があり、それを知った雲居雁は嘆いた。

蛍の宮が光源氏のもとを訪れている時、依頼していた薫物が朝顔の姫君から届けられた。

※**薫物**　コラム27（118ページ）参照。

※**腰結役**　コラム25（109ページ）参照。

コラム27　薫物

さまざまな香木《こうぼく》を粉に挽《ひ》いて調合して、蜂蜜や甘葛《あまずら》などで練り合わせたものを、薫物といいます。その際に用いられた香木は、沈香《じんこう》、丁字《ちょうじ》、龍脳《りゅうのう》、白檀《びゃくだん》など、貴重な輸入品でした。

薫物を薫《た》いて、室内にその香りを漂わせたり、衣服などに薫きしめたりすることは、人々の品格や教養の高さを表すことになりました。同じ薫物であっても、家それぞれの調合法があり、それを秘密にしたのです。

薫物のなかでも、梅花《ばいか》・荷葉《かよう》・菊花《きつか》・落葉《らくよう》・黒方《くろぼう》・侍従《じじゅう》は、「六種《むくさ》の薫物」として、特に珍重されたものです。これらは、季節による定めがあり、たとえば、梅花は春、荷葉は夏の薫物で、「32梅枝」の巻の薫物合《たきものあわせ》では、春の町に住む紫の上が梅花を、夏の町に住む花散里《はなちるさと》が荷葉を調合しています。一方、明石《あかし》の君は、季節による定めがある薫物を避けて、薫衣香《くのえこう》という衣服に薫きしめる薫物を調合しました。ここに、六条の院の女君たちのなかでも身分の違いを意識した明石の君の人柄を読み取ることもできるのです。

第三三

藤裏葉《ふじのうらば》

光源氏、最高の栄華

光源氏……39
紫の上……31
夕霧……18
雲居雁……20
春宮(今上帝)……13
明石の姫君(明石の女御)……11
明石の君……30
冷泉帝……21
朱雀院……42

「32梅枝」の巻と同じ年の三月二十日、大宮の三回忌が催された際に、内大臣(頭《とう》の中将)は、夕霧に親しく語りかけた。

四月七日、内大臣は、藤の花の宴を催して、夕霧を招待した。夕霧は、光源氏の勧めもあって藤の花の宴に出席して、その日に雲居雁《くもいのかり》と結ばれた。

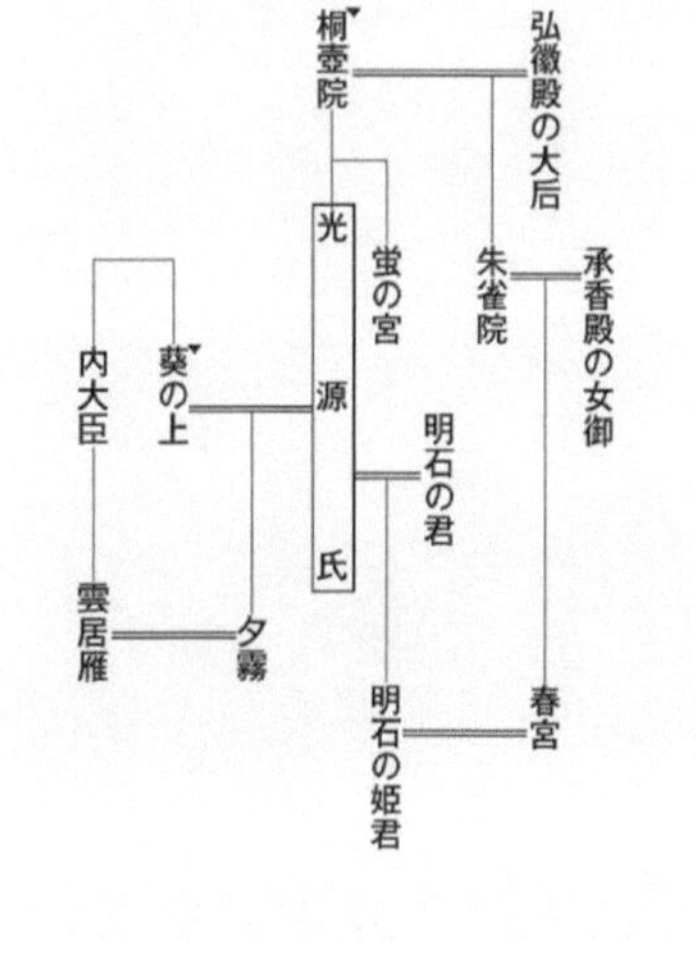

夕霧は、内大臣から藤花の宴に招かれ、雲居雁との結婚を許された。

四月二十日過ぎに、明石《あかし》の姫君が春宮《とうぐう》（後の、今上帝《きんじょうてい》）のもとに入内《じゅだい》した。その際、紫の上がつき添って、三日間過ごした後に退出した。入れ替わりに明石の君が後見役として参内した。その時に、紫の上と明石の君は初めて対面した。

光源氏は、明石の姫君が春宮のもとに入内したことで、前から懐《いだ》いていた出家の心ざしを遂げようと思った。一方、冷泉帝《れいぜいてい》たちは、翌年に迫った光源氏の※四十《しじゅう》の賀《が》の準備を進めていた。

秋、光源氏は※太上天皇《だいじょうてんのう》に準《じゅん》ずる位を得た。内大臣は太政大臣《だいじょうだいじん》に、夕霧は中納言に、それぞれ昇進した。

結婚した夕霧と雲居雁は、亡き大宮が住んでいた三条殿に移り住んだ。

十月二十日過ぎに、冷泉帝が、朱雀院《すざくいん》とともに六条の院に行幸して、盛大な宴が催された。

※四十の賀　四十歳になった時に催す、長寿を祝い、さらなる長寿を祝って行う儀式。以降、十年ごとに賀の儀式が催された。

※太上天皇　コラム28（122ページ）参照。

コラム28　太上天皇

「太上天皇《だいじょうてんのう》」（上皇）とは、位を退いた天皇の呼称です。本来、天皇にならなかった光源氏が太上天皇になることはできません。そこで、冷泉帝《れいぜい》は、実父である光源氏が太上天皇に准ずる待遇を受けられるようにしたのでした。

律令制度では、「准太上天皇」という位や称号はありません。ただし、歴史上、天皇にはならずに太上天皇に准ずる待遇を受けた例があります。寛仁元年（一〇一七）、後一条天皇の春宮《とうぐう》だった敦明親王《あつあきらしんのう》（三条天皇の第一皇子）は、春宮の地位を退いた後に、小一条院《こいちじょういん》という院号を与えられて、太上天皇に准ずる待遇を受けました。敦明親王が一度就いた春宮を辞退したのは、後一条天皇の弟である敦良親王《あつなが》を春宮にしたいとする藤原道長《みちなが》の意向によるものでした。

女性の場合では、円融《えんゆう》天皇の女御《にょうご》で一条天皇の生母藤原詮子《せんし》が、一条天皇が即位すると皇太后となりましたが、円融天皇が亡くなった後、出家した正暦《しょうりゃく》二年（九九一）に、太上天皇に准じられて東三条院《ひがしさんじょういん》と呼ばれた例があります。

『源氏物語』では、「14澪標」の巻で、朱雀《すざく》帝が冷泉帝に位を譲った際に、出家した藤壺《ふじつぼ》の宮が、皇太后の位に就くことができなかったため、太上天皇に准ずる待遇を受けています。

第三四

若菜上《わかなじよう》

女三の宮、光源氏の正妻となる

光源氏	39〜41
紫の上	31〜33
玉鬘	25〜27
朱雀院	42〜44
女三の宮	13(14)〜15(16)
冷泉帝	21〜23
秋好中宮	30〜32
明石の女御	11〜13
夕霧	18〜20
柏木	23(24)〜25(26)

六条の院行幸の後、病気がちになった朱雀院《すざくいん》は、出家の準備を始めるが、母を亡くした女三の宮のことが気がかりだった。朱雀院は、女三の宮にしっかりした婿がほしいと思って、その候補として夕霧を考えていた。しかし、女三の宮の乳母《めのと》たちは、光源氏を推薦する。ほかにも、柏木《かしわぎ》をはじめとして、女三の宮の婿となることを望む人々がたくさんいた。朱雀院は、婿選びに苦慮を重ねたが、女三の宮を光源氏に託そうと決

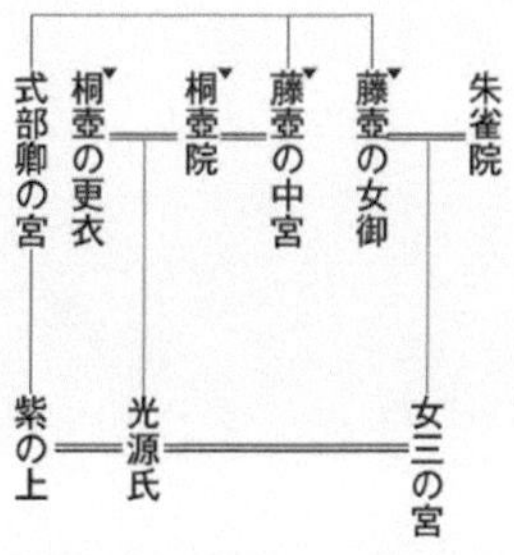

六条の院の春の町の庭で蹴鞠が催された。女三の宮がその様子を御簾越しに見ている時、猫が御簾の端を引き上げた。

めた。光源氏は、最愛の妻である紫の上が傷つくのではないかと悩みながらも、女三の宮が藤《ふじ》壺《つぼ》の宮の姪《めい》であることに惹《ひ》かれて、朱雀院の申し出を受け入れた。朱雀院は、安心して出家した。

翌年の正月、玉鬘《たまかずら》が光源氏の四十《※しじゅう》の賀を主催した。

二月十日過ぎに、女三の宮は、正妻として六条の院の春の町に入った。しかし、光源氏は、その幼さに失望する。紫の上は、これからの自分の立場に不安を感じながら、新婚の三日目の夜も、光源氏を女三の宮のもとに送り出した。その夜、光源氏は、紫の上を夢に見て、暁に急いで紫の上のもとに戻り、終日慰めた。

夏、明石《あかし》の女御《にょうご》が懐妊して六条の院の春の町へ里下がりをした。寝殿の東側は明石の女御の、西側は女三の宮の居処となった。東の対に住む紫の上は、明石の女御に会いに行くついでに、女三の宮のもとを訪れて対面した。以後、紫の上と女三の宮は、手紙を交わして親しくなっていく。

十月には紫の上が、十二月の末には、秋好中宮《あきこのむちゅうぐう》と、冷泉帝《れいぜいてい》の命を受けた夕霧が、光源氏の四十の賀を相次いで主催した。

次の年、三月十日過ぎに、明石の女御が第一皇子を生んだ。そのことを知った明石の入道は、明石の尼君に宛てて、長年入道が住吉の神に祈願をしていた願文と手紙を贈った後、山に籠もって行方を断った。

三月末、六条の院で蹴鞠《けまり》が催された際、柏木は女三の宮を垣間見《かいまみ》た。女三の宮の愛玩する猫に結びつけられた綱によって、女三の宮の部屋の御簾《みす》の端が高く引き上げられたからである。柏木は、女三の宮の姿を見て心を奪われてしまう。その後、柏木は、女三の宮の乳母子《めのとご》の小侍従《こじじゅう》を介して、女三の宮に手紙を贈って思いを訴えてゆく。

※四十の賀　「33藤裏葉」の巻の※（121ページ）参照。

コラム29　光源氏の老い

長寿を祝い、さらなる長寿を祈って行う儀式を、賀（算賀）といいます。現在は、一般的には六十歳になった時に還暦の祝いをしますが、昔は、長寿の始まりを四十歳として、四十の賀、五十の賀のように、十年ごとに賀宴が催されました。

「33藤裏葉」の巻の最後には、十月二十日過ぎに冷泉帝《れいぜいてい》が朱雀院《すざくいん》とともに六条の院に行幸したことが語られています。秋には太上天皇に准じ、さらに今上帝《きんじょうてい》と先帝の二人の帝《みかど》を六条の院に迎えるというこのうえない光栄に浴して、光源氏は栄華の絶頂を極めたことになります。年が明けると、光源氏も四十歳を迎えることになります。光源氏にとって、老いが確実に忍び寄ってきていたのです。

光源氏が朱雀院の女三の宮と結婚したのは、「34若菜上」の巻で、玉鬘《たまかずら》主催の四十の賀が催された後のことです。女三の宮は十四歳か十五歳でした。この時、光源氏の娘である明石《あかし》の女御《にょうご》は十二歳ですから、光源氏と女三の宮は親子ほどの年齢の差があります。「紫のゆかり」（コラム5〈31ページ〉参照）を求めての結婚でしたが、すでに老境に入った光源氏の結婚は、物語にさまざまな波紋を投じることになるのです。

第三五

若菜下《わかなげ》

柏木、女三の宮に近づき思いを遂げる

光源氏	41～47
紫の上	33～39
玉鬘	27～33
朱雀院	44～50
女三の宮	15(16)～21(22)
冷泉帝(冷泉院)	23～29
秋好中宮	32～38
春宮(今上帝)	15～21
明石の女御	13～19
明石の君	32～38
夕霧	20～26
柏木	25(26)～31(32)
落葉の宮	年齢未詳
匂宮	誕生

柏木《かしわぎ》は、女三の宮への思いがつのり、宮がかわいがっている唐猫《からねこ》を手に入れて、女三の宮の身代わりとしてかわいがった。その頃、蛍の宮が真木柱と結婚した。

それから、五年の年月が経過した。冷泉帝《れいぜいてい》は在位十八年で譲位して、春宮《とうぐう》（後の、今上帝《きんじょうてい》）が即位した。明石の女御《にょうご》が生んだ第一皇子が、次の春宮になった。太政大臣《だいじょうだいじん》（頭《とう》の中将）は位を辞し、鬚黒《ひげくろ》が右大臣となって政権を担当した。そのような折、紫の上は出家の望みを光源氏に訴えるが、許されなかった。

十月二十日、光源氏は、願ほどきのために、住吉に参詣《さんけい》した。明石の女御、紫の上、明石の君、明石の尼君たちが同行した。

六条の院の春の町で、女楽が催された。

その頃、朱雀院《すざくいん》から、女三の宮と対面したいとの意向が伝えられて、光源氏は、朱雀院の五十の賀で二人を会わせる計画を立てて、女三の宮に琴《きん》を教えた。

翌年、光源氏は、朱雀院の五十の賀を二月と定めて、正月二十日過ぎに、六条の院の春の町で、試楽《しがく》として、女三の宮の琴、明石の女御の箏《しょう》、紫の上の和琴《わごん》、明石の君の琵琶《びわ》による女君だけの管絃《かんげん》の遊び（女楽）を催した。その後、光源氏は、紫の上に、これまでの人生を顧みて、しみじみと語った。光源氏は、今年紫の上が厄年の※三十七歳になるので、体に注意するようにと諭した。その翌日、紫の上がにわかに発病したために、朱雀院の賀宴は延期された。

三月、光源氏は、紫の上を病気療養のために二条の院に移した。

柏木《かしわぎ》は、女二の宮（落葉《おちば》の宮）と結婚したが、女三の宮のことをあきらめることができなかった。四月十日過ぎ、光源氏の留守中に、柏木は女三の宮のもとに忍び入り、女三の宮と強引に契りを結んだ。二人は、光源氏を恐れ、罪の意識にさいなまされる。

※賀茂《かも》の祭りの日、紫の上は、一時息が絶えたが蘇生《そせい》する。その時、六条の御息所《みやすどころ》の死霊が現れた。光源氏は、紫の上の病が小康を得たので六条の院に戻り、女三の宮の懐妊を知って、いぶかしく思う。その翌朝、光源氏は、柏木から女三の宮に贈られた手紙を発見して二人の密通の事実を知り、かつての藤壺《ふじつぼ》の宮とのことを思い出して煩悶《はんもん》する。

十二月、明石の女御は、三の宮（匂宮《におうみや》）を生んだ。

十二月中旬、六条の院で催された朱雀院の五十の賀の試楽の日、光源氏は柏木を呼び出して皮肉を言う。柏木は、逃げるように自邸に戻って、そのまま病に臥《ふ》した。

十二月二十五日、朱雀院の五十の賀が、柏木不在のまま催された。

※三十七歳　紫の上の年齢は、「5若紫」の巻での年齢を基準として、光源氏と八歳違いとされている。それによると、この時、紫の上は三十九歳になるはずである。

※賀茂の祭り　上賀茂神社（賀茂別雷神社《かものわけいかずち》）と下鴨神社（賀茂御祖神社《みおや》）の例祭。四月の中の酉《とり》の日に行われた。

コラム30　女楽で弾かれた琴

六条の院で行われた、朱雀院《すざくいん》の五十の賀のための試楽の際に演奏された琴について、簡単に説明しましょう。

女三の宮が弾いた琴《きん》（琴の琴《こと》）は、中国から伝来した琴で、七絃《しちげん》で、琴柱《ことじ》がありません。琴柱がない代わりに、徽《き》という十三の目印に従って左手で絃を押さえて、右手の指で弾《はじ》くように弾《ひ》きました。

明石《あかし》の女御《にょうご》が弾いた箏《しょう》（箏の琴）も、中国から伝来した琴ですが、十三絃で、琴柱があります。琴柱を立てて左手で絃を押さえ、右手にはめた爪で絃を弾《はじ》きながら弾きました。

紫の上が弾いた和琴《わごん》は、わが国固有の琴で、「東琴《あずまごと》」「大和琴《やまとごと》」ともいいます。六絃で、右手に持った琴軋《ことさき》という撥《ばち》で弾きました。神楽《かぐら》や東遊《あずまあそ》びなどの時に用いられました。

明石の君が弾いた琵琶《びわ》（琵琶の琴）も、中国から伝来した琴ですが、ほかの琴とは形が違っていて、楕円形《だえんけい》の胴に柄をつけて四本の絃を張ったもので、右手に持った撥で弾きました。

※「琴の琴」「箏の琴」「和琴」「琵琶」は、138ページの図版参照。

第三六 柏木《かしわぎ》 光源氏の子、薫の秘密

光源氏	48
紫の上	40
女三の宮	22(23)
玉鬘	34
今上帝	22
夕霧	27
柏木	32(33)
薫	誕生

柏木《かしわぎ》の病が快復しないままに、年が明けた。死を予感した柏木は、ひそかに女三の宮に手紙を出す。女三の宮は、柏木の子（薫《かおる》）を生んだ。光源氏は、この子の誕生を素直に受け入れることができない。女三の宮も、そんな光源氏の態度に、出家を望むようになった。女三の宮は、娘を心配して下山した朱雀院《すざくいん》の手によって、望みどおり出家した。

柏木の死が近いと思った今上帝《きんじようてい》の配慮によって、柏木は権大納言《※ごんだいなごん》に昇進するが、病は重くなるばかりであった。女三の宮の出家を知った柏木は、夕霧に、落葉《おちば》の宮のことなどの後事を託して亡くなった。

光源氏は、薫の五十日の祝いで、わが子ならぬ薫をわが子として抱いた。襖障子の奥に衣の端が見えているのが女三の宮か。

三月、薫の※五十日《いか》の祝いがあった。薫を見て柏木に似ていると思った光源氏は、深い感慨に沈む。柏木の四十九日の法要も終わり、柏木から後事を託された夕霧は、一条の宮を訪れて、一条の御息所《みやすどころ》とともに、亡き柏木を偲《しの》んだ。この後、夕霧は一条の宮をしばしば見舞った。

四月、夕霧は、一条の宮を訪れて、落葉の宮と初めて歌を贈答した。

秋になって、早くも薫は這《は》い始めた。

※権大納言　定員外の大納言。今上帝は、昇進のために参内する柏木ともう一度会いたいと思ったのである。

※五十日の祝い　コラム31（156ページ）参照。

コラム31　子どもが生まれると……

子どもが生まれると、その子が無事に成長することを願って、さまざまな行事が催されました。

子どもが生まれた後には、三日目の夜、五日目の夜、七日目の夜、九日目の夜と続いて祝宴が催されました。これを、産養《うぶやしない》といいます。その日は、親族・縁者は、母親や子どものための衣類や飲食物を贈り、出産を祝いました。

子どもが誕生してから五十日目には、五十日《いか》の祝いが催されました。重湯《おもゆ》の中に餅を入れて、箸《はし》で小児の口に含ませる儀式です。この日の祝儀の餅を「五十日の餅」といいます。餅を含ませる役は、父または外祖父が務めました。

幼児の成長を祝って初めて袴《はかま》を着ける儀式を、袴着《はかまぎ》といいます。男児・女児ともに、三歳から七歳頃までに、吉日を選んで、夜に行われました。光源氏の袴着は、三歳の時に、桐壺帝《きりつぼてい》によって、春宮《とうぐう》（後の、朱雀帝《すざくてい》）の時に劣らぬようにと、内蔵寮《くらづかさ》と納殿《おさめどの》の財物を用いて盛大に催されました（「1桐壺」の巻）。明石《あかし》の姫君（後の、明石の中宮《ちゆうぐう》）の袴着も、三歳の時に、二条の院に引き取られた後に、父光源氏によって行われています（「19薄雲」の巻）。

第三七

横笛《よこぶえ》

柏木の形見の横笛は誰に？

光源氏……49
女三の宮……23(24)
夕霧……28
雲居雁……30
明石の女御……21
朱雀院……52
薫……2

柏木《かしわぎ》が亡くなってから一年が過ぎた。光源氏や夕霧も、ねんごろに一周忌の法要を営んだ。朱雀院《すざくいん》は、勤行《ごんぎょう》に励みながらも、女三の宮のことが心配でしかたがない。一方、光源氏は、あどけない薫《かおる》を見て老いを感じずにはいられなかった。

秋、夕霧は、一条の宮を訪れ、柏木が得意だった和琴《わごん》を弾き、落葉《おちば》の宮も箏《しょう》を弾いて、夫を想う曲である想夫恋《そうふれん》を合奏した。この時、一条の御息所《みやすどころ》から亡くなった柏木が愛用していた横笛を贈られる。帰宅した夕霧は、その笛を吹いて寝た。すると、その夜の夢に柏木が現れ、この笛は自分の子孫に伝えたいと告げた。夕霧は、六条の院を訪れ、匂宮《におうみや》たちと遊ぶ薫を見て、薫が柏木に似ていることを不審に思う。夕霧が、昨夜の夢のことを話すと、光源氏は、その横笛は自分が預かるべきものだと語りながら、薫は柏木の子であるかもしれないという疑惑を夕霧が懐《いだ》いているのではないかと恐れる。

光源氏は、歯が生え始めて筍を齧るあどけない薫の様子を見る。筍は朱雀院から贈られたものである。

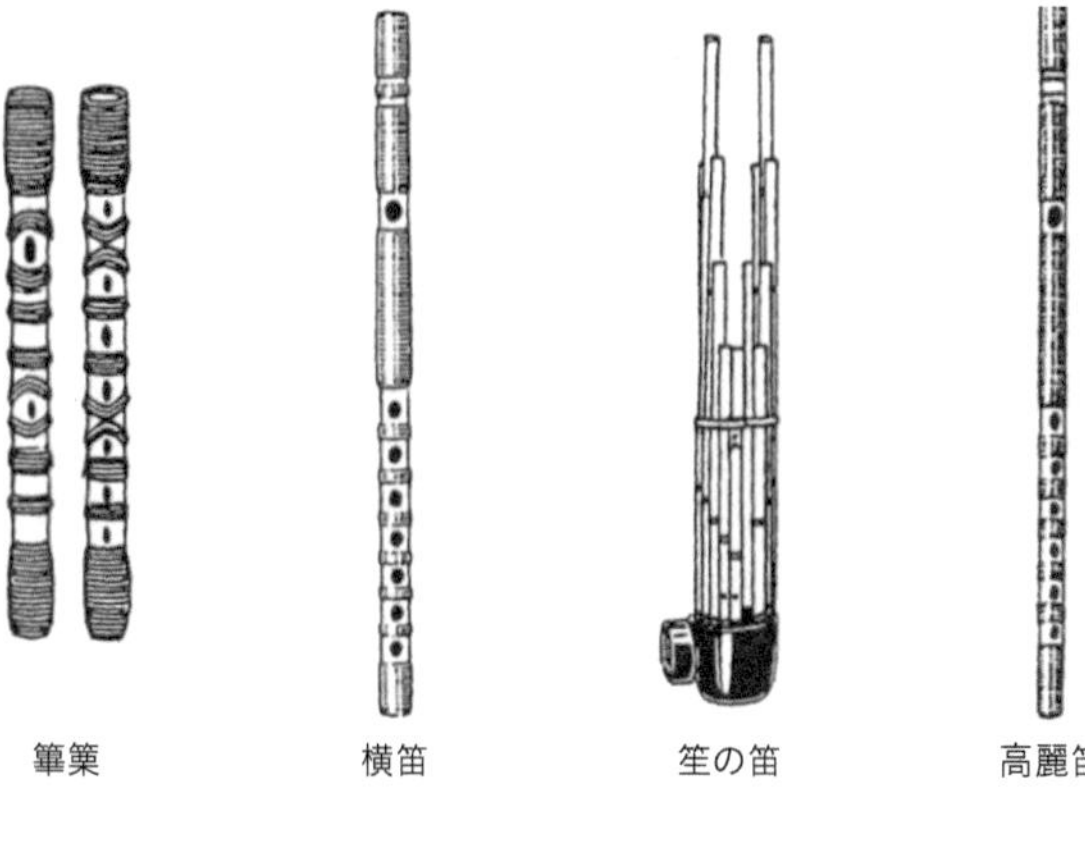

篳篥　　横笛　　笙の笛　　高麗笛

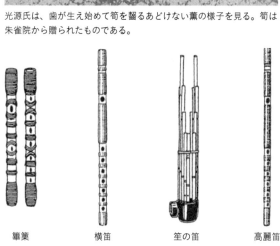

コラム32　父と子をつなぐもの

夕霧は、一条の御息所《みやすどころ》から柏木《かしわぎ》遺愛の横笛を贈られました。当時、笛は女性が演奏する楽器ではありませんでした。また、柏木と落葉の宮の間に子どもはいません。そこで、一条の御息所は、柏木の親友であった夕霧に横笛を伝えるのがよいと判断したのでしょう。

ところが、その夜、夕霧の夢に柏木が現れて、その笛は夕霧ではなく子々孫々に伝えたいと言いました。翌日、不審に思った夕霧が、光源氏に夢の話をしてその意味を尋ねました。光源氏は、笛の伝承についてくわしく語りながら、夕霧の質問をはぐらかして、柏木の笛を自分が預かることにしました。もちろん、光源氏は、柏木の笛は薫《かおる》に伝えるべきであると知っていたのですが、夕霧に真相を語るわけにはいかなかったのです。

その後、成長した薫は、「49宿木」の巻で、今上帝《きんじょうてい》の女二の宮と結婚しました。臣下が今上帝の皇女と結婚するのは、たいへんな名誉だったので、薫は羨望されました。女二の宮が薫のもとに迎え入れられる前夜、今上帝は、宮中で藤の花の宴を主催しました。その宴での演奏で、薫は、柏木遺愛の笛を見事に吹きました。笛は、光源氏を通して、確かに薫に伝えられたのでした。

第三八

鈴虫《すずむし》

鈴虫の声に誘われて

「37横笛」の巻の翌年の夏、女三の宮は、多くの仏像を作って、開眼供養を営んだ。

八月十五日の夜、光源氏は、女三の宮のもとを訪れて、鈴虫の鳴き声に興じて歌を詠み交わし、※琴《きん》の琴《こと》を弾いた。夕霧たちも訪れて、管絃《かんげん》の遊びとなった。そこへ、冷泉院《れいぜいいん》から月の宴への招待があり、光源氏をはじめ、皆、院に参上して、詩歌管絃の宴が催された。翌朝、光源氏は、秋好中宮《あきこのむちゆうぐう》のもとを訪れた。中宮は、光源氏に、いまだに成仏できずにいる母六条の御息所《みやすどころ》の後生《ごしよう》を願うために出家したいと伝えたが、諫《いさ》められた。中宮は、六条の御息所のために追善供養を営んだ。

※琴の琴　コラム30（130ページ）参照。

女三の宮のもとを訪れた光源氏は、鈴虫の声を聞きながら琴の琴を弾いた。女三の宮と一緒に出家した侍女たちは、仏に供えるものを用意している。

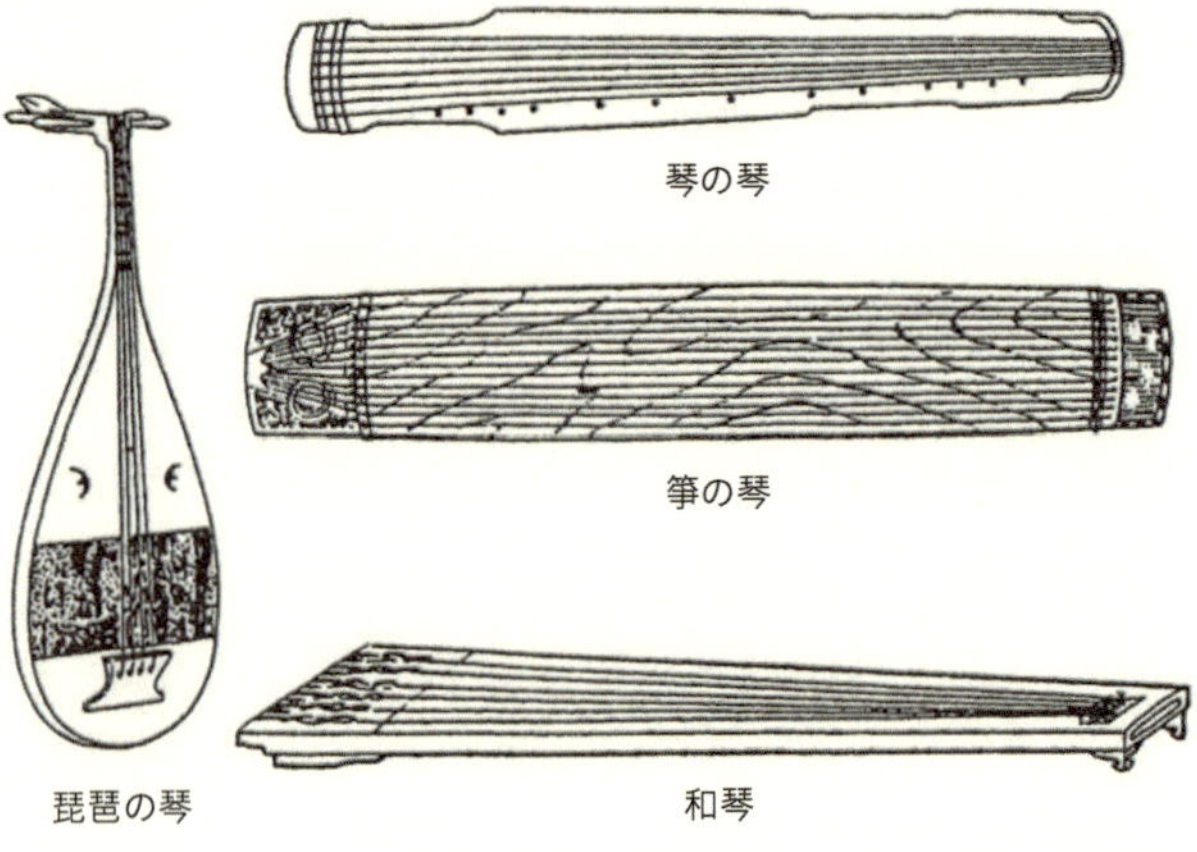

第三九

夕霧《ゆうぎり》

夕霧、落葉の宮を慰めるうちに……

光源氏……50
紫の上……42
女三の宮……24(25)
夕霧……29
雲居雁……31

柏木《かしわぎ》から後事を託された夕霧は、落葉《おちば》の宮のもとをしばしば訪れていた。落葉の宮は、病気になった一条の御息所《みやすどころ》とともに小野の山荘に移った。

八月二十日頃、夕霧は、一条の御息所の病気見舞いを理由に小野の山荘を訪れて、落葉の宮に恋情を訴えるが、落葉の宮は心を開かない。その夜、夕霧が落葉の宮のもとで過ごしたことを、翌日聞いて驚いた一条の御息所は、夕霧の真意をただそうとして手紙を贈った。夕霧が御息所から

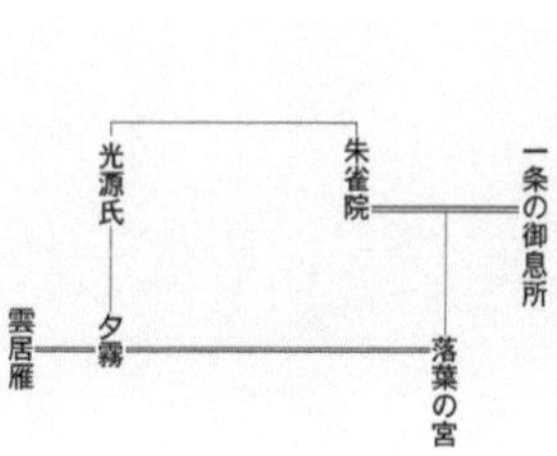

夕霧は、小野にいる落葉の宮のもとを訪れる。

の手紙を読もうとしていた時に、落葉の宮からの手紙かと疑って嫉妬した雲居雁《くもいのかり》が取り上げて隠してしまった。次の日、夕霧はやっと手紙を見つけて慌てて返事を書いたが、夕霧と落葉の宮が契りを結んだと思い込んだ一条の御息所は、夕霧本人が来ないで手紙だけをよこしたことに絶望して、悲嘆のあまり亡くなった。

　十月、夕霧は、亡き一条の御息所の四十九日の法要を主催する。落葉の宮は、出家を望むが、それを知った朱雀《すざく》院《いん》にとめられる。夕霧は、落葉の宮を無理やりに小野の山荘から一条の宮に移して落葉の宮に迫るが、落葉の宮は、頑《かたく》なに拒む。しかし、侍女の手引きで二人は結ばれた。落葉の宮は、一条の御息所の服喪中であった。

　一方、雲居雁は、夕霧の心変わりに怒って、父の邸《やしき》に帰ってしまった。

コラム33　小野

物《もの》の気《け》に悩まされた一条の御息所《みやすどころ》は、落葉の宮とともに小野にある山荘に移りました。加持祈禱《かじきとう》を頼んだ僧が、比叡山《ひえいざん》に山籠もりしているため京には来られないというので、小野が比叡山の麓近くであることを理由に、そこまで下山してもらうことにしたのでした。

小野は、現在の京都市左京区上高野《かみたかの》から八瀬《やせ》大原《おおはら》にかけての一帯をいいます。このあたりには、古くから貴族の山荘があったようです。『伊勢物語』八十三段では、惟喬《これたか》親王が隠棲《いんせい》した地として語られています。一条の御息所の山荘の位置は、はっきりとは書かれていませんが、修学院《しゅがくいん》の付近でしょうか。あるいは、大原のあたりだという説もあります。

「53手習」の巻における横川《よかわ》の僧都《そうず》の母尼や妹尼たちの住まいも、比叡《ひえ》坂本《さかもと》の小野という所にあると語られています。そこは、一条の御息所の山荘があった所よりは、もう少し奥に入った所だとも語られています。横川の僧都一行に救われた浮舟《うきふね》は、その後、小野の山里で、妹尼たちと暮らします。川音が荒々しかった宇治よりも静かな山里の小野で、浮舟は少しずつ身心を快復させていきます。

第四〇

御法《みのり》

紫の上、亡くなる

光源氏……51
紫の上……43
明石の中宮……23
明石の君……42
秋好中宮……42
夕霧……30

紫の上は、「35若菜下」の巻の女楽の後に発病して以来、健康を取り戻せないでいた。紫の上は、何度も出家を願うが、光源氏は許さなかった。

三月、紫の上は、長年ひそかに計画していた法※華経千部の供養を、二条の院で催した。人々は法会の荘厳さに感嘆するが、紫の上は残り少ない寿命を悟って、悲しく思っていた。

夏、紫の上は、病気見舞いのために退出した

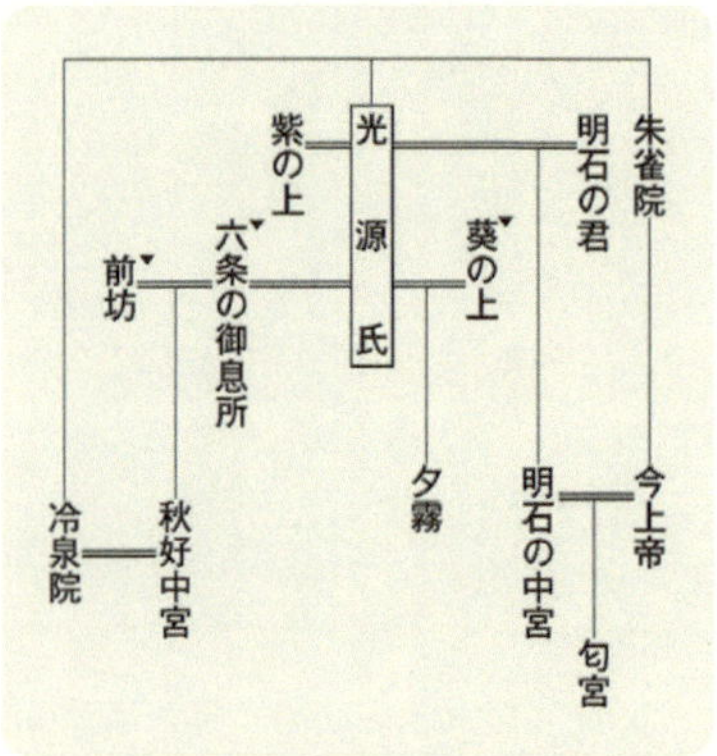

光源氏と明石の中宮は病気の紫の上を見舞った。

明石《あかし》の中宮と対面した。

八月十日の早朝、紫の上は、光源氏と明石の中宮に看《み》取られて亡くなった。紫の上の葬儀は、その日のうちに行われた。

喪に服した夕霧は、かつての野分《のわき》の折に垣間見《かいまみ》た紫の上の美しさを思い出していた。今上帝《きんじょうてい》、致《ち》仕《じ》の大臣、※秋好中宮《あきこのむちゅうぐう》たちの弔問があるなか、光源氏は、紫の上の亡き魂を偲《しの》び、仏道修行に励んだ。

紫の上の四十九日の法要は、悲しみのあまりその指示もできない光源氏に代わって、夕霧が執り行った。

※法華経千部の供養　『法華経』は、二十八品《ほん》（八巻）を一部とする。紫の上は、それを千部用意していた。

コラム34　女君たちの最期

光源氏が愛する女性たちの最期は、どのように描かれているのでしょうか。

夕顔は、光源氏が連れ出した廃院で、物《もの》の気《け》に襲われて亡くなりました。物の気が夕顔の枕元《まくらもと》から消えた後、しばらくして光源氏が夕顔を探ってみると、身体はすっかり冷えきっていて、すでに息絶えていたのでした。夕顔はまだ十九歳ほどでした。

藤壺《ふじつぼ》の宮は、三十七歳（女性の大厄の年）で、光源氏に看取《みと》られて亡くなりました。その最期は、「灯火《ともしび》などの消え入るやうに」と語られています。それは、釈迦《しゃか》の入滅の様子を記した「まさに涅槃《ねはん》に入ること、煙尽きて灯の滅ゆるがごとし」（『法華経』）を思い起こさせる表現となっています。

紫の上は、光源氏と明石《あかし》の中宮と三人で和歌を詠み合った後、明石の中宮に手を取られながら「消えゆく露」のように衰弱していきました。命をとどめようと手立てが尽くされましたが、その効《かい》もなく、夜が明ける頃に露のように「消え果て」ました。四十三歳でした。

光源氏は、これらの女性たちの最期を看取ることができましたが、物の気によって命を落とした葵《あおい》の上の最期を看取ることはできませんでした。光源氏が宮中に参内していた間に急死したためです。葵の上は、二十六歳でした。

第四一

幻《まぼろし》

光源氏、紫の上を追憶する

新年を迎えて、六条の院には例年どおりに年賀の人々が多く集まったが、光源氏は、蛍の宮にだけ会って、亡き紫の上の思い出を語り合った。

二月、光源氏は、紫の上が大切にしていた春の町の紅梅を見ながら、紫の上を偲《しの》んだ。
※賀茂《かも》の祭り、七夕、重陽《ちようよう》など、季節の折ごとに、光源氏は、紫の上を思い起こして、悲しみを深める。
年の暮れ、光源氏は、出家の準備のために、これまで関わりがあった女性たちからの手紙を焼いた。その

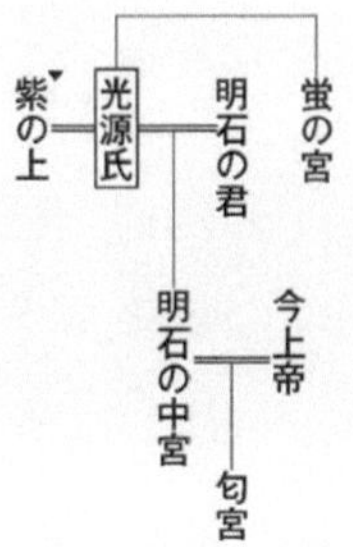

光源氏は、紫の上が大事にしていた紅梅を見て紫の上を偲んだ。

なかには、特別に取っておいた紫の上からの手紙もあった。手紙を焼くことで、光源氏は、愛執を断って出家の決意を固めるのであった。

十二月晦日、光源氏は、出家前の最後の新年を迎えるにあたって、正月の行事を例年よりも格別にしようと、あれこれと指示をした。追儺《ついな》に興じて走りまわる幼い匂宮の姿に、感慨もひとしおだった。

※賀茂の祭り　「35若菜下」の巻の※（129ページ）参照。

※重陽　九月の年中行事。五節供の一つ。九月九日、天皇が紫宸殿《ししんでん》に出御して、詩作の宴が催され、群臣に菊酒を賜る儀式。

コラム35　その後の光源氏

紫の上の死後、光源氏は、紫の上を追憶したり、自分自身の人生を回顧したりしながら、次第に出家への準備を整えていきました。けれども、「41幻」の巻には、実際に光源氏が出家したことは語られていません。では、その後の光源氏はどうなったのでしょうか。

光源氏は、年が明けて、正月の行事を滞りなくすませた後に、念願の出家を遂げたものと思われます。具体的な様子は語られていませんが、出家した光源氏が、嵯峨《さが》の院（嵯峨の御堂《みどう》のことでしょう）に隠棲《いんせい》したことや、出家後、二、三年で亡くなったことなどが、「49宿木」の巻で語られています。

ところで、「41幻」の巻の次に、通常、名前だけで本文のない「雲隠《くもがくれ》」という巻が置かれています。光源氏の死を暗示しているような巻名です。もともと巻名だけしかなかったのか、本文はあったけれども失われてしまったのか、本当のことはわかりません。また、この巻が『源氏物語』の作者によるものかどうかもわかりません。光源氏の死を悼む読者によって「雲隠」という名前だけの巻が作られて、それを支持する読者によって、今に伝えられたのかもしれません。

第四二

匂宮《におうみや》

どちらがお好き？ 二人の貴公子

薫	14〜20
匂宮	15〜21
明石の中宮	33〜39
夕霧	40〜46
六の君	10(11)〜16(17)

光源氏が亡くなって、九年の歳月が流れた。今上帝《きんじょうてい》の三の宮（匂宮《におうみや》）と、女三の宮の若君（薫《かおる》）の二人は美しく成長した。

薫は、二月に侍従になり、秋には右近中将になった。しかし、そのような晴れがましさとは裏腹に、薫は、自分の出世に秘密があるのではないかと疑って、ひそかに悩んでいた。そのために、名誉や恋には興味を懐《いだ》かず、仏道に心を

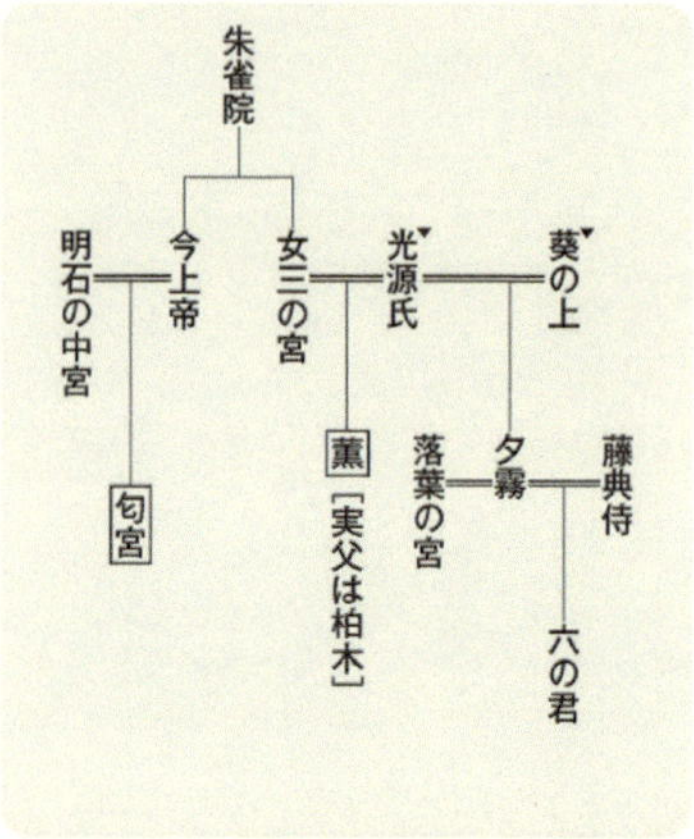

寄せていた。

薫は、生まれつき、この世のものとは思われないほどの芳香を放っていた。一方、匂宮は、薫に張り合うようにして、衣にさまざまな趣向を凝らした香《こう》を薫《た》きしめていた。人々は、「匂う兵部卿」「薫る中将」と言って二人をもてはやした。

薫は、十九歳の年、三位《さんみ》の宰相に昇進した。夕霧は、六の君（母は藤典侍《とうないしのすけ》）を薫か匂宮のいずれかと結婚させたいと思って、落葉《おちば》の宮の養女として預けていた。

翌年の正月、夕霧は、六条の院で賭《のり》※弓《ゆみ》の還饗《かえりあるじ》を主催した。夕霧から招待された薫は、匂宮とともに出席した。

薫や匂宮たちは、賭弓の還饗に招かれて夕霧のもとへ赴く。

※**賭弓の還饗**　賭弓の節会の後に、勝った側の大将《だいしょう》が、人々を饗応するために自邸で開催する饗宴。「賭弓」は、コラム20（90ページ）参照。

コラム36　匂宮と薫

「42匂宮」の巻から始まる『源氏物語』の第三部は、光源氏亡き後の物語です。都では、匂宮《におうみや》と薫《かおる》の二人が、光源氏ゆかりの美しい貴公子として、たいそうもてはやされていました。二人は、年齢も近く、幼い頃から六条の院で仲よく成長しました。匂宮は、今上帝《きんじょうてい》の第三皇子で母は明石の中宮ですから、光源氏の孫にあたります。薫は、光源氏の晩年に生まれた子ですが、光源氏の遺言もあって、光源氏の死後は、冷泉院《れいぜいいん》から格別な配慮を受けて育てられました。

ところで、「匂宮」「薫」という名称は、本名ではなく、人々が付けたニックネームです。二人ともよい匂いをさせているのでつけられたのですが、薫が生まれつきの芳香を体から発しているのに対して、匂宮の方は、香《こう》を薫《た》きしめて人工的な芳香をまとっています。香りのことだけではなく、匂宮は色好みではなやか、薫は内省的で落ち着いていると、性格も対照的です。

光源氏亡き後は、この二人が軸となって恋の物語が展開しますが、特に宇治十帖の物語世界では、生まれつきの芳香を身につけている薫の方が、中心的な人物として描かれています。

第四三

紅梅《こうばい》

婿候補No.1、匂宮

薫……24
匂宮……25
夕霧……50
紅梅……54(55)
真木柱……46(47)
春宮……31

亡き柏木《かしわぎ》の弟の紅梅には、亡くなった北の方との間に二人の姫君（大君《おおいぎみ》・中の君）がいたが、現在は真木柱を北の方としていて、若君も生まれていた。真木柱は、かつて蛍の宮と結婚して姫君（宮の御方）を儲《もう》けていた。三人の姫君たちは、紅梅邸で一緒に暮らして

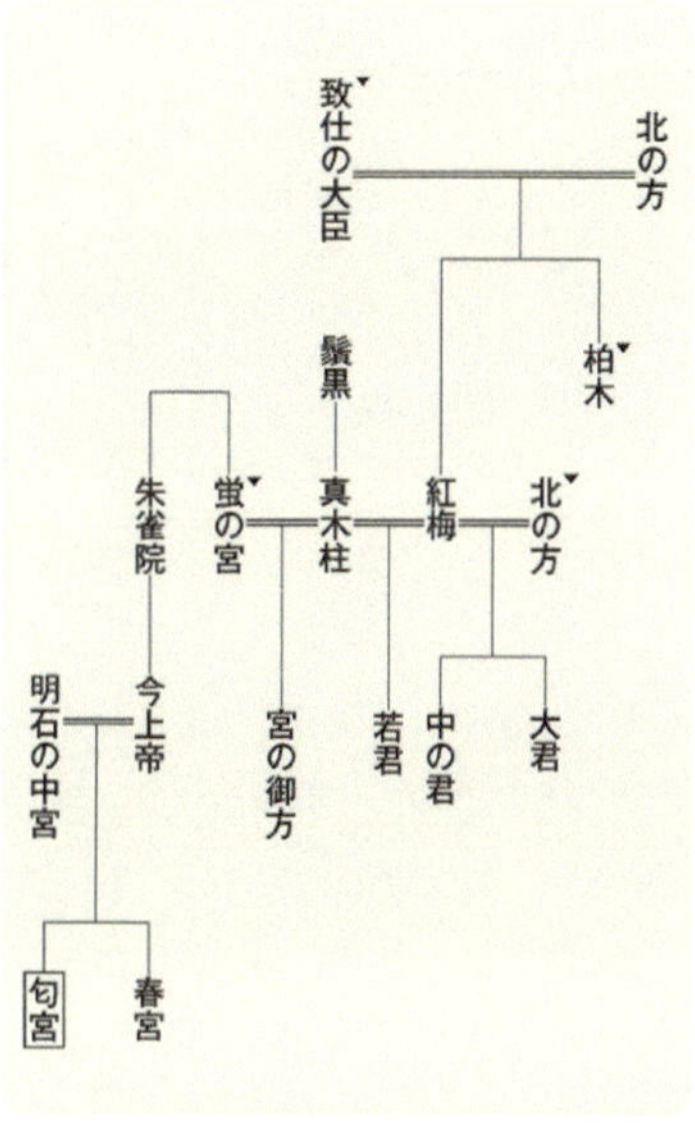

紅梅は、匂宮と中の君の結婚を願って匂宮への手紙を書く。

いた。

紅梅は、大君を春宮《とうぐう》に入内《じゅだい》させたので、次は中の君を匂宮《におうみや》と結婚させたいと望んでいた。

春、紅梅は、匂宮に、中の君と結婚することを期待する手紙を贈った。しかし、匂宮は、中の君よりも宮の御方に興味を懐《いだ》いていて、ひそかに手紙を贈っていた。控えめな性格の宮の御方は、匂宮に応じる気はなく、返事もしない。真木柱は夫の紅梅の気持ちを知っているので困惑しつつも、宮の御方を匂宮と結婚させてもいいと思う時もあった。けれども、匂宮があまりにも好色なことを思うと、やはりためらわれるのであった。

第四四

竹河《たけかわ》

玉鬘の娘たち

薫……14〜23
匂宮……15〜24
夕霧……40〜49
玉鬘……47〜56
冷泉院……43〜52
秋好中宮……52〜61
今上帝……35〜44
明石の中宮……33〜42

玉鬘《たまかずら》には亡き鬚黒《ひげくろ》との間に息子が三人と娘が二人いた。長女の大君《おおいぎみ》には、今上帝《きんじょうてい》、冷泉院《れいぜいいん》、蔵人《くろうど》の少将（夕霧の息子）たちが求婚していた。玉鬘は、かつて冷泉院の意向に沿えなかった代償として、大君を冷泉院のもとに出仕させようと思っていた。

薫《かおる》は、十五歳の年の正月に玉鬘邸を訪問して音楽の才能を発揮し、人々から絶賛された。三月、桜の花の盛りに、蔵人の少将

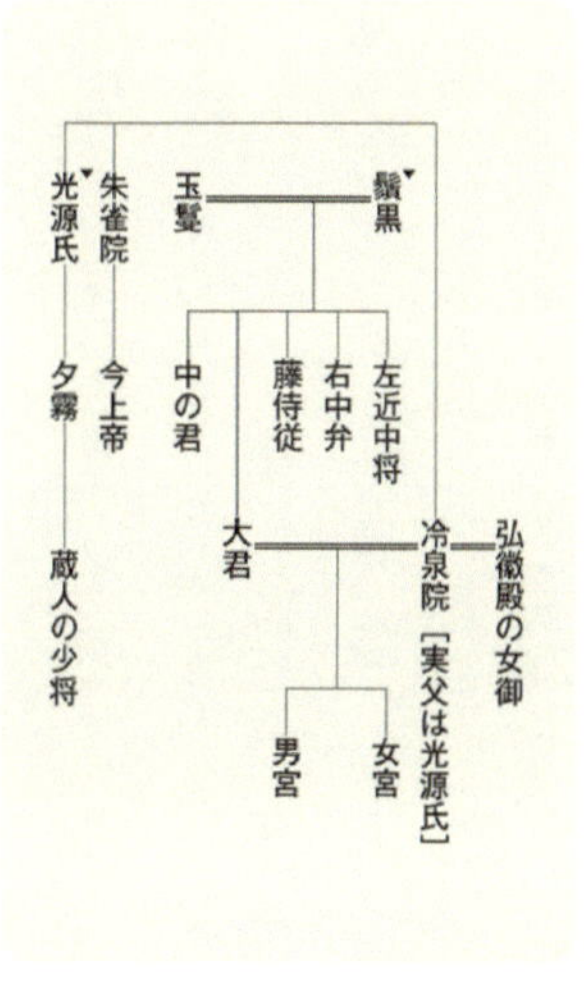

玉鬘の姫君たちは、桜を賭けて碁の勝負をした。勝負が終わった後、女童が庭へ下りて散った桜の花をかき集める。

は、大君と中の君が庭の桜を賭《か》けて碁の勝負をする姿を垣間見《かいまみ》て、大君への思いをますますつのらせた。しかし、大君が四月に冷泉院と結婚してしまったので、蔵人の少将は深く嘆いた。今上帝も、左近中将（鬚黒の息子）を召して、大君が冷泉院と結婚したことに不満をもらした。

年が改まり、※男踏歌《おとことうか》が催された。大君は、冷泉院の寵愛《ちょうあい》深く、四月に女宮を生んだ。中の君は、玉鬘に代わって※尚侍《ないしのかみ》となった。

また、数年を経て、大君は、男宮を生んだために弘徽殿《こきでん》の女御《にょうご》たちに嫉妬されるようになって、里下がりをすることが多くなった。

薫が二十三歳の年、夕霧は左大臣に、

紅梅《こうばい》は右大臣に、薫は中納言にそれぞれ昇進した。

※男踏歌　「23初音」の巻の※（89ページ）参照。
※尚侍　コラム26（112ページ）参照。

第四五

橋姫《はしひめ》

物語の舞台は宇治に！

薫	20〜22
八の宮	年齢未詳
大君	22〜24
中の君	20〜22
冷泉院	49〜51
女三の宮	41(42)〜43(44)

宇治では、光源氏の異母弟にあたる八の宮が、二人の姫君（大君《おおいぎみ》・中の君）とともにひっそりと暮らしていた。かつて、冷泉院《れいぜいいん》が春宮《とうぐう》であった時、弘徽殿《こきでん》の大后《おおきさき》と右大臣一派が春宮を廃して八の宮を擁立しようという陰謀を企てたことがあった。そのために、八の宮は、光源氏が政界に復帰してからは、世間からすっかり見捨てられていたのであった。

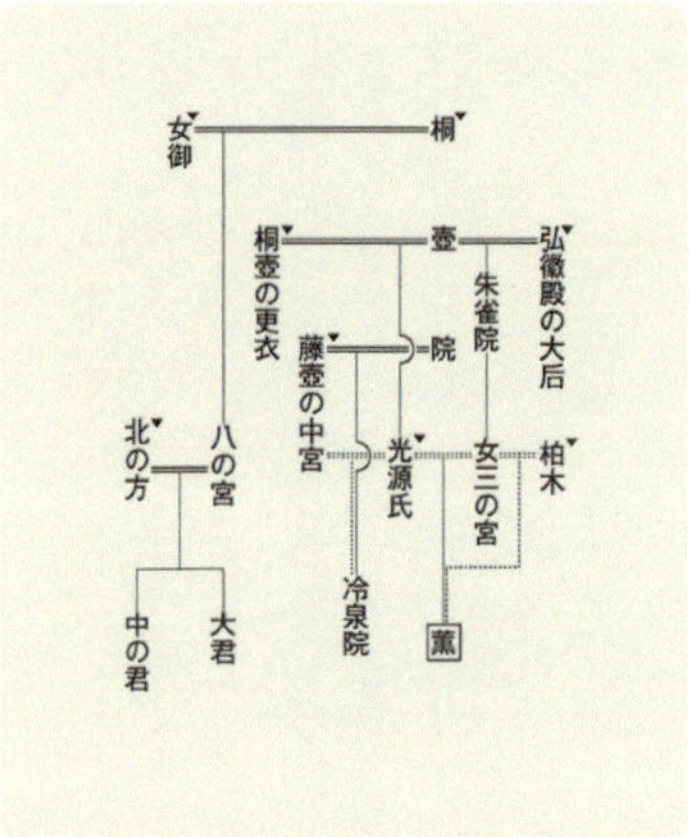

薫は、宇治の大君と中の君を垣間見した。

八の宮は、さらに、北の方にも先立たれ、京の邸《やしき》も火災で失うという悲運に見舞われて、失意のうちに宇治の山荘に移り住んだ。そこで、八の宮は、在俗のまま仏道修行に励みながら、姫君たちを育んでいた。

宇治の阿闍梨《あざり》は、八の宮の法《のり》の師であったが、ある時、冷泉院や薫《かおる》に八の宮のことを語り、それがきっかけとなって、薫と八の宮の交流が始まった。薫が二十歳の時のことである。

薫が宇治を訪問するようになって、三年目となった。晩秋、薫が思い立って宇治に出かけると、八の宮は宇治の寺に籠もっている最中であった。薫は、月明かりの下で琴の合奏を楽しんでいた姫君たちを偶然に垣間見《かいまみ》て心惹《ひ》かれた。薫は、大君と言葉を交わし、歌を贈答した。その折に、亡き柏木《かしわぎ》の乳母子《めのとご》であったという老侍女（弁）が現れた。薫は、弁と再会を約束して京に帰った。

帰京後、薫は、大君に手紙を贈り、匂宮には宇治の姫君たちのことを話して聞かせる。匂宮も、姫君たちに興味を懐《いだ》いた。

十月になって、宇治を訪れた薫は、八の宮から歓待されて、姫君たちの後見を託された。その明け方、薫は、弁から出生の秘密を聞き、実父柏木の手紙などを渡された。

帰京した薫は、母女三の宮に会うが、秘密を知ったことをうち明けられずに、一人で苦悩を深めるのであった。

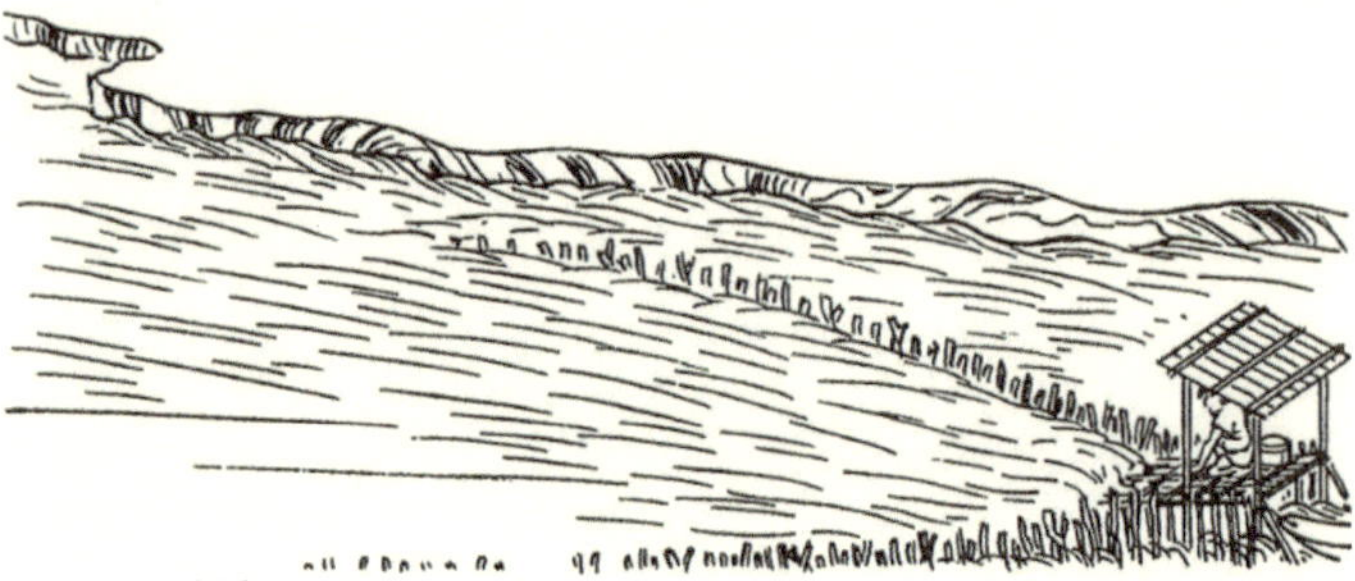

宇治名物、網代《あじろ》

コラム37　大君と中の君

ある晩秋の夜、薫《かおる》は思い立って宇治を訪れました。ところが、八の宮は留守で、姫君たちは琴を演奏していました。薫は、姫君たちを垣間見《かいまみ》てその優雅な様子にすっかり心を奪われてしまうのです。

ところで、薫が垣間見ている姉妹のうち、どちらが大君《おおいぎみ》でどちらが中の君なのでしょうか。じつは、前に、八の宮が、大君には琵琶《びわ》を、中の君には箏《しょう》を教えたことが書かれているので、楽器に着目すれば、琵琶を前にしているのが大君、箏を前にしているのが中の君だということになりそうです。

ところが、この場面で繰り広げられる姫君たちの様子は、琵琶の姫君の方が愛らしく明るく活発で、箏の姫君の方が落ち着いて嗜《たしな》みがあるように描かれています。この姉妹の性格は、姉の大君は落ち着いて思慮深く、妹の中の君はおおらかで可憐な感じに設定されています。そうすると、この場面での姫君たちのやりとりからは、琵琶の姫君は中の君、箏の姫君は大君ということになります。性格は簡単には取り替えられませんが、楽器は取り替えることができます。姫君たちは、父宮の留守に、いつも習っている楽器を取り替えて演奏を楽しんでいたのかもしれません。

第四六

椎本《しいがもと》

姫君たちの父八の宮、亡くなる

薫……23〜24
匂宮……24〜25
大君……25〜26
中の君……23〜24
六の君……19(20)〜(20)21

「45橋姫」の巻末尾の翌年、二月二十日頃に、匂《におう》宮《みや》は、初瀬詣《はつせもうで》の帰路、夕霧の宇治の別邸に滞在して、お供をした多くの上達部《かんだちめ》・殿上人《てんじょうびと》や、迎えに来た薫たちと、春の一日を楽しんだ。対岸の楽の音《ね》を聞いた八の宮に誘われて、翌朝、薫は八の宮のもとを訪ねた。匂宮から贈られた歌の返事は、八の宮が中の君に書かせた。

帰京後も、匂宮は、しばしば歌を贈った。八の

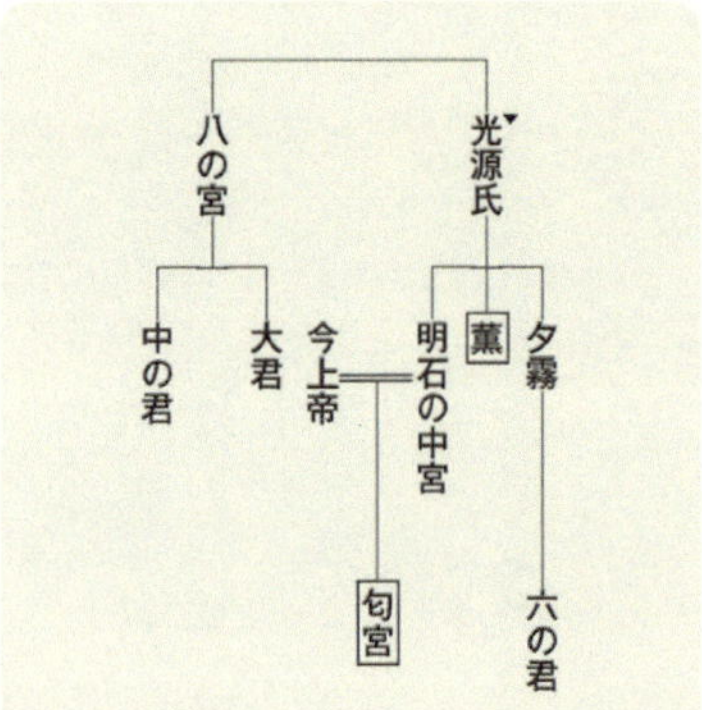

宮は、その返事をもっぱら中の君に書かせた。

秋、中納言に昇進した薫が宇治を訪れると、八の宮は、姫君たちの将来を案じてあらためて姫君たちの後見を依頼し、薫も承諾した。

秋が深まり、死期を悟った八の宮は、姫君たちに訓戒を残して、宇治の阿闍梨《あざり》の山寺に籠もった。八の宮は、そのまま病に臥《ふ》して、八月二十日頃、宇治の山寺でこの世を去った。姫君たちは嘆き悲しみ、せめて父の亡骸《なきがら》に会いたいと願ったが、宇治の阿闍梨は許さなかった。訃報《ふほう》を聞いた薫は、涙にくれる姫君たちを慰めるために宇治を訪れた。匂宮も手紙を送った。

その年の暮れ、雪の中を訪れた薫は、大君《おおいぎみ》に恋心を訴えるが、大君は取り合おうとしなかった。

父宮が亡くなって寂しい思いをしている姉妹のもとへ、阿闍梨から炭などが届けられる。

翌年の春、匂宮は、薫に、八の宮の姫君に逢《あ》わせてくれるようにせがんだ。一方、夕霧は、匂宮が六の君との縁談には興味を示さないことを恨めしく思っていた。夏、宇治を訪れた薫は、喪服姿の姫君たちをひそかに垣間見《かいまみ》た。

コラム38　八の宮の訓戒

死期を悟った八の宮は、姫君たちに訓戒を残して、宇治の阿闍梨《あざり》の山寺に籠もり、そのまま亡くなりました。その訓戒のうち、姫君たちのこれからの生き方について述べた部分のポイントをまとめてみましょう。

・父だけではなく、亡き母君の顔に泥を塗るような（身分の低い男性と結婚するなどといった）軽はずみな考えを持たないようにせよ。

・ほんとうに頼りになる人でなければ、甘い言葉に乗って山荘を離れてはいけない。

・自分たちは普通の人とは違った（結婚など考えてはいけない）運命なのだと思うようにして、この山荘で一生を終えようと心を決めよ。

・女性は、ひっそりと籠もって、世間の非難を浴びないように過ごすのがよい。

いかにも当時の男性貴族らしい考え方が窺《うかが》える内容です。最も重要なのは、姫君たちに結婚を禁止し、山荘で一生を終えることを指示している点ですが、よくよく頼りになる人とならば、結婚して山荘を離れてもよいとしているようにも受け取れます。もしかすると、八の宮は、心の底では、薫《かおる》に姫君の一人と結婚してほしいという望みを、最後まで捨てきれなかったのかもしれません。

第四七

総角《あげまき》

薫、策に溺れる

薫……24
匂宮……25
大君……26
中の君……24
明石の中宮……43
六の君……20(21)

八月、八の宮の一周忌が近づき、その準備のために薫《かおる》は宇治を訪れた。薫は、大君《おおいぎみ》を思慕する心を抑えきれず、その夜、大君に恋心を訴えたが、強く拒まれたまま一夜を明かした。大君は、自分は後見をして、中の君と薫を結婚させようと心に決めた。

　八の宮の喪が明けて、宇治を訪れた薫は、侍女の手引きで大君の寝所に忍び込んだが、

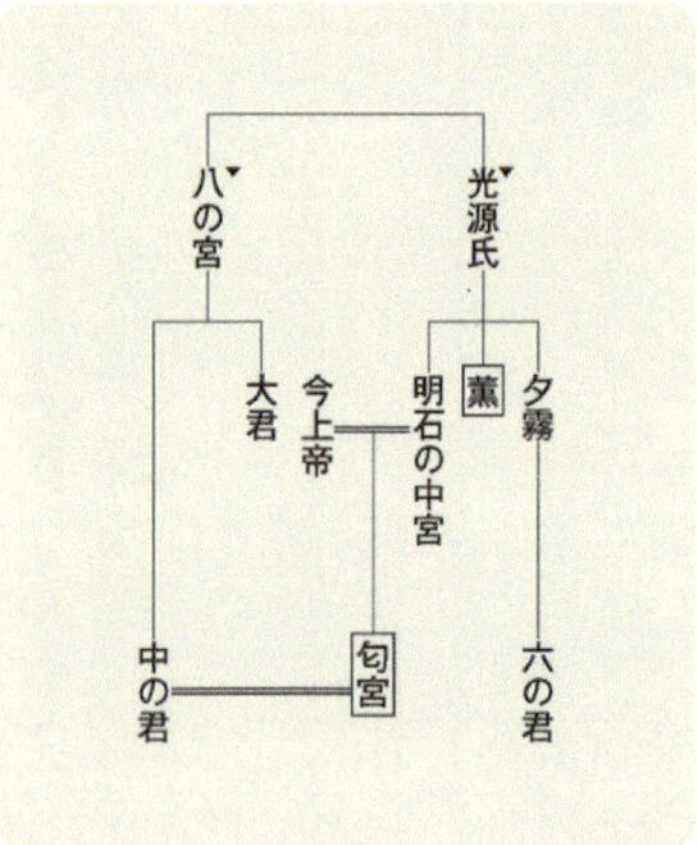

薫のけはいを察した大君は、中の君を残してのがれてしまった。薫は、中の君をもいとしく思うが、契りを交わすことなく、ただ語り明かした。

薫は、大君への思いを遂げるためには、中の君を匂宮《におうみや》と結婚させるほかはないと思い、策略をめぐらせて、八月二十八日についに二人を契らせてしまった。大君は、薫を恨んだが、匂宮を中の君の婿として迎えることに決めて、※「三日夜《みかよ》の餅《もちい》」の儀もなんとかすませた。匂宮は、中の君をいとしいと思うが、母明石《あかし》の中宮《ちゅうぐう》から自由気ままな振る舞いを諫《いさ》められて、思うように宇治に通うことができなかった。事情がわからない大君は、匂宮の来訪が途絶えがち

匂宮は、紅葉狩を口実に宇治に行き舟遊びをするが、対岸にいる中の君のところへ行くことができなかった。

であることに心を痛めていた。匂宮は、中の君を京に迎えようと考えていた。一方、薫も、大君を迎える準備を進めていた。

十月、匂宮は、紅葉狩《もみじがり》を口実に宇治を訪れたが、心ならずも中の君に逢《あ》うことができずに帰京した。素通りされた大君たちは落胆する。さらに、匂宮が夕霧の六の君と結婚するという噂《うわさ》を耳にした大君は、衝撃を受けて、病に臥《ふ》すようになった。大君は、匂宮が心変わりをしたものと思い込んで、男性不信をつのらせた。大君の病を知った薫は、宇治を訪れて、心を込めて看病した。

そのような折、大君の病を治療するための加持祈禱《かじきとう》をしに来ていた宇治の阿闍梨《あざり》は、八の宮が成仏できずに苦しんでいるという夢を見たことを語った。それを聞いた大君は、自分のせいで父宮が成仏できないのではないかと思って、みずからの罪業の深さに出家を願うが、果たせないまま、ついに十一月の中旬、薫に看《み》取られながら亡くなった。薫は、大君を失った悲しみに、宇治に籠もり続けた。

十二月の雪の日、匂宮は、宇治を訪れて中の君を見舞ったが、中の君は逢《あ》おうとしなかった。帰京した匂宮は、中の君に、京に迎える準備をしていることを告げた。

※三日夜の餅　コラム17（78ページ）参照。

コラム39　宇治

宇治と言えば、喜撰《きせん》法師の歌「わが庵《いほ》は都の巽《たつみ》しかぞ住む世を宇治山と人は言ふなり」(『古今和歌集』・雑下)を思い出す人が多いのではないでしょうか。この歌のように、「宇治《うぢ》」が「憂し」に通じることから、宇治には、「世を憂し」と思う世捨て人が籠もる地のイメージがあります。零落した八の宮が隠棲《いんせい》した憂愁の地としてふさわしい所だといえましょう。

一方で、この地は、古くから交通の要衝であり、平安時代には、貴族の別荘地や遊楽の地としても知られていました。『源氏物語』でも、夕霧の別荘が宇治川沿いにあって、匂宮《におうみや》は、初瀬詣《はつせもうで》の途中に訪れています。つまり、京に住む貴族にとっては、宇治は日常的な生活圏にある地とはいえませんでした。

高い身分ゆえに行動に制約がある匂宮は、中の君と結婚してからも、遠い宇治に思うように通うことができません。しかし、宇治に長く住んでいる大君《おおいぎみ》には、京と宇治との距離感が実感できなかったようです。来訪が途絶えがちな匂宮の誠意を疑い、心痛から重い病に臥《ふ》せるようになってしまいました。

大君の最期を看取《みと》った薫《かおる》は、そのまま宮仕えもせずに宇治に籠もり続けました。そんな薫の姿に、京の人々は、大君に寄せる思いの深さを知ったのでした。

第四八

早蕨《さわらび》

大君を偲ぶ人々

薫……25
匂宮……26
中の君……25

年が明けて、春が巡ってきた。大君《おおいぎみ》を失った悲しみに沈む中の君のもとに、宇治の阿闍梨《あざり》から蕨《わらび》や土筆《つくし》が届けられた。匂宮《におうみや》は中の君を二条の院に迎えることを決めたが、中の君は、宇治を離れることを心細く思っていた。二月初旬、薫《かおる》は、喪が明けた中の君のもとを訪れて、亡き大君を偲《しの》び、歌を詠み合った。また、薫は、尼になった弁（弁の尼）とも語り合って、世の無常を嘆いた。中の君も、弁の尼と

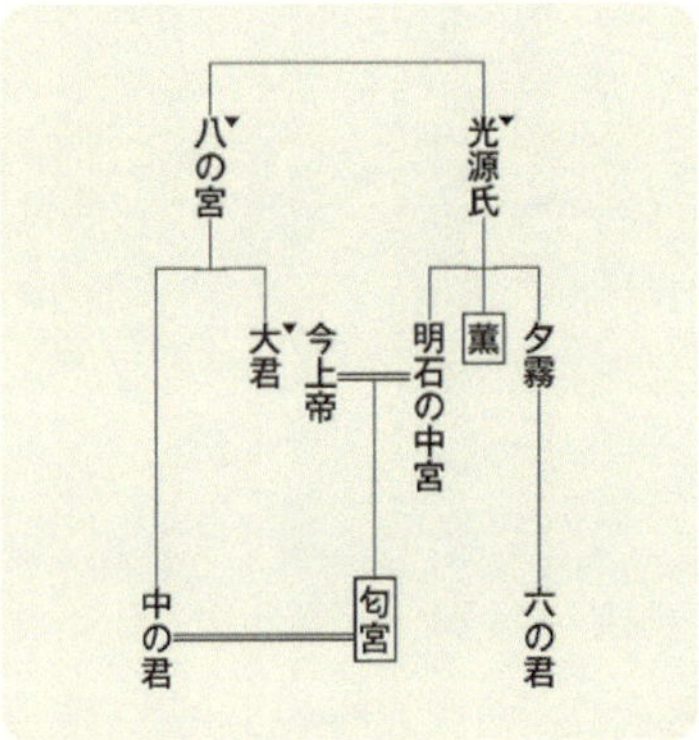

別れを惜しんだ。その翌日、中の君は、上京して、二条の院の西の対《たい》に入った。薫は、中の君が大事にされている様子を人から聞いてうれしく思う一方で、中の君と結婚しなかったことを後悔した。

宇治の阿闍梨から蕨や土筆が届けられた。手紙を読んでいるのが中の君。

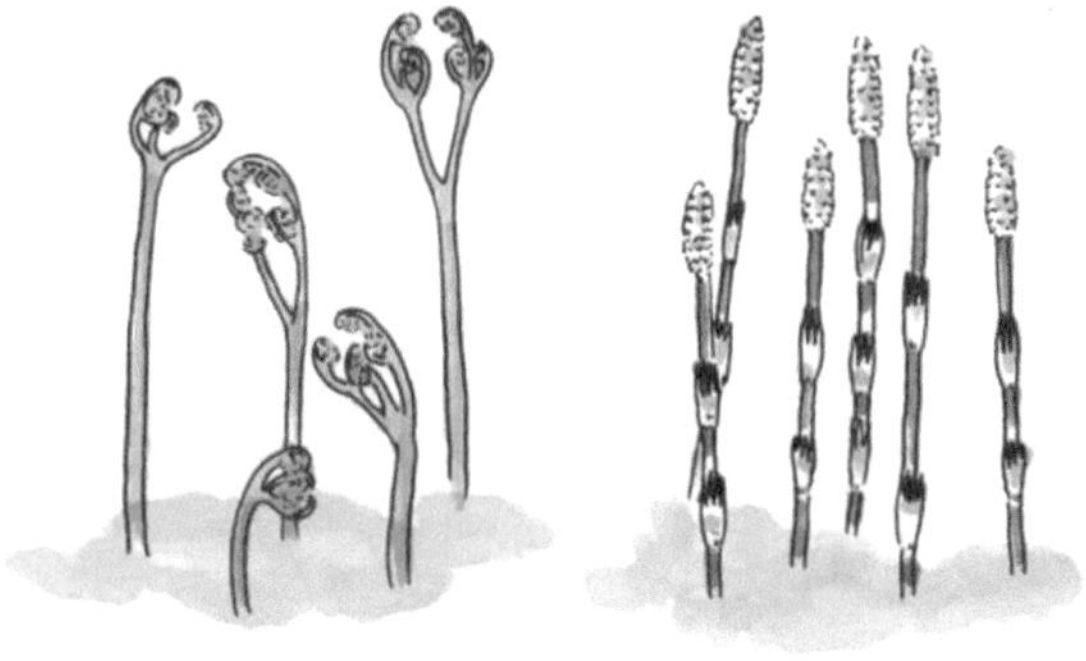

第四九

宿《やどり》木《ぎ》

大君亡き後、薫は……

薫……24〜26
匂宮……25〜27
中の君……24〜26
女二の宮……14〜16
六の君……20(21)〜21(22)
浮舟……20前後
今上帝……45〜47
夕霧……50〜52

薫《かおる》が二十四歳の年に遡る。今上帝《きんじょうてい》は、母女御《にょうご》を失った女二の宮の将来を案じて、薫と結婚させたいと考えていた。帝は、薫と碁の勝負をしてその意向をほのめかしたが、薫はあまり気が進まない。一方、夕霧は六の君の婿に匂宮《におうみや》を迎えたいと望み、匂宮は承諾した。

翌年（匂宮が中の君を二条の院に引き取った年）の八月、匂宮と六の君の結婚の儀が六

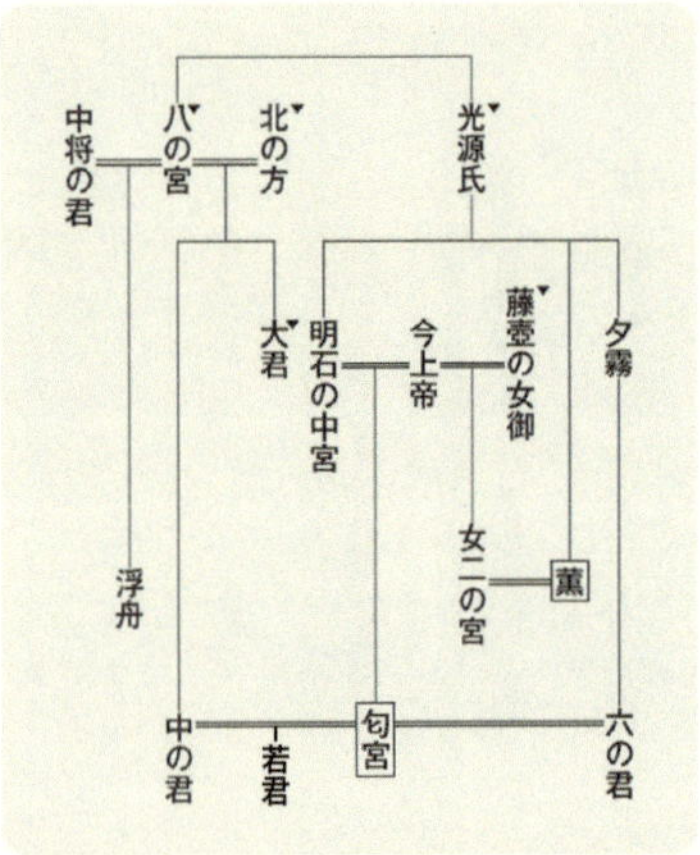

今上帝と薫は、碁の勝負をした。

条の院で盛大に行われた。すでに懐妊していた中の君は悲嘆にくれた。

　薫は、女二の宮との結婚を承諾しつつも、中の君に大君《おおいぎみ》の面影を見出《いだ》して、恋心を訴えるようになっていた。中の君は、匂宮の愛情が薄れることを心配するとともに、自分に思いを寄せてくる薫への対応にも悩むようになった。匂宮は、中の君をいとしく思う気持ちに変わりはないが、六の君にも心惹《ひ》かれて足繁《しげ》く通うようになった。その一方で、匂宮は、中の君に何かと心配りをする薫の存在を気にし始めて、二人の仲を疑うようになった。

　薫の態度に悩む中の君は、宇治の邸《やしき》を改築して、そこに亡き大君の※人形《ひとかた》を置いて勤行《ごんぎょう》したいと言う薫に、大君に似ている異母妹の浮舟《うきふね》の存在を告げた。九月、薫は、宇治の阿《あ》闍梨《ざり》に大君の一周忌の法要を依頼するために宇治を訪れて、ついでに、弁の尼に浮舟のことを尋ねた。浮舟は、亡き八の宮と侍女（中将の君）との間に生まれたが、認知されなかった娘であった。

翌年の二月、薫は、権大納言に昇進して右大将を兼ねた。中の君は若君を生んで、盛大な※産養《うぶやしない》が行われた。女二の宮の※裳着《もぎ》と、薫との結婚の儀も、同じ二月に行われた。三月末、女二の宮を三条の宮に迎えたが、薫は、亡き大君のことが忘れられなかった。四月、宇治を訪れた薫は、初瀬詣《はつせもうで》の途中で宇治に立ち寄った浮舟を偶然に垣間見《かいまみ》て心惹かれた。薫は、弁の尼に、浮舟との仲を取りもってくれるように依頼した。

『紫式部日記絵巻』に描かれた敦成《あつひら》親王の産養

※人形　コラム40（173ページ）参照。
※産養　コラム31（133ページ）参照。
※裳着　コラム25（109ページ）参照。

コラム40　身代わりの女君

亡き大君《おおいぎみ》を忘れられない薫《かおる》は、ある日、中の君に、大君の「人形《ひとがた》」、つまり大君の姿をかたどった像を作り、絵にも描いて、勤行《ごんぎょう》したいと話しました。その言葉を聞いた中の君は、禊《みそ》ぎや祓《はら》えに用いる人形を連想しました。それは、「形代《かたしろ》」や「撫《な》で物」ともいい、紙や木などで作り、体を撫でて災いや穢《けが》れを移してから、その人の身代わりとして水に流すものです。さらに、中の君は、亡き大君にとてもよく似ている異母妹の浮舟《うきふね》のことを薫に話したので、薫は、大君の代わりに浮舟を宇治の山荘に住まわせたいと思います。

このように、浮舟は、亡き大君の姿を偲《しの》ぶための人形という意味だけではなく、人の災いや穢れを身に移して水に流される人形からの連想という不吉なイメージまでも負いながら、物語世界に登場したことになります。「50東屋」の巻では、浮舟は、薫と中の君の間で詠み交わされた歌の中で、形代や撫で物になぞらえられています。

後に、浮舟は、宇治川に身を投げようとします。それは未遂に終わりますが、入水《じゅすい》などという、貴族の女性には珍しい振る舞いを決意することは、登場の際の、水に流される不吉なイメージと深い関わりがありそうです。

第五〇

東屋《あずまや》

浮舟の悲劇の始まり

薫……26
匂宮……27
中の君……26
浮舟……21前後

浮舟《うきふね》の母（中将の君）は、常陸介《ひたちのすけ》の北の方となっていた。中将の君は、弁の尼から薫《かおる》の意向をほのめかされるが、薫と浮舟の身分の違いを思うと、積極的になれなかった。

中将の君は、浮舟の結婚相手には、薫よりも左近少将《さこんのしょうしょう》のほうがふさわしいと思って、日取りを八月に定めて、結婚の準備をしていた。

しかし、財産目当てだった左近少将は、浮舟

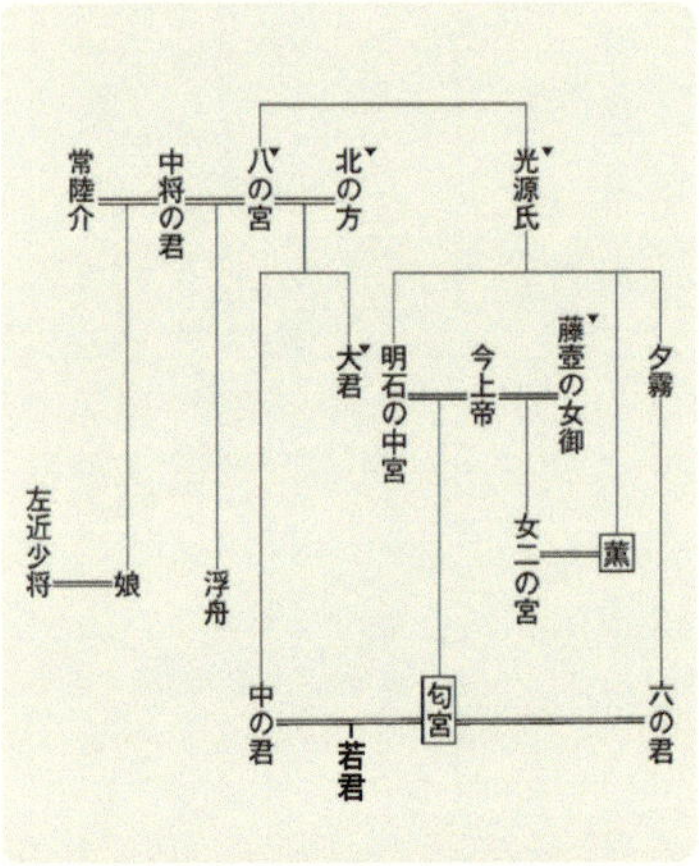

中の君は、匂宮に言い寄られて困惑している浮舟に絵を見せて慰めた。

が常陸介の実子でないと知ると、一方的に破談にして、実子である浮舟の妹に乗り換えた。

中将の君は、浮舟の悲運を嘆き、異母姉である中の君に浮舟を預けて庇護を依頼した。中将の君は、二条の院での中の君の様子を羨《うらや》ましく思い、また、薫の優雅な姿を垣間見《かいまみ》て、それまでの考えを改めて、浮舟を薫と縁づかせたいと願うようになった。

ところが、中将の君が二条の院を去った後に帰邸した匂宮《におうみや》が、偶然に浮舟を見つけてしまった。匂宮は、誰とも知らずに言い寄ったが、浮舟の乳母《めのと》や中の君の侍女のおかげで事なきを得た。

翌日、中将の君は、事情を聞

いて驚き、急遽《きゆうきよ》浮舟を引き取って、三条に設けていた小さな家に移した。浮舟は、そこでつれづれの日々を過ごす。

九月、薫は、浮舟に逢《あ》いに行き、初めて契りを交わした。その翌朝、薫は、浮舟を宇治に連れて行き、そこに隠し住まわせた。

泔《ゆする》を入れた容器

（次頁参照）

川で髪を洗う庶民の女性

コラム41　平安時代の洗髪はたいへん！

夕方、匂宮《におうみや》が二条の院に帰ると、中の君はまだ洗髪が終わっていませんでした。長くて真っ直ぐな黒髪は、女性にとって大事なチャームポイントでしたが、当時、その長い髪を洗うのはたいへんな作業でした。

まず、暦の上で、髪を洗うのによい日でなければ洗うことができません。現在のように毎日洗うことはありませんでした。中の君は、八月に洗っていますが、侍女の言葉によると、九月、十月は髪を洗うのを忌む月だったようです。実際に洗髪するのは、本人ではなく侍女たちの役目でした。「泔《ゆする》」といって、米のとぎ汁や強飯《こわいい》を蒸した後に出る汁で髪を洗いました。泔は、日々の手入れとして、櫛《くし》につけて髪を梳《と》かすのにも使いました。

洗い終わった後は、髪に癖がつかないようにきれいに乾かさなければなりません。これも一仕事でした。『うつほ物語』には、火桶《ひおけ》を前に置き、薫物《たきもの》を薫《た》いて、侍女たちが髪をあぶったり拭ったりして乾かす様子が語られています（「14蔵開・中」の巻）。中の君の場合もさぞたいへんだったことでしょう。

そんな時に折悪《あ》しく帰宅した匂宮は、相手をしてくれる人もいないので、あちこち歩きまわっているうちに、偶然浮舟を見つけてしまったのでした。

第五一

浮舟《うきふね》

浮舟、進退きわまる

薫……27
匂宮……28
中の君……27
浮舟……22前後
明石の中宮……46

匂宮《におうみや》は、行方がわからなくなった浮舟《うきふね》のことが忘れられず、中の君が隠しているのではないかと疑って恨んでいた。

翌年の正月、宇治の浮舟から中の君のもとに贈り物や手紙が届けられた。それが匂宮の目に触れたことがきっかけで、浮舟が宇治にいることや、薫《かおる》が隠し住まわせていることなどが明らかになった。

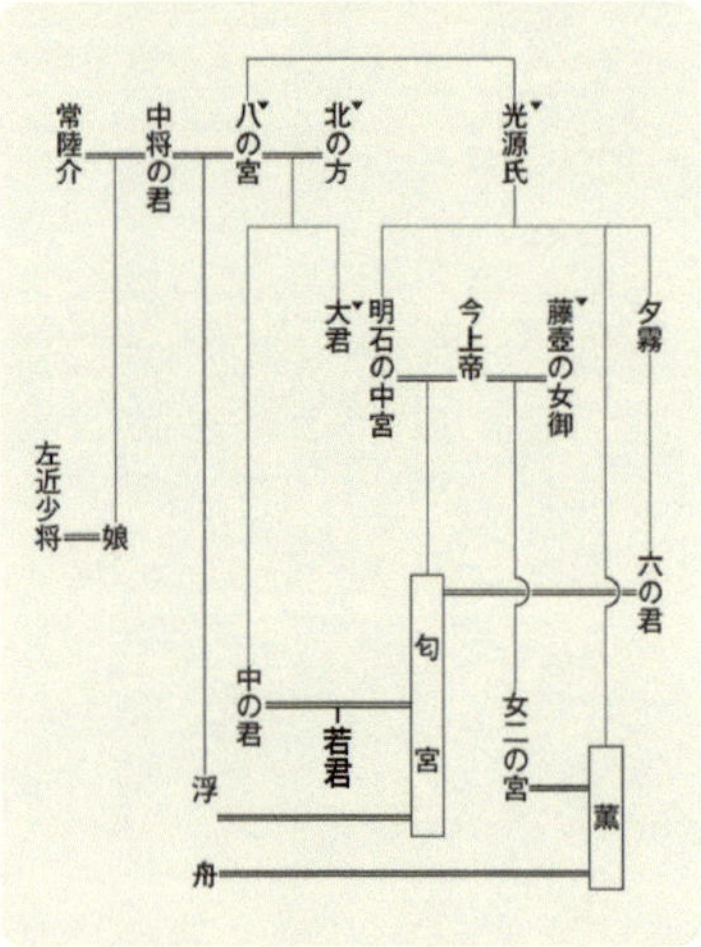

匂宮は、小舟で対岸の隠れ家に浮舟を連れ出した。

匂宮は、薫が宇治にいない夜、薫を装って浮舟の寝所に入り込み、強引に契りを結んだ。浮舟は、相手が匂宮と知って愕然《がくぜん》としたが、薫とは対照的に情熱的な匂宮に惹《ひ》かれてゆく。

侍女の右近と侍従の二人だけが事情を知っていて、秘密の恋の手助けをした。

二月、薫は宇治を訪れた。薫は、秘密を持って苦悩する浮舟の本心を知らず、自分が寂しい思いをさせたためにもの思いをしているのだろうといとしく思って、京に迎えることを告げた。一方、浮舟との恋に夢中になっている匂宮は、大雪のなかを宇治に赴き、対岸の隠れ家に浮舟を連れ出した。そこで、夢のような二日間を過ごした。

薫が浮舟を京に迎える日が、四月の中旬と決まった。匂宮も、三月下旬に浮舟を京に引き取ろうと計画していた。母中将の君や乳母《めのと》たちは浮舟が薫に迎えられることを喜び、その準備に余念がないが、浮舟は苦悩する。そのうちに、匂宮と浮舟の秘密を知った薫から、裏切りを咎《とが》める手紙が届き、浮舟は驚愕《きようがく》した。

薫は、宇治の邸《やしき》を厳重に警備した。浮舟は、薫と匂宮のどちらかを選ぶことができずに、次第に追い詰められて、宇治川に身を投げようと決意した。

不吉な夢を見て浮舟の身を心配した母から手紙が届いたが、浮舟は、入水《じゆすい》の決意を変えず、匂宮と母の二人にだけ歌を贈った。

コラム42　二人の男に愛されて

複数の男性に愛された女性が、一人を選べずに、自らの死によって事態を収めようとする悲劇的な話は、『源氏物語』以前から、古代の人々の間で語り継がれてきました。上総《かずさ》の国（現在の千葉県）に伝わる真間《まま》の手児奈《てこな》伝説や、摂津《つ》の国の菟原処女《うばらのおとめ》伝説などが有名です。それらの内容は、『万葉集』の高橋虫麻呂《むしまろ》の歌や『大和物語』（百四十七段）などから知ることができます。

「浮舟」の巻では、浮舟の侍女である右近が、姉の実話として、伝承とよく似た話をします。右近の姉は常陸《ひたち》の国（現在の茨城県）で二人の男と関係を持ちましたが、新しい男の方に心を寄せたので、もとからの男が新しい男を殺してしまいました。その男は国を追放され、姉も館を追われて京に戻れなくなったというのです。

この右近の話は、薫《かおる》と匂宮《におうみや》の間で苦悩する浮舟が、右近の姉のように、当事者全員の人生を破滅させるかもしれない危険な状況にあることを、浮舟自身にも気づかせる役割を果たしているのです。また、真間の手児奈や菟原処女などの悲劇を、読者に思い起こさせる仕組みにもなっています。

このように、入水《じゅすい》へと追い詰められていく浮舟の背景には、古い伝承のヒロインたちの悲劇が下敷きになっているのです。

第五二

蜻蛉《かげろう》

浮舟亡き後、都では……

薫	27
匂宮	28
浮舟	22前後
明石の中宮	46
女二の宮	17

浮舟《うきふね》の失踪に、宇治では大騒ぎとなった。事情を知る侍女の右近と侍従は、浮舟が苦悩の果てに宇治川に身を投げたものと直感した。母中将《ちゅうじょう》の君と乳母《めのと》も嘆き悲しんだが、浮舟の行方は知れなかった。

宇治では、真相が世間に知られることを恐れて、薫《かおる》にも知らせずに、遺骸《いがい》のな

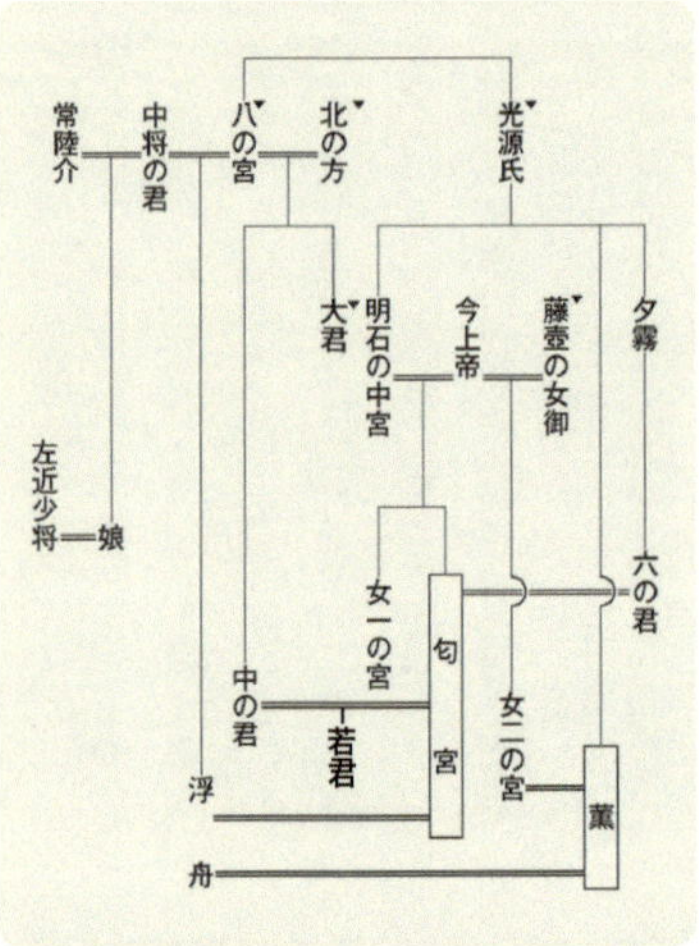

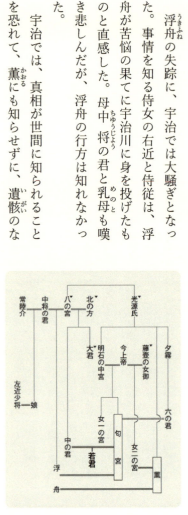

いままに火葬が執り行われた。匂宮《におうみや》は浮舟の急死に悲嘆して病に臥《ふ》し、薫は、浮舟を死なせたことを嘆いて、今は律師となった宇治の阿闍梨《あざり》に供養を依頼した。薫は、浮舟の遺族を援助することを約束した。そして浮舟の四十九日の法要も心を尽くして営んだ。

夏の盛り、明石《あかし》の中宮主催の※法華《ほつけ》八講《はつこう》が六条の院で催された。法会が終わった時、

薫は、女一の宮の姿を垣間見た。画面の中央で、侍女が宮に氷を手渡そうとしている。

薫は、かねてからひそかに思いを寄せていた、今上帝《きんじょうてい》の女一の宮を偶然に垣間見《かいまみ》て、その高貴な美しさに惹《ひ》きつけられた。翌日、薫は、垣間見た女一の宮と同じ恰好《かっこう》を妻の女二の宮にさせるなどして、みずからの心を慰めようとした。

秋になり、薫は、人の世の無常を思い、また、大君《おおいぎみ》、中の君、そして浮舟といった、縁の薄かった宇治の女君たちのことを考えて、憂愁に満ちた自分の宿世《すくせ》を顧みた。

※法華八講　「10賢木」の巻の※（47ページ）参照。

コラム43　やっぱり親子、柏木と薫

薫は、大君《おおいぎみ》と出会う前から今上帝《きんじょうてい》の女一の宮に憧れていました。女二の宮との結婚話があった時にも、女一の宮ならよかったのになどと思っていました。偶然に女一の宮の姿を垣間見《かいまみ》した薫は、その面影を慕って、女二の宮に同じ恰好《かっこう》をさせますが、満足できませんでした。なまじ憧れの女一の宮を見てしまったために、恋しさがつのって我慢できなくなり、せめて筆跡だけでも見たいと、女二の宮宛に女一の宮の手紙が届くように画策もしました。そして、女一の宮の筆跡を目にして、ますます思いをつのらせます。このような薫の姿は、実の父である柏木《かしわぎ》によく似ています。

柏木は、朱雀院《すざくいん》の女三の宮に憧れていました。女三の宮が光源氏に降嫁《こうか》してもあきらめられませんでした。偶然に女三の宮の姿を垣間見てからは、ますます思いをつのらせて、女三の宮の飼い猫を手に入れて、身代わりにしてかわいがりました。後に、柏木は、女三の宮の異母姉である女二の宮を妻にしても満足できず、一途《いちず》に女三の宮を思い続けます（「34若菜上」～「36柏木」の巻）。

高貴な血筋の女性に憧れて思いを深めていく柏木と薫の姿に似ているところがあるのは、やはり同じ血を引いているからなのでしょう。

第五三 手習《てならい》

浮舟、出家する

薫……27〜28
匂宮……28〜29
浮舟……22〜23前後
明石の中宮……46〜47
横川の僧都……60余り
小野の妹尼……50前後

その頃、横川《よかわ》に高徳の僧都《そうず》がいた。初瀬《はつせもう》詣《で》の帰途に病気になった母尼の世話をするために、僧都は、山籠もりを中断して山から下りた。その夜、母尼を移した宇治の院で、意識を失った女性が発見された。僧都は、弟子たちの反対を押し切ってこの女性を救った。僧都の妹尼は、この女性を介抱して、母尼とともに小野の里に連れ帰った。

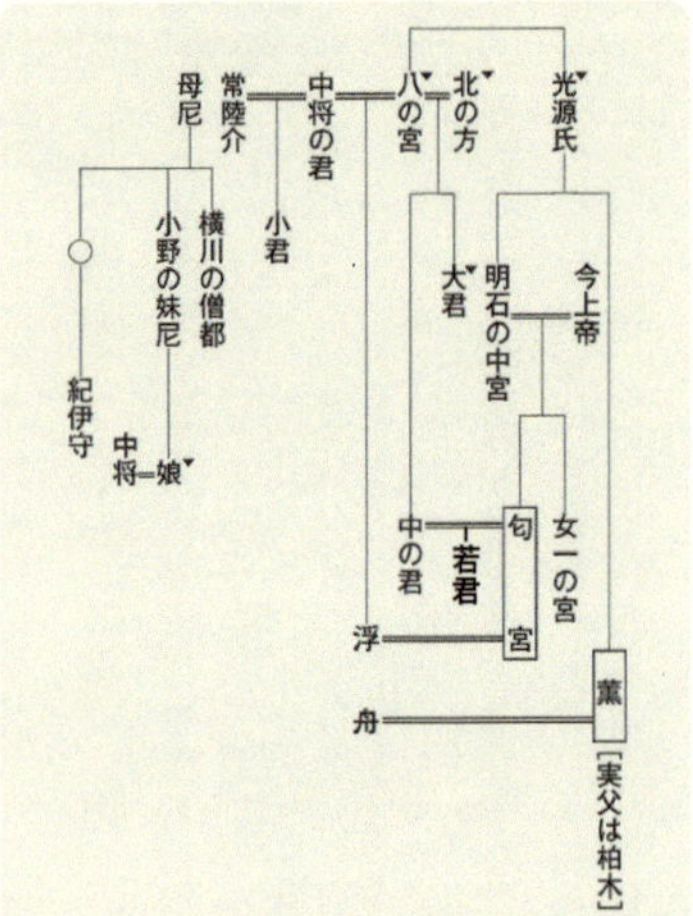

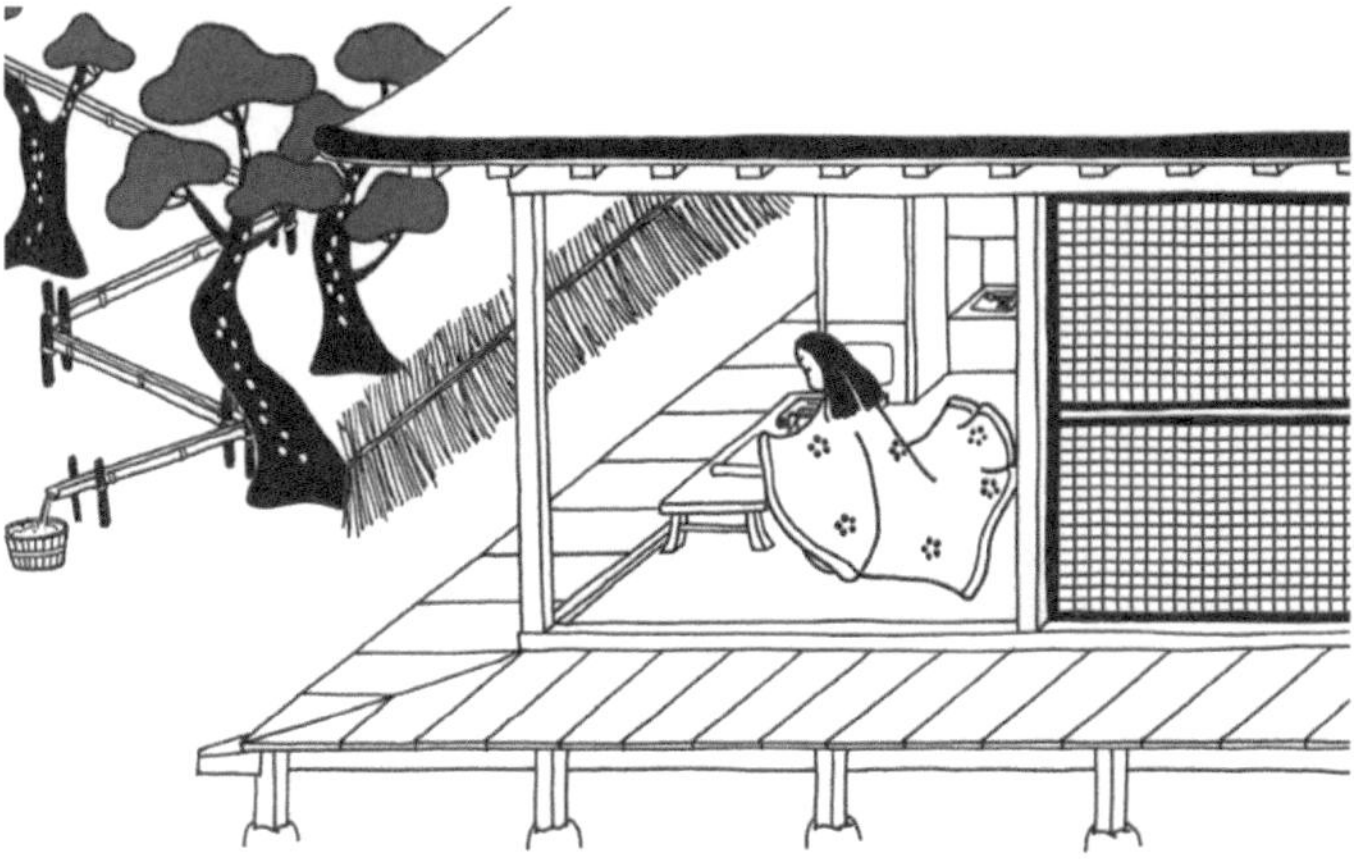

髪を下ろした浮舟は、手習をして心を慰める。

僧都は、母尼の快復を見届けて、山に戻った。

夏が過ぎてもその女性はなかなか快復しなかったので。妹尼は治療のための加持祈禱《かじきとう》を僧都に頼んだ。そのおかげでようやく快復した女性は、じつは浮舟《うきふね》であった。浮舟は、自分の身の上を語らないまま出家を望んだが、僧都は五戒※を授けるにとどめた。妹尼は、美しい女性を得たことを喜び、亡き娘の代わりに大切にした。秋になって、妹尼の亡き娘の婿であった中将が訪ねてきた。浮舟を垣間見《かいまみ》て心惹《ひ》かれた中将は、浮舟に手紙を贈るようになった。妹尼たちも二人の結婚を願うようになったが、浮舟にはその気はない。

九月、中将は、妹尼が初瀬詣に出かけた留守に訪れた。それを知った浮舟は、母尼の部屋に隠れて一夜を過ごして、中将からのがれた。浮舟は、男性に翻弄されたこれまでの人生を顧みて、出家を決意した。折から、物《もの》の気《け》で苦しむ女一の宮の加持のために、横川の僧都が下山してきた。浮舟は、僧都に懇願して、ついに出家を果たした。

横川の僧都は、その後、女一の宮の加持を行った際に、物の気に憑《つ》かれた女性の例として、小野にいて出家させた女性のことを明石《あかし》の中宮に語った。中宮は、侍女から聞いていた浮舟失踪のことと思い合わせた。

浮舟は、仏道修行に勤《いそ》しむかたわら、手習《てならい》を慰めに日々を過ごしていた。

翌年のある日、妹尼たちは、薫《かおる》に仕えていた甥《おい》の紀伊守《きのかみ》から衣の縫製を頼まれた。この衣は、薫が依頼した、浮舟の一周忌の法要のための布施《ふせ》であった。浮舟は、自分自身の法要のための衣であることを知って、激しく思い乱れた。

明石の中宮は、浮舟と思われる女性の消息を、侍女を介して薫に伝えた。驚いた薫は、真相を確かめるために、浮舟の異父弟の小君を伴って、横川に向かった。

※五戒　在家の信者が守らなくてはならない基本的な五つの戒律のこと。不殺生戒《ふせっしょうかい》（生き物を殺してはいけない）、不偸盗戒《ふちゅうとうかい》（他人のものを盗んではいけない）、不邪淫戒《ふじゃいんかい》（自分の妻または夫以外の異性と交わってはいけない）、不妄語戒《ふもうごかい》（嘘《うそ》をついてはいけない）、不飲酒戒《ふおんじゅかい》（酒を飲んではいけない）の五つ。

コラム44　浮舟に見る出家のしかた

浮舟《うきふね》は、横川《よかわ》の僧都《そうず》に命を救われて意識を取り戻した時、尼にしてほしいと頼みました。本格的に出家すると、男女関係を断って仏道修行に励まなくてはなりません。僧都は、若くて美しい浮舟の将来を思って、出家はさせずに、頭の頂の髪を削《そ》ぎ、五戒を授けるにとどめました。五戒とは、在家の信者が守るべき五つの戒律のことです。五戒を受けると、仏道に入る縁を結ぶことになり、延命息災が期待されます。

その後、浮舟は、やはり出家をしようと決意します。浮舟に懇願されて、哀れに思った横川の僧都は、弟子の阿闍梨《あざり》とともに出家の儀式を執《と》り行いました。

当時の女性が出家する際には、最初から完全に剃髪にはせずに一度尼削《あまそ》ぎにします。浮舟の髪も、弟子の阿闍梨が削いで、尼削ぎにしました。法衣や袈裟《けさ》の準備がなかったため、僧都は自分の衣を浮舟に着せて、親のいる方角を拝むように言い、「流転三界中《るでんさんがいちゅう》　恩愛不能断《おんないふのうだん》　棄恩入無為《きおんにゅうむい》　真実報恩者《しんじつほうおんしゃ》」と偈《げ》（経文）を唱えました。浮舟も声を合わせます。額髪《ひたいがみ》は僧都が削ぎ、終わりに出家者の心得を説教しました。

こうして、浮舟の出家は、急なことではありましたが、僧都の心尽くしで、可能な限り作法通りに行われたのでした。

第五四

夢浮橋《ゆめのうきはし》

浮舟、薫に返事をしないままに……

薫……28
浮舟……23前後
横川の僧都……60余り
小野の妹尼……50前後

薫は、横川《よかわ》の僧都《そうず》を訪ね、小野で浮舟《うきふね》が暮らすことになったいきさつを聞いた。僧都は、浮舟と薫との関係を知って驚愕《きようがく》し、浮舟を出家させたことを後悔した。僧都は、浮舟に会わせてほしいとの薫の頼みは断ったが、浮舟への手紙を書いて小君に託すことには応じた。薫は、その日は帰京し、翌日、僧都の手紙だけではなく自分の手紙も託して小君を小野に遣わした。

小野では、早朝のうちに、妹尼に宛てた僧都からの

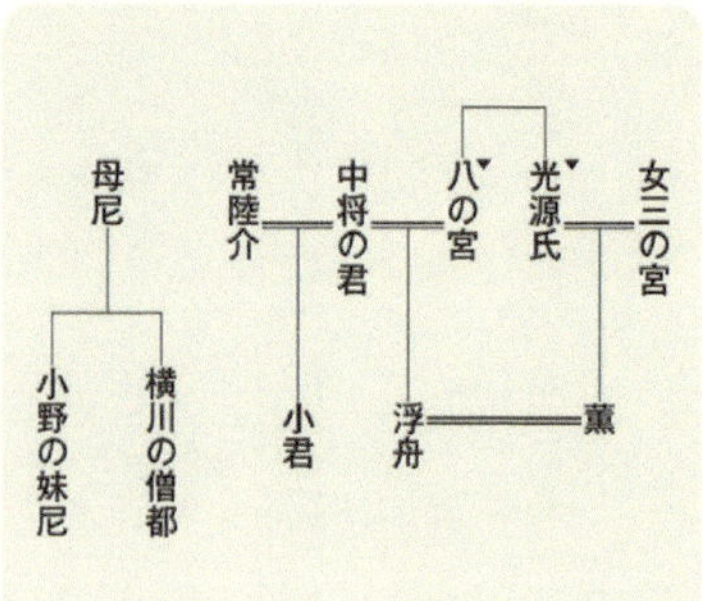

手紙が届く。その手紙を妹尼から見せられた浮舟は、自分の身の上が明らかになったと思って動揺する。ちょうどその時、小君が訪れて、前に、僧都が浮舟に宛てて書いた手紙をさし出した。浮舟は、母を思い、涙を流しながらも小君と会おうとはせず、さらに小君がさし出した薫の手紙への返事も拒み通した。

薫は、返事をもらえないまま帰京した小君から事の次第を聞いて、あれやこれやと思い悩み、浮舟は誰かに隠し据えられているのではないかなどと疑うのであった。

薫は、小君を伴って、横川の僧都を訪れる。

コラム45　物語の終わり

『源氏物語』の終わりは、「……と、もとの本にあるようです」となっています。これは、本を書き写した人が、最後に書き添える決まり文句でした。ただし、『源氏物語』の場合は、ほかの人が書いた本を書き写したかのように、作者が装ったものであろうと考えられています。つまり、この文句も、作者自身が書いた物語の本文の一部なのです。

ところで、物語の結末は、浮舟《うきふね》に会うことを拒絶されて、まるで見当はずれのことを疑っている薫《かおる》の姿で終わっています。この後、薫は浮舟に会えるのでしょうか。作者には、この続きを書く構想があったのに、何らかの理由で書き継がれなかったのでしょうか。さまざまな疑問がわいてきます。昔の読者も気になったようです。後の世には、「54夢浮橋」の巻の後日談として、浮舟と薫が再会する物語である『山路《やまじ》の露』という作品も書かれました。

一方、このようなハッピー・エンドではない終わり方に、意味や味わいがあるとする読み方もできます。このような物語の終わりは、人間の心の問題を追究してきた『源氏物語』の結末として、むしろふさわしいのではないでしょうか。

源氏物語主要人物事典

葵《あおい》の上《うえ》

左大臣の娘、母は桐壺院《きりつぼいん》の妹（大宮）。頭《とう》の中将と同腹。光源氏と結婚。夕霧の母。

1桐壺・2帚木・4夕顔・5若紫・7紅葉賀・9葵・（21少女・29行幸・33藤裏葉・34若菜上・35若菜下・40御法）

光源氏が十二歳で元服した際に、桐壺帝と左大臣の意向によって妻となった。それ以前に、右大臣から春宮《とうぐう》（朱雀帝《すざくてい》）に入内《じゅだい》を望まれたことがあった。葵の上は、光源氏より四歳年長で、気位が高くうち解けたところがないので、心が通い合わない夫婦だった。しかし、結婚九年目の春にようやく懐妊して、それを機に光源氏も親しみを覚えるようになる。新斎院の御禊《ごけい》の日、身重の葵の上は、侍女たちにせがまれて物見に出かけた。その際に、葵の上の従者が、六条の御息所《みやすどころ》一行と車の立所を争い、御息所を辱めた。この事件の後、葵の上は物の気《け》に苦しめられるようになる。特に執念深い物の気の正体が六条の御息所の生霊《いきりょう》であることを光源氏が知った時、葵の上は苦しみながらも男子（夕霧）を生んだ。その後、光源氏が秋の司召《つかさめし》のために左大臣たちと参内中に急逝した。蘇生《そせい》の秘法を試みるが効き目がなく、八月二十余日に鳥辺野《とりべの》で荼毘《だび》に付された。

明石《あかし》の君《きみ》

明石の入道の一人娘、母は明石の尼君。光源氏と結婚。明石の中宮の母。

12須磨・14澪標・17絵合〜23初音・25蛍・28野分・32梅枝〜35若菜下・40御法〜42匂宮

父入道に大切に育てられていて、光源氏が須磨に退去した際に、婿にしようと思って明石に迎えた。光源氏は明石の君のもとに通うが、翌年に召還の宣旨《せんじ》が下って光源氏は帰京した。その時懐妊していた明石の君は、翌年三月に姫君（明石の中宮）を生んだ。上京するようにとの光源氏の依頼で、入道を明石に残し、姫君を連れて、母尼君とともに大堰《おおい》の山荘に移り住んだ。光源氏から姫君を紫の上の養女として二条の院に引き取りたいと要請されて、思い悩みながらも、姫君の将来を考えて光源氏に引き渡した。六条の院が完成した時には、冬の町に入った。姫君が十一歳で裳着《もぎ》をして、春宮《とうぐう》（今上帝《きんじょうてい》）のもとに入内《じゅだい》した時には、姫君の後見役として参内した。また、十三歳で懐妊した姫君が六条の院に退出して若宮（春宮）を生んだ時には、つき添って出産の世話をした。若宮が冷泉帝《れいぜいてい》の譲位によって六歳で春宮に立った翌年に行われた六条の院での女楽の際には、琵琶《びわ》を弾いた。紫の上が病にかかった時には、明石の中宮とともに見舞った。光源氏の死後は、孫宮たちの後見をして暮らしたという。

明石《あかし》の中宮《ちゅうぐう》

光源氏の娘。母は明石の君。今上帝《きんじょうてい》の中宮。春宮《とうぐう》、匂宮《におうみや》、女一の宮の母。

14澪標・18松風・19薄雲・21少女～23初音・25蛍常夏・28野分・32梅枝～38鈴虫・40御法～44竹河・46椎本・47総角・49宿木～53手習

光源氏の帰京後に明石で生まれた。三歳の年の秋に、祖父入道と別れて、母や祖母とともに大堰《おおい》の山荘に移り住んだ。その年に紫の上の養女として二条の院に引き取られて、四年後、光源氏や紫の上とともに六条の院の春の町に移った。十一歳で裳着《もぎ》をして、春宮（今上帝）に入内し、十三歳で若宮を生んだ。その若宮は、冷泉帝《れいぜいてい》の譲位、今上帝の即位によって春宮に立った。翌年の正月、六条の院での女楽の際には箏《しょう》の琴を弾き、その年の末に第三皇子（匂宮《におうみや》）を生んだ。中宮になった後、二条の院に退出して病にかかった紫の上を見舞い、死期を悟った紫の上から後事を託されて、紫の上の死に立ち会った。光源氏の死後は内裏《うち》住みが多く、帝と一緒に匂宮や薫《かおる》をかわいがった。次の春宮にと考える匂宮が宇治に忍び歩きをすることを諫《いさ》めた。匂宮に、中の君を二条の院に迎えるように勧めて、夕霧の六の君と結婚させた。中の君に男君が生まれた時には七日の産養《うぶやしない》を主催し、亡き光源氏と紫の上の追善に法華八講《ほっけはっこう》を主催した。女一の宮の病気の加持をした横川《よかわ》の僧都《そうず》から浮舟《うきふね》が生きていることを聞いて、浮舟の一周忌が過ぎても悲しみの癒えない薫に、侍女を介して浮舟が生きていることを知らせた。

明石《あかし》の入道《にゅうどう》

明石の君の父。父は大臣《だいじん》。桐壺《きりつぼ》の更衣のいとこ。

12須磨～14澪標・18松風・19薄雲・21少女・34若菜上

大臣家の出自でありながら近衛《このえの》中将の官を捨てて播磨《はりまの》守《かみ》となり、さらに出家して明石の浦に住んでいた。光源氏が須磨に退去したことを知って、長年信仰してきた住吉の神の霊験だと思い、光源氏と明石の君を結婚させようと考える。翌年、暴風雨の後、光源氏を明石に迎えて、明石の君との結婚を申し入れたことで、光源氏は明石の君に通い始めた。翌年、召還の宣旨が下されて帰京する光源氏と別れを惜しんだ。その時、懐妊していた明石の君は、次の年に姫君（明石の中宮）を生んだ。光源氏に明石の君と姫君の上京を勧められて悩むが、二年後、妻尼君の大堰《おおい》の山荘を修理して、明石の君と姫君を、尼君とともに上京させた。姫君は、三歳で紫の上の養女として引き取られて、十一歳で春宮《とうぐう》（今上帝《きんじょうてい》）のもとに入内して、十三歳で若宮（春宮《とうぐう》）を生んだ。その知らせを聞いた明石の入道は、長年の祈願がかなえられたことを知って、明石の君誕生の際に見た夢のことや姫君が国母となった時の住吉の神への願ほどきの依頼などを書いた長い手紙を、住吉の神への願文に添えて都に贈った。そして、大勢の弟子に別れて山に籠もった。冷泉帝《れいぜいてい》の譲位、春宮の即位によって、若宮が春宮に立ち、姫君の立后《りつごう》も近いことから、光源氏は入道の願文を読んで、願ほどきのために、紫の上や明石の中宮たちを連れて住吉に参詣した。

秋好《あきこのむ》 中宮《ちゅうぐう》
先坊《せんぼう》の姫君。母は六条の御息所《みやすどころ》。冷泉帝《れいぜいてい》の中宮。

9葵・10賢木・14澪標・17絵合・19薄雲・21少女・24胡蝶・25蛍・28野分・29行幸・31真木柱・32梅枝・34若菜上・36柏木・38鈴虫・40御法・42匂宮・44竹河

朱雀帝《すざくてい》の即位に伴い斎宮《さいぐう》となって、母とともに伊勢《いせ》に下向する。六年後に朱雀帝の譲位によって帰京するが、その年の秋に母が亡くなり、藤壺《ふじつぼ》の宮の意向もあって、光源氏の養女として冷泉帝のもとに入内《じゅだい》した。梅壺を殿舎として、梅壺の女御と称された。絵が上手なので、絵が好きな帝《みかど》の寵愛《ちょうあい》が次第に深まった。先に入内していた弘徽殿《こきでん》の女御《にょうご》（頭《とう》の中将の娘）も張り合って、藤壺の宮の御前、帝の御前で絵合《えあわせ》が行われ、最後に光源氏の須磨の絵日記によって勝利したことで、後宮での優位を獲得した。光源氏から、春と秋のどちらに心が惹《ひ》かれるかと問われて、母が亡くなった秋だと答えた。弘徽殿《こきでん》の女御《にょうご》たちを超えて中宮となり、完成した六条の院の秋の町を里邸とした。玉鬘《たまかずら》が裳着《もぎ》をした際に祝いの品を贈り、明石の姫君が裳着をした際には腰結《こしゆい》役を務めた。女三の宮が裳着をした際には、斎宮として伊勢に下向した時に朱雀院から贈られた髪上げの具を贈った。光源氏の四十の賀のために、玉鬘や紫の上に続いて、諸寺に布施を贈った。母が成仏できないことを知って、母のために追善供養をした。紫の上が亡くなった後、光源氏に消息を贈って慰めた。薫《かおる》の産養《うぶやしない》に祝いの品を贈り、光源氏が亡くなった後は、自分に子がいないこともあって、薫を後見した。

朝顔《あさがお》の姫君《ひめぎみ》

桃園の宮の姫君。光源氏のいとこ。

2帚木・9葵・10賢木・19薄雲〜21少女・32梅枝・34若菜上・35若菜下

かつて光源氏から朝顔の花とともに歌が贈られたことがあったが、光源氏との関係に悩む六条の御息所《みやすどころ》のことを聞いて心を許さずにいた。新斎院の御禊《ごけい》に供奉《ぐぶ》する光源氏を見てその美しさに感嘆しても、親しくしようとまでは思わないが、葵《あおい》の上の死に心沈む光源氏と和歌の贈答をすることはあった。桐壺院《きりつぼいん》の崩御に伴って、朱雀帝《すざくてい》の斎院になったが、雲林院《うりんいん》に参籠中の光源氏と贈答したことを右大臣が知り、弘徽殿《こきでん》の大后《おおきさき》に告げる。父宮が亡くなったために斎院を退いたが、その後頻繁に贈られる光源氏からの消息に返事をせず、叔母《おば》の女五の宮とともに桃園の宮の邸《やしき》に住んだ。女五の宮の見舞いにかこつけて訪れた光源氏と話し、翌朝には「朝顔」を詠んだ歌を交わす。再び女五の宮のもとを訪れた光源氏から求婚されるが拒んだ。明石の姫君の裳着《もぎ》の準備として催された六条の院の薫物合《たきものあわせ》では、光源氏から依頼されて黒方《くろぼう》を調合した。斎院であったための罪を償うために出家して仏道修行にいそしんだ。

浮舟《うきふね》

八の宮の娘。母は中将の君。大君《おおいぎみ》、中の君の異母妹。

49宿木〜54夢浮橋

八の宮がまだ都にいた時に侍女の中将の君との間に生まれたが、中将の君とともに邸《やしき》を追われた。その後、中将の君は陸奥国守《みちのくにのかみ》と結婚した。その夫が常陸介《ひたちのすけ》になったので、母とともに下った常陸の国で育った。二十歳ぐらいの頃に、任が果てた常陸介とともに上京した。その翌年、初瀬詣《はつせもうで》の帰途に立ち寄った宇治で、薫《かおる》に垣間見される。薫は、浮舟が亡き大君《おおいぎみ》によく似ていることに驚く。左近少将《さこんのしょうしょう》との結婚が進められていたが、左近少将は、浮舟が常陸介のじつの娘ではないと知って、中将の君が生んだ常陸介のじつの娘に乗り替える。二条の院の中の君のもとに預けられたが、匂宮《におうみや》に言い寄られたために、中将の君によって三条の小家に隠された。一方、二条の院を訪れた薫を垣間見た中将の君は、浮舟と薫との結婚を望むようになった。浮舟は薫によって宇治に移されて世話を受ける身となった。中の君に贈った新年の手紙を匂宮が見たことがきっかけで、匂宮に居場所を知られてしまった。そして、薫を装って侵入した匂宮と契りを交わした。匂宮に連れ出されて、橘《たちばな》の小島に行き、対岸の隠れ家で二人で過ごすこともあった。薫と匂宮の二人に愛されて苦悩を深めるうちに、薫に匂宮との関係を知られて苦悩した挙句、宇治川に入水《じゅすい》しようとして失踪する。侍女の右近の君や侍従の君は、浮舟の行方がわからずに遺骸がないまま葬儀を行った。しかし、じつは入水は未遂に終わっていて、横川《よかわ》の僧都《そうず》に命を救われていた。僧都の妹（小野の妹尼）は、亡き娘の代わりに観音が授けてくれたと信じて、小野の山里で浮舟の世話をした。そこでも妹尼の娘婿だった中将の懸想に悩まされる。母尼と妹尼が初瀬詣に出かけて留守の間に、下山した僧都に強く願って出家して、以後仏道修行と手習《てならい》の日々を送った。翌年の秋、浮舟が生きていることを知った薫は、横川の僧都に書いてもらった手紙とみずからの手紙とを浮舟の異父弟小君を使いにして届けさせるが、浮舟は小君との対面を拒んで返事もしなかった。

右大臣《うだいじん》
弘徽殿《こきでん》の大后《おおきさき》、朧月夜《おぼろづきよ》などの父。
　1桐壺・8花宴・10賢木・12須磨・13明石
　桐壺帝が光源氏を寵愛するので、光源氏が春宮《とうぐう》（朱雀《すざく》院《いん》）の地位を脅《おびや》かすのではないかと疑う。政治的に対立している左大臣が桐壺帝《きりつぼてい》の信頼を得ているので、娘の四の君の婿として左大臣家の長男（頭《とう》の中将）を迎えた。六の君（朧月夜）を朱雀帝《すざくてい》に入内《じゅだい》させようとするが、宮中の紫宸殿《ししんでん》で催された花の宴の夜に朧月夜が光源氏と逢瀬《おうせ》をもったことで、女御として入内させることを断念する。葵《あおい》の上の死後、光源氏と朧月夜を結婚させようとしたが、弘徽殿の大后《おおきさき》に反対され、光源氏も同意しなかった。桐壺院が亡くなって、左大臣が大臣を辞任した後は、政治の実権を握る。光源氏が右大臣の邸《やしき》を訪れて朧月夜と密会しているところを発見して大后に報告したことが、光源氏が須磨に退去する原因となった。太政大臣《だいじょうだいじん》にまでなったが、朱雀帝が夢に現れた桐壺院に睨《にら》まれて眼病を煩った頃に亡くなった。

空蝉《うつせみ》
衛門督《えもんのかみ》の娘。伊予介《いよのすけ》と結婚。
　2帚木〜4夕顔・6末摘花・16関屋・22玉鬘・33初音
　両親と死別し、弟小君《こぎみ》を連れて老齢の伊予介《いよのすけ》の後妻となっていた。継子《ままこ》の紀伊守《きのかみ》の邸《やしき》に身を寄せていた折、方《かた》違《たが》えで訪れた光源氏に忍び寄られて契りを結んだ。その後、左大臣邸に帰った光源氏から小君を使いにして何度も手紙が贈られるが返事をしなかった。二度目に方違えで訪れた光源氏から贈られた歌には返事だけはした。三度目の訪問の折、継子の軒端荻《のきばのおぎ》と碁を打っている姿を垣《かい》間見《まみ》られる。その夜、光源氏のけはいを察して、一緒に寝ていた軒端荻を残して、蟬《せみ》が抜け殻を残すように小袿《こうちき》を脱いでのがれたが、光源氏にその小袿を持ち去られてしまう。翌日、小君が持ってきた光源氏の歌を見て、忍びがたい思いでその畳紙《たとうがみ》の端に歌を書きつけた。やがて、夫伊予介と伊予に下向することとなり、光源氏から餞別《せんべつ》とともに小袿を返された。その後、常陸介《ひたちのすけ》となった夫とともに下向し、任が果てて上京する途中で、石山寺に参詣する光源氏と逢坂《おうさか》の関で遭遇して、今は右衛門佐《うえもんのすけ》となった小君を介して消息を交わした。後に夫に先立たれて、河内守《かわちのかみ》となった紀伊守の懸想を避けて出家した。晩年は光源氏により二条の東院に引き取られて静かに暮らした。

近江の君《おうみのきみ》

頭《とう》の中将の娘。弘徽殿《こきでん》の女御《にょうご》の異母妹。

26常夏〜29行幸・31真木柱・35若菜下

光源氏が玉鬘《たまかずら》を養女として引き取って養育していた頃、内大臣（頭の中将）の娘だと名告《なの》り出て、内大臣に引き取られた。田舎の賤《いや》しい者たちの中で生まれ育ったので、口の利《き》き方を身につけていず、行動も発言も風変わりなので、内大臣は、もてあまして、弘徽殿の女御に教育を託した。その後、内大臣が近江の君の部屋を訪れると、近江の君は侍女とはしたない様子で双六《すごろく》を打っていた。内大臣が、弘徽殿の女御のもとに仕えるようにと告げたので、喜んで弘徽殿の女御に手紙を贈るが、その支離滅裂な歌に、女御づきの侍女中納言の君が、女御に代わって同じような歌を返してからかった。一方、玉鬘は、光源氏の配慮によって、内大臣の娘として父娘の対面を果たした。その玉鬘が尚侍《ないしのかみ》に決まったことを知ってうらやみ、自分が尚侍になりたいと言い出して、柏木《かしわぎ》たちから笑われた。その後、弘徽殿の女御の所で管絃《かんげん》の遊びが催された際に、訪れた夕霧に懸想の歌を詠みかけたり、双六の賽《さい》を振る時に、いい目が出ることを願って、幸い人として評判になった明石の尼君の名を唱えたりしている。

大君《おおいぎみ》

八の宮の長女。母は大臣の娘。中の君の同腹の姉。浮舟の異母姉。

45橋姫・47総角・（48早蕨〜53手習）

母は妹中の君を生んでまもなく亡くなった。京の邸が焼けたので、父宮や中の君とともに宇治に移り住んだ。父宮が宇治の阿闍梨《あざり》の山寺に籠もった留守中に、中の君と琴《こと》を合奏しているところを薫に垣間見《かいまみ》られる。薫《かおる》が、そのことを匂宮《におうみや》に話したため、匂宮から興味を懐《いだ》かれる。匂宮が初瀬詣《はつもうで》の帰路に宇治に立ち寄ったことをきっかけに姫君たちに歌が贈られるようになるが、中の君に返事をさせて自分は返事をしなかった。八の宮は、宇治を訪れた薫に、自分の死後に姫君たちの世話をするように頼む。また、父宮が阿闍梨の山寺に参籠する際、父宮から、信頼できない人に従って宇治を離れるな、宇治にて朽ち果てよとの厳しい訓戒を遺される。父宮は、山寺から帰ることなく亡くなった。父宮が亡くなった後、薫から思いを訴えられるが、父宮の訓戒を理由に拒み続けた。父宮の一周忌が過ぎて、匂宮を連れて宇治を訪れた薫と対面している間に、匂宮が中の君のもとに忍びこんで契りを結んでしまった。愕然《がくぜん》としながらも、翌日、中の君に後朝《きぬぎぬ》の文の返事を書かせて、匂宮が訪れるのを待った。三日目、匂宮は、夜中近くになってやっと訪れたので、三日夜《みかよ》の餅《もちい》の儀を行うことができた。しかし、その後、匂宮は、訪れが途絶えがちになり、紅葉狩りで宇治に来ながらも訪れなかったことに落胆して苦しみのあまり病に罹《かか》り、豊の明かりの夜、薫に看《み》取られながら亡くなる。薫は、大君の死後も、大君を偲《しの》び、大君によく似た異母妹の浮舟《うきふね》を大君の形代《かたしろ》として宇治に住まわせた。

落葉《おちば》の宮《みや》

朱雀院《すざくいん》の第二皇女。母は一条の御息所《みやすどころ》。柏木《かしわぎ》と結婚。柏木の死後、夕霧と結婚。

35若菜下・36柏木・37横笛・39夕霧・42匂宮・49宿木

女三の宮に思いを寄せる柏木に、その代わりとして妻に迎えられたが、柏木は結婚後も女三の宮への思いを断ち切れずにいた。病に罹《かか》った柏木が、落葉の宮を残して、父の致仕《ちじ》の大臣邸に引き取られた後、柏木は落葉の宮のことを夕霧に託して亡くなる。夕霧は、弔問に訪れるうちに、落葉の宮に思いをつのらせてゆく。病に罹った母一条の御息所につき添って小野の山荘に籠もった際に、見舞いに訪れた夕霧に言い寄られて、何もないまま一夜を過ごす。翌朝、夕霧が落葉の宮の部屋から帰ったことを聞かされた御息所が、夕霧から届いた手紙を読んで二人の仲を誤解して、今夜も通ってくることを期待する返事を贈ったが、その手紙を雲居雁《くもいのかり》が奪い取って隠したために、夕霧は返事を出せずにいた。御息所は、夕霧からの返事が来ないことを嘆いて、その夜亡くなった。その後、落葉の宮は夕霧からの見舞いの手紙に返事もせず、小野を訪れた夕霧に会おうともしなかった。しかし御息所の四十九日の法要の後、一条の宮に帰った時に、侍女小少将の君の手引きで夕霧と契りを交わしてしまう。それを知った雲居雁は、父の致仕の大臣（頭《とう》の中将）の邸《やしき》に帰ってしまった。その後、雲居雁は夕霧と落葉の宮との関係を認め、光源氏の死後、落葉の宮は六条の院の夏の町に迎えられて、夕霧は、落葉の宮と雲居雁のもとに一月《ひとつき》に十五日ずつ通った。夕霧との間には子どもが生まれず、夕霧の六の君（母は藤典侍《とうないしのすけ》）を養女に迎える。この六の君が匂宮と結婚した際には、後朝《きぬぎぬ》の文の返事の代筆をした。

朧月夜《おぼろづきよ》

右大臣の六女。弘徽殿《こきでん》の大后《おおきさき》の同腹の妹。

8花宴〜10賢木・12須磨・14澪標・17絵合・20朝顔・21少女・31真木柱・32梅枝・34若菜上・35若菜下

宮中の桜の花の宴の後、光源氏と出逢《あ》って、逢瀬《おうせ》の証《あかし》として扇を取り替えた。春宮《とうぐう》（朱雀院《すざくいん》）に入内《じゅだい》する予定だったので光源氏との関係に悩むが、右大臣家の藤の花の宴で光源氏と再会して、歌を詠み交わした。葵《あおい》の上の死後、右大臣は光源氏との結婚を考えるが、弘徽殿の大后から反対された。また、光源氏の同意もなくて、実現しなかった。御匣殿《みくしげどの》から尚侍《ないしのかみ》になったものの、内密に光源氏と消息を交わしている。五壇の御修法《みずほう》の最中に、隙《すき》を見て光源氏と密会する。朱雀帝《すざくてい》は朧月夜と光源氏の関係を知りながらも、二人は似合いだと思って咎《とが》めずにいた。瘧病《わらわやみ》に罹《かか》って右大臣邸に里下がりしていた折に光源氏と逢っているところを右大臣に見つかったことが、光源氏が須磨に退去するきっかけとなった。光源氏が須磨に退去している間も手紙の遣《や》り取りをしていた。光源氏とのことがあって参内することを止められていたが、右大臣や弘徽殿の大后のはからいでふたたび参内して、朱雀院から深く愛された。光源氏の政界復帰後、譲位が近くなった帝から思いを訴えられて、あらためて若い時の思慮の浅さを悔いた。絵の趣味があり、絵合の際には弘徽殿の女御（頭《とう》の中将の娘）方に立ち、絵を集めて、協力した。参内後は、柏木《かしわぎ》が女三の宮に求婚していることを朱雀院に伝えた。朱雀院の譲位後に、かつて弘徽殿の大后の里邸だった二条の宮に移り住んで出家の準備を進めたが、訪れた光源氏に心を動かすこともあった。その後、ようやく出家の望みがかない静かに暮らした。

女三《おんなさん》の宮《みや》

朱雀院《すざくいん》の第三皇女。母は先帝の姫君の藤壺《ふじつぼ》の女御《にょうご》。光源氏と結婚。薫《かおる》の母。

34若菜上～38鈴虫・41幻・42匂宮・44竹河～46椎本・48早蕨～50東屋・52蜻蛉

病気がちで出家を志した朱雀院が、その将来を案じて、婿選びに苦慮していた。女三の宮には蛍の宮や柏木《かしわぎ》たちが求婚していたが、朱雀院は、光源氏に降嫁させようと思うようになった。朱雀院は、女三の宮が裳着《もぎ》を終えた後に出家した。光源氏が朱雀院を見舞った際に、院は女三の宮の後見を依頼して、翌年の二月、宮は光源氏に降嫁して六条の院の春の町の寝殿に住んだ。新婚三日の間光源氏は夜離《よが》れなく通うが、思いがけずに幼い女三の宮に失望する。一方、女三の宮のことがあきらめられない柏木は、六条の院の蹴鞠《けまり》の折に女三の宮を垣間見《かいまみ》て、さらに思いをつのらせる。六条の院の女楽の際には光源氏に教えられて、琴《きん》を弾いた。柏木は、女二の宮（落葉《おちば》の宮）と結婚したが、女三の宮のことが忘れられずに、小侍従の手引きで宮のもとを訪れて契りを結んでしまう。病に罹《かか》って二条の院へ移っていた紫の上が危篤になったとの知らせを受けて光源氏がその看病のために不在中に柏木と密会を重ねた。懐妊の徴候が現れて不審に思った光源氏は、柏木からの手紙を見つける。翌年、若君（薫《かおる》）が生まれたが、出家したいと願って、見舞いに訪れた父朱雀院にその思いを訴えて出家した。柏木は宮が出家したことを聞いて、病が重くなって亡くなった。薫の五十日《いか》の祝いが催された。光源氏は女三の宮への未練もあって六条の院の春の町の西の渡殿を仏道修行にふさわしくしつらえたが、女三の宮は光源氏と離れて暮らすことを願う。光源氏の死後、朱雀院から相続した三条の宮に住んで、仏道修行に専念した。その後、浮舟が失踪した頃に病に罹って、薫がその平癒祈願のために石山寺に参籠している。

薫《かおる》

光源氏の次男。実は柏木《かしわぎ》の子。母は朱雀帝《すざくてい》の女三の宮。今上帝《きんじょうてい》の女二の宮と結婚。

36柏木・37横笛・41幻・42匂宮～54夢浮橋

実父は柏木だが、光源氏の子として六条の院で生まれて、育てられた。光源氏の死後は、冷泉院《れいぜいいん》と秋好中宮《あきこのむちゅうぐう》の後見を受けて昇進するが、みずからの出生の秘密を感じて仏道への志を抱く。生まれつき芳香を持っていたので、「薫《かお》る中将」と称される。宇治の八の宮の俗聖《ぞくひじり》ぶりを聞いて、法《のり》の友としての親交が始まり、訪れた宇治で八の宮の姫君たち（大君《おおいぎみ》と中の君）が琴《こと》を合奏しているところを垣間見《かいまみ》て心惹《ひ》かれる。八の宮家に仕える弁の君（弁の尼）から出生の真相を聞き、柏木の形見の手紙などを渡される。八の宮から姫君たちの後見を依頼される。八の宮が亡くなった後、大君に思いを訴えるが、拒まれ続けた。八の宮の一周忌が過ぎて、大君が自分と中の君の結婚を望んでいると知ると、策を講じる。薫は、匂宮とともに宇治を訪れて、自分が大君と対面している間に、匂宮を中の君のもとに忍びこませて、二人を契らせてしまった。その後、春宮《とうぐう》候補のため気ままに宇治に通うことができない匂宮を不実だと思って、苦悩するあまり病床についた大君を手厚く看護するが、その効《かい》もなく、大君は亡くなった。薫は、大君の死後も大君を偲《しの》んで、中の君に思いを寄せ、今上帝の女二の宮が降嫁しても大君のことが忘れられなかったが、異母妹の浮舟《うきふね》がいることを中の君から教えられて、大君によく似た浮舟を大君の形代《かたしろ》として宇治に隠し住まわせて世話をした。しかし、浮舟は、薫を装って侵入した匂宮と契りを交わしてしまう。薫は、浮舟と匂宮の関係を知って失望するが、浮舟を諦めることはできない。一方、浮舟は、薫に匂宮との関係を知られたことで苦悩を深め、宇治川に入水することを決意して失踪した。そのため、浮舟は皆から亡くなったと思われた。薫は、浮舟を放置したことを悔やんだ。ところが、じつは浮舟は横川《よかわ》の僧都《そうず》に命を救われていた。それを知って、薫は、横川の僧都のもとを訪れて浮舟に宛てた手紙を書いてもらった。浮舟の異父弟小君を使いにして僧都の手紙と自らもしたためた手紙を届けさせたが、浮舟は小君との対面を拒んで返事もしなかった。小君から報告を受けた薫は、浮舟が他の男の世話になっているのか、などと疑った。

柏木《かしわぎ》

頭《とう》の中将の長男。母は右大臣の四の君。弘徽殿《こきでん》の女御《にょうご》、紅梅《こうばい》と同腹。落葉の宮と結婚。女三の宮と密通。薫《かおる》の実父。

24胡蝶～27篝火・29行幸～36柏木・（37横笛・45橋姫・46椎本・49宿木）

左近少将から中将に昇進した頃、玉鬘《たまかずら》の熱心な求婚者の一人だったが、玉鬘の裳着《もぎ》に列席して玉鬘が異母姉であることを知る。右衛門督《うえもんのかみ》に昇進した後、叔母《おば》の朧月夜《おぼろづきよ》を介して朱雀院《すざくいん》に女三の宮の婿として名のりをあげたが、女三の宮は光源氏に降嫁してしまった。しかし、女三の宮をあきらめきれずにいる。六条の院の蹴鞠《けまり》の折に女三の宮を垣間見《かいまみ》て、さらに思いをつのらせる。その後、女三の宮がかわいがっている猫を得て心を慰めて、真木柱との縁談にも心を動かさなかった。冷泉帝《れいぜいてい》の譲位によって即位した今上帝《きんじょうてい》の御代で中納言に昇進し、女三の宮の姉女二の宮（落葉の宮）と結婚したが、女三の宮のことが忘れられずに宮の侍女小侍従の手引きで宮のもとに忍びこんで契りを結んだ。その日の仮寝の夢で、女三の宮が柏木の子を懐妊した予兆である猫の夢を見て、罪の意識にさいなまれる。その後も、女三の宮との密会を重ねていたが、光源氏に宮への手紙を見つけられてしまった。それを小侍従から知らされ、さらに、光源氏主催の朱雀院五十の賀の試楽の後に光源氏に皮肉を言われて見つめられたために、帰邸後、病床につく。父の致仕《ちじ》の大臣（頭《とう》の中将）邸に引き取られたが、年が明けても病状は快復せず、死を覚悟して、小侍従を介して宮に手紙を贈った。宮が薫を出産後に出家したことを知って重態に陥り、見舞いに訪れた夕霧に落葉の宮のことを託して亡くなった。夕霧より五六歳年長だったという。落葉の宮から夕霧に贈られた柏木の遺愛の笛は、光源氏の手を経て、最後には薫の物になった。また、柏木が女三の宮に贈った手紙は、小侍従と親しかった宇治の弁の尼の手から薫に渡された。薫は、亡き父柏木の罪が軽くなることを願った。柏木は和琴《わごん》の名手で、折にふれ和琴を弾いている。

桐壺院《きりつぼいん》
朱雀帝《すざくてい》や光源氏たちの父。

1桐壺・4夕顔〜10賢木・（12須磨・13明石・17絵合・34若菜上・35若菜下）
桐壺の更衣《こうい》を寵愛《ちょうあい》して、第二皇子（光源氏）が生まれる。春宮《とうぐう》だった時に入内《じゅだい》した弘徽殿《こきでん》の女御《にょうご》（右大臣の娘、弘徽殿の大后《おおきさき》）が生んだ第一皇子（朱雀帝）がいたが、光源氏を寵愛する。周囲の嫉妬や恨みなどから桐壺の更衣が亡くなった後、靫負《ゆげい》の命婦《みょうぶ》を更衣の里に弔問に遣わした。光源氏を春宮にしたいと願うが、右大臣や弘徽殿の女御たちの思惑を考えて、高麗人《こまうど》の相人《そうにん》や大和相《やまとそう》たちの予言に従って光源氏を臣籍に降下させた。桐壺の更衣によく似た先帝の四の宮（藤壺《ふじつぼ》の宮）を入内させて寵愛する。光源氏が元服する際に、左大臣の長女（葵《あおい》の上）を正妻（添い臥《ぶ》し）とした。藤壺の宮に皇子（冷泉帝《れいぜいてい》）が生まれると、皇子が光源氏の子であることを知らずに、二人がよく似ていることを喜んだ。光源氏が二条の院に紫の上を迎えたことを噂《うわさ》で聞いた時には、光源氏を諌《いさ》めた。藤壺の宮を、先に入内した弘徽殿の女御を超えて立后《りつごう》させる。春宮（朱雀帝）に譲位して、新春宮には、藤壺の宮の皇子（冷泉帝）を立てた。六条の御息所《みやすどころ》を丁重に扱わない光源氏を戒めた。退位して二年後、朱雀帝に、春宮（冷泉帝）の将来や光源氏を朝廷の後見人とすることなどを遺言して亡くなった。須磨に退去した光源氏の夢に現れて、住吉の神の導きに従って須磨の浦を去るようにと告げる。また、朱雀帝の夢にも現れて、遺言を破った帝《みかど》を睨《にら》んで、光源氏を都に召還することを示唆した。

桐壺《きりつぼ》の更衣《こうい》

桐壺帝の更衣。按察使《あぜち》の大納言《だいなごん》の娘。光源氏の母。

1桐壺・(5若紫・10賢木・12須磨)

亡き按察使の大納言の遺志によって、桐壺帝のもとに入内《じゅだい》する。しっかりした後見《うしろみ》がないにもかかわらず帝に寵愛《ちょうあい》されたために弘徽殿《こきでん》の女御《にょうご》(弘徽殿の大后《おおきさき》)たちの嫉妬を招いて病気がちになる。第二皇子(光源氏)を生んだ。病弱な身に心労が積もって、光源氏が三歳の夏に、里邸に退出して亡くなった。葬儀は愛宕《おたぎ》で営まれ、三位を追贈される。兄が一人いて、雲林院《うりんいん》で律師《りつし》となっていた。また、明石《あかし》の入道が更衣のいとこであると語っている。

今上帝《きんじょうてい》

朱雀帝《すざくてい》の皇子。母は承香殿《しょうきょうでん》の女御《にょうご》。中宮は明石《あかし》の中宮。春宮《とうぐう》、匂宮《におうみや》、女一の宮の父。

14澪標・21少女・31真木柱〜36柏木・38鈴虫・40御法・42匂宮〜44竹河・46椎本・47総角・49宿木〜52蜻蛉

三歳で春宮《とうぐう》に立ち、母女御とともに梨壺《なしつぼ》に住んだ。十三歳の二月に元服して、左大臣の姫君(麗景殿《れいけいでん》の女御)と明石の姫君が相次いで入内《じゅだい》したが、明石の姫君を寵愛《ちょうあい》した。明石の姫君は翌年の夏に懐妊した。翌年の三月に若宮(春宮《とうぐう》)が生まれた。冷泉帝《れいぜいてい》の譲位によって二十歳で即位して、若宮が春宮に立ち、伯父の鬚黒《ひげくろ》が右大臣となって政務を執《と》った。その翌年には、明石の姫君が第三皇子(匂宮)を生んでいる。光源氏の死後は、中宮となった明石の姫君と一緒に、匂宮や甥《おい》にあたる薫をかわいがった。次の春宮にと考える匂宮が宇治に忍び歩きをしていることを聞いて、明石の中宮とともに戒めたという。匂宮は、夕霧の六の君と結婚した。また、藤壺の女御が亡くなったことで、母を亡くした女二の宮の将来を心配して薫との結婚を考える。そこで、薫と碁を打ってその賭物《かけもの》として女二の宮との結婚をほのめかした。薫は、女二の宮の裳着《もぎ》の後に結婚した。薫が女二の宮を母女三の宮が住む三条の宮に迎える際には、女三の宮に女二の宮のことを頼んだ。浮舟への思いで嘆く匂宮を案じたり、薫が浮舟の四十九日の法要を盛大に営んだのを聞いて、女二の宮に遠慮して隠していた薫の心中を気の毒に思ったりしたことが語られている。

雲居雁《くもいのかり》
頭《とう》の中将の娘。母は按察使《あぜち》の大納言《だいなごん》の北の方。夕霧と結婚。

21少女・25蛍・26常夏・28野分・29行幸・32梅枝〜37横笛・39夕霧・42匂宮・44竹河

母が内大臣（頭の中将）と離婚して按察使の大納言と再婚したために、祖母の大宮の三条の宮で夕霧とともに育てられて、幼い恋心を寄せ合っていた。弘徽殿《こきでん》の女御《にょうご》の立后《りつごう》争いに敗れた内大臣が、雲居雁を春宮（今上帝《きんじょうてい》）に入内《じゅだい》させようと思って、自邸に引き取ってしまった。以後は、夕霧と時折手紙を交わすのみで、大宮とも会えずに嘆いていた。夕霧が中務の宮の姫君と結婚するという噂《うわさ》を聞いた内大臣は、二人の結婚を許す気持ちになって、夕霧を藤の花の宴に招いて、二人はその夜結ばれた。その後、故大宮が住んでいた三条殿に移り住んで幸せに暮らした。しかし、夕霧は、何ごとにもすぐれた紫の上と比較して、子どもの世話など家事に紛れ暮らす雲居雁に不満を持つ。夕霧が、柏木《かしわぎ》から死の直前に北の方落葉《おちば》の宮のことを託されて、小野にいる落葉の宮のもとに通うので、二人の仲を疑う。夕霧が、病にかかった一条の御息所《みやすどころ》を見舞うことを口実にして小野を訪れて帰った翌晩、御息所からの手紙を落葉の宮からのものだと勘違いして奪って隠した。御息所が亡くなって弔問に足繁《しげ》く小野に通う夕霧に疑惑を深めていく。夕霧は御息所の四十九日の法要の後、落葉の宮を一条の宮に迎えて契りを結び、夫婦のように過ごすが、それを知った雲居雁は父の邸《やしき》へ帰ってしまった。夕霧との間に、四人の男君と三人の女君に恵まれた。光源氏の死後、夕霧と落葉の宮との関係を認め、夕霧は落葉の宮と雲居雁のもとにひと月に十五日ずつ通う。玉鬘《たまかずら》の大君《おおいぎみ》に求婚する息子（蔵人《くろうど》の少将）のために、玉鬘に手紙を贈るが、大君は冷泉院《れいぜいいん》との結婚が決まって参院する。その際には、大君に祝いの品を贈っている。

源典侍《げんないしのすけ》
桐壺帝《きりつぼてい》時代の典侍。

7紅葉賀・9葵・20朝顔

高貴な家柄で教養もあるが好色な性格で、光源氏と戯れているところを障子から覗《のぞ》いていた桐壺帝に笑われる。年齢は五十七、八歳くらいとされ、修理大夫《すりのかみ》とも関係があったともされる。頭の中将に光源氏との逢瀬《おうせ》を発見されて、戯れに脅かされる。その翌朝、頭の中将が残していった指貫や帯などを、歌を添えて間違って光源氏に届けた。その後も、色っぽく光源氏に恨み言を言いかけている。賀茂《かも》の祭《まつ》りを見物しに来た光源氏に、扇の先端を折って歌を詠みかける。しばらく物語に登場しなかったが、出家して、女五の宮の弟子になって、女五の宮のもとに身を寄せていた。光源氏が女五の宮を訪れた際に、光源氏のもとに現れて歌を詠み交わした。

弘徽殿《こきでん》の大后《おおきさき》
右大臣の長女。桐壺院《きりつぼいん》の女御。朱雀帝《すざくてい》の母。
　1桐壺・7紅葉賀～10賢木・12須磨～14澪標・21少女・23初音・（34若菜上・35若菜下・45橋姫）
　第二皇子（光源氏）が生まれた後、この皇子が第一皇子であるわが子（朱雀院）を差し置いて春宮《とうぐう》に立つのではないかと危惧していた。桐壺の更衣《こうい》を嫉妬して死に追いやる。わが子が春宮になったことで安心するが、先帝《せんだい》の四の宮（藤壺の宮）が入内《じゅだい》したので心穏やかではなく、朱雀院行幸の試楽で青海波《せいがいは》を舞う光源氏を憎むことや、藤壺の宮が出産する際に呪詛《じゅそ》することもあった。先に女御となった自分を超えて藤壺の宮が立后《りつごう》したことで悩むが、桐壺帝から皇太后（国母）となることは保証されていると言われて安心する。桐壺帝が譲位して、朱雀帝が即位した後、桐壺院の藤壺の宮への寵愛《ちょうあい》の深さを不快に思って、宮内に残った。妹の朧月夜《おぼろづきよ》が光源氏に心を寄せているが、朧月夜を朱雀帝に入内させようと考えていた。桐壺院が重病に罹《かか》った際に、見舞いに行こうとしたが、院のそばに藤壺の宮がいるのでためらっている間に、院が亡くなった。右大臣から光源氏と朧月夜との密会の報告を受けて激怒して、光源氏を陥れようと画策する。光源氏は失脚して須磨に退去することになる。その後、父の太政大臣が亡くなり、大后も病に罹る。病がちになった朱雀帝は、大后の意向に反して光源氏を召還して、冷《れい》泉帝《ぜいてい》に譲位した。冷泉帝が朱雀院に行幸した際に、冷泉帝とともに挨拶《あいさつ》に訪れた光源氏に会って、昔のことを後悔した。光源氏が栄華の絶頂を極めていた時にはすでに亡くなっていたことが知られる。

惟光《これみつ》
光源氏の乳母子《めのとご》。母は大弐《だいに》の乳母。
　4夕顔・5若紫・7紅葉賀・9葵・11花散里・12須磨～14澪標・18松風・21少女・32梅枝
　大弐《だいに》の乳母《めのと》の病気見舞いに五条の家を訪れた光源氏は、隣の家の女（夕顔）の存在を知り、関心を懐《いだ》いた。惟光は、光源氏の命を受けて女の素性を探り、光源氏が女のもとに通う手助けをした。女が何がしの院で急死した際には、亡骸《なきがら》を東山の寺に送るなど万事に対処した。光源氏が瘧病《わらわやみ》の治療のために北山の聖《ひじり》のもとを訪問した際に随行して、光源氏が紫の上を垣間見《かいまみ》した時も側に控えていた。光源氏が紫の上を二条の院に引き取るまでの手助けをし、その後も何かと気を配って世話をする。花の宴の後には、光源氏の命を受けて朧月夜《おぼろづきよ》の素性を探ったり、花散里《はなちるさと》訪問にも随行したりするなど、常に光源氏の恋の場面で活躍した。また、光源氏が須磨に退去する際には、良清《よしきよ》たちとともに下向し、明石《あかし》へも同行した。帰京後は、光源氏が末摘花《すえつむはな》と再会するきっかけとなった花散里訪問に随行した。光源氏の住吉参詣《すみよしさんけい》にも随行し、偶然に明石《あかし》の君も参詣していることを報告した。明石の君が住む大《おお》堰《い》の山荘を整える際には、光源氏から差し向けられて世話をした。光源氏が五節《ごせち》の舞姫を奉る際には娘（藤典《とうないし》侍《のすけ》）を舞姫として献じた。その娘は後に夕霧と結婚する。六条の院で薫物合《たきもののあわせ》が催された際には、宰相となっていて、息子の兵衛尉《ひょうえのじょう》とともに参上した。

左大臣《さだいじん》

頭《とう》の中将や葵《あおい》の上の父。妻は桐壺院《きりつぼいん》の妹（大宮）。

1桐壺・4夕顔～10賢木・12須磨・14澪標・19薄雲

長女の葵の上を春宮《とうぐう》（朱雀帝《すざくてい》）の妃《きさき》にと望まれるが、光源氏と結婚させる。光源氏が元服する際には加冠の役をつとめた。右大臣との仲はよくないが、政治的な配慮から長男の頭の中将を右大臣の四の君と結婚させた。光源氏と葵の上の夫婦仲が、期待に反してよくないことをつらく思うが、婿として大切に世話をし続けた。光源氏が紫の上を二条の院に引き取ったとの噂《うわさ》を聞いた桐壺院から同情されることもあったが、花の宴での光源氏のすばらしい舞姿を見ては、日頃の恨みも忘れて感涙にむせんだ。ようやく懐妊した葵の上が、物《もの》の気《け》に苦しみながらも無事に男子（夕霧）を出産した時は喜ぶが、その喜びも束の間、秋の司召《つかさめし》のために参内中に葵の上は急死した。蘇生《そせい》の秘法を試みるが効き目はなく、悲嘆に暮れつつ荼毘《だび》に付した。桐壺院が亡くなった後、右大臣家が席巻するなか、左大臣を辞して政権から離れ、光源氏が須磨に退去したことを悲しんで憤った。光源氏が帰京して復権した後、冷泉帝《れいぜいてい》が即位した際に六十三歳で摂政太《せっしょうだい》政大臣《じょうだいじん》として政権に復帰する。光源氏の政権が安定した頃亡くなった。

末摘花《すえつむはな》

常陸《ひたち》の宮の娘。醍醐《だいご》の阿闍梨《あざり》の妹。

6末摘花・9葵・15蓬生・22玉鬘・23初音・29行幸・34若菜上

光源氏は、故常陸の宮の姫君（末摘花）が琴《きん》を友として心細い有様で暮らしていることを、大輔《たいふ》の命婦《みょうぶ》から聞いて、興味を懐《いだ》いた。大輔の命婦の策略によって、演奏した琴《きん》の音を光源氏に聞かれ、それをきっかけに手紙が贈られるようになる。さらに頭《とう》の中将からも手紙を贈られるが、どちらにも返事をしなかった。大輔の命婦の手引きによって忍んできた光源氏と契りを結んだ。しかし、沈黙を守り、光源氏への返歌も乳母子《めのとご》の侍従《じじゅう》の君がする。後朝《きぬぎぬ》の文は夕方になって届き、侍従の君に教えられて何とか返歌したものの感心できない手紙だった。

光源氏は行幸の準備や、引き取った紫の上の世話などのために、しばらく訪れも途絶えたが、ようやく雪の夜に来訪し逢瀬《おうせ》を持った。貧しい生活の様子や普賢菩薩《ふげんぼさつ》の乗り物に例えられる鼻などの風貌を光源氏に見られて不憫《ふびん》に思われ、世話を受けることになる。光源氏が須磨に退去し、京を離れていた間に窮乏するが、故父宮の遺志を守って耐え忍んだ。光源氏の来訪を信じて、受領《ずりょう》の妻となっていた叔母《おば》から西国への同行を誘われても断って待ち続けた。光源氏の帰京後もその存在はすっかり忘れられていたが、光源氏が花散里《はなちるさと》を訪問する途中でふと思い出して、再会を果たす。光源氏を一途に待ち続けたことに感動した光源氏から庇護《ひご》を受けて、二年後には二条の東の院に迎えられた。古風な人柄で、何かにつけて光源氏を辟易《へきえき》させることが多い。晩年は、病床にあることが語られている。

朱雀院《すざくいん》

桐壺院《きりつぼいん》の第一皇子。母は弘徽殿《こきでん》の大后《おおきさき》。今上帝《きんじょうてい》や女三の宮の父。

1桐壺・7紅葉賀～10賢木・12須磨～14澪標・17絵合・21少女・23初音・31真木柱・33藤裏葉・34若菜上～39夕霧・（49宿木）

桐壺院の第一皇子として生まれて、春宮《とうぐう》になり、帝の譲位によって即位した。伊勢に下向する斎宮《さいぐう》（斎宮の女御、梅壺の女御、秋好中宮《あきこのむちゅうぐう》）に別れの御櫛《みぐし》を賜う際にその美しさに心惹《ひ》かれる。桐壺院が亡くなる時には、春宮（冷泉院《れいぜいいん》）と光源氏のことを依頼されながらも、母弘徽殿の大后や外祖父右大臣の意向に逆らうことができず、光源氏が須磨に退去することをとめられなかった。その原因となった光源氏と朧月夜《おぼろづきよ》の秘密の恋のことを知りつつも、朧月夜を寵愛する。光源氏の須磨に退去した翌年、夢枕《ゆめまくら》に立った桐壺院に遺言を守らなかったことを咎《とが》められて、その後に眼病をわずらう。母大后の反対を押しきって光源氏召還の宣旨《せんじ》を下し、帰京した光源氏を権大納《ごんだいな》言《ごん》に復す。次の年に譲位して春宮（冷泉院）が即位、承《しょう》香殿《きょうでん》の女御を母とする皇子（今上帝《きんじょうてい》）が春宮に立った。伊勢から退下した前斎宮《ぜんさいぐう》は、冷泉院のもとに入内《じゅだい》したが、恋心を捨てられずに歌を贈ったり、贈物をしたりした。絵合《えあわせ》の際には秘蔵の絵を贈った。母大后が亡くなった後、病気がちとなった。母のいない女三の宮の将来を案じ、苦慮の末、光源氏への降嫁を果たして出家した。西山の寺に移り、仏道修行をしながらも女三の宮のことを案じた。光源氏は院のために、女三の宮主催の五十の賀を計画するが、紫の上の病気や女三の宮の懐妊などのために、しばしば延期された。男子（薫《かおる》）を出産した女三の宮を見舞うために下山し、衰弱した宮から出家の意志を訴えられ、遂に受戒させた。その後は、女三の宮の持仏開眼供養に布施を贈ったり、夫柏木《かしわぎ》に先立たれ、母御息所《みやすどころ》とも死別した落葉《おちば》の宮が出家を希望するのを諫《いさ》めたりした。後に、「宿木」の巻で、すでに亡くなっていたことが語られる。

玉鬘《たまかずら》
頭《とう》の中将の娘。母は夕顔。鬚黒《ひげくろ》と結婚。

2帚木・4夕顔・22玉鬘～36柏木・44竹河

雨夜の品定めでの頭の中将の体験談に、母（夕顔）とともに姿を隠したことが語られる。夕顔が、恋の相手である光源氏に連れ出された何がしの院で急死した後は、母の死も知らずに夕顔の乳母《めのと》（大宰少弐の妻《だざいのしょうに》）に養育されていた。四歳になった年に乳母夫婦に連れられて筑紫《つくし》へ下った。少弐は任期が終わっても帰京できず、玉鬘は十歳ほどになり、美しく成長した。やがて、玉鬘を必ず都に連れ帰るようにとの遺言をして少弐は亡くなった。二十歳の頃、肥後《ひご》の国の豪族大夫《たいふ》の監《げん》に強引に求婚されたので、乳母や乳母の長男豊後介《ぶんごのすけ》たちとともに舟で脱出し、上京して九条に落ち着く。初瀬《はつせ》参詣の際に、夕顔の乳母子《めのとご》右近《うこん》と偶然再会する。右近の報告を受けた光源氏に、実父内大臣（頭の中将）には内緒のまま、二十一歳の十月、六条の院の花散里《はなちるさと》が住む夏の町の西の対《たい》に引き取られた。光源氏の娘だと思われていて、柏木《かしわぎ》、蛍の宮、鬚黒《ひげくろ》たち、多くの人々から求婚される。光源氏からも恋情を訴えられて苦悩することもあった。物語に熱中し、住吉物語の姫君にわが身をなぞらえることもあった。大《おお》原野行幸《はらのぎょうこう》を見物して冷泉院《れいぜいいん》の美しい姿に惹《ひ》かれて、尚《ないし》侍《のかみ》に就任する話に心を動かした。ようやく、光源氏にうち解けて心を傾けるようになり、野分の翌日に、光源氏と親しくする様子を夕霧に垣間見《かいまみ》られたこともあった。光源氏は、大宮を仲介にして玉鬘のことを内大臣にうち明け、玉鬘の裳着《もぎ》の際に内大臣との親子の対面を果たした。尚侍就任が決まったが、直前に鬚黒と結婚し、人々を嘆かせた。玉鬘の意に反した結婚だったので鬚黒に心解けずにいた。結婚後も、帝《みかど》の要請で、尚侍《ないしのかみ》として参内したが、鬚黒によって鬚黒の邸に退出させられ、その年のうちに、男君を出産した。光源氏の四十の賀の際には、誰よりも早く主催し、若菜を献上した。鬚黒との間には、三人の息子、二人の娘をもうけて、それなりに安定した結婚生活を送った。鬚黒の死後は子どもたちの行く末に悩む母としての姿が見られる。大君《おおいぎみ》は帝や冷泉院、蔵人《くろうど》の少将から求婚されるが、玉鬘は、薫《かおる》を婿にと望んでいた。しかし、弘徽殿《こきでん》の女御《にょうご》の勧めもあって冷泉院と結婚させた。帝の不興を買ったため、中の君（内裏の君）を尚侍として入内させた。大君は女宮と男宮を出産したが気苦労の多い宮仕えとなった。時が過ぎ、隣の紅梅《こうばい》邸の賑やかな様子を聞くにつけて、わが息子たちの出世の遅れを嘆くばかりだった。

頭《とう》の中将《ちゅうじょう》

左大臣の長男。母は大宮。葵《あおい》の上と同腹。右大臣の四の君と結婚。柏木《かしわぎ》、紅梅、弘徽殿《こきでん》の女御《にょうご》、雲居雁《くもいのかり》の父。

1桐壺・2帚木・4夕顔・5若紫〜10賢木・12須磨・14澪標・17絵合・19薄雲・21少女・25蛍〜37横笛・39夕霧・40御法・(42匂宮)

蔵人《くろうど》の少将だった時に右大臣の四の君と結婚したが、妻とは疎遠だった。同腹の葵の上が光源氏と結婚したことで光源氏と親しく交わった。頭の中将の時には、雨夜の品定めの際、行方不明になってしまった常夏の女（夕顔）と娘（玉鬘《たまかずら》）との体験談を語った。末摘花《すえつむはな》や源典侍《げんないしのすけ》など光源氏の忍びの恋の相手に自分も挑んだり、紅葉の賀の宴では光源氏と青海波《せいがいは》を舞ったりして、光源氏の好敵手として描かれている。葵の上が男子（夕霧）を出産して急死した際は深く悲しみ、同じく悲嘆する光源氏を慰めた。桐壺院《きりつぼいん》が亡くなり、朱雀院《すざくいん》が即位して右大臣派が勢力を延ばすと、父左大臣が辞任したり、自分も除目《じもく》にもれたりして不遇となるが、光源氏との友好関係は変わらない。須磨に退去する光源氏と別れを惜しみ、右大臣方の思惑をよそに光源氏が退去した須磨を訪れるなど気骨を見せる。光源氏が帰京して復権し、冷泉院が即位して、左大臣が太政大臣《だいじょうだいじん》に就任すると、頭の中将も権中納言《ごんちゅうなごん》に昇進した。姫君（弘徽殿《こきでん》の女御《にょうご》）を父大臣の養女にして入内《じゅだい》させたが、光源氏も故六条の御息所《みやすどころ》の娘前斎宮《せんさいぐう》

（斎宮の女御、梅壺の女御、秋好中宮《あきこのむちゅうぐう》）を入内させたので、光源氏への対抗意識が強まった。絵を好む帝《みかど》が絵の上手な梅壺の女御に心を移していくので、帝の関心をひくために対抗してすぐれた物語絵を集めた。それは、冷泉帝の後宮での覇権争いの意味もあって、藤壺の宮と帝の御前で絵合《えあわせ》が催されることになる。その絵合で弘徽殿の女御は敗北する。梅壺の女御が立后《りつごう》し、光源氏が太政大臣になると、内大臣に昇進して国政の実務を執った。弘徽殿の女御の立后に挫折した無念から雲居雁《くもいのかり》を春宮《とうぐう》に入内させようと考えて、幼い頃から大宮のもとで一緒に育てられて恋心を育んでいた夕霧との仲を許さず、雲居雁を自邸に引き取ってしまった。また、光源氏が玉鬘を引き取ったのに対抗して近江《おうみ》の君を捜し出して引き取った。やがて、玉鬘が自分の娘であることを知り、玉鬘の裳着《もぎ》の際に腰結《こしゆい》の役を務めて、親子の対面を果たした。大宮の三回忌の後に、藤の花の宴を開いて夕霧を招き、雲居雁と結婚させた。その後、光源氏が准太上天皇《じゅんだいじょうてんのう》になったことによって太政大臣に昇進したが、冷泉帝の譲位によって辞任して政治から引退した。病に罹《かか》った柏木《かしわぎ》の死を悲しみ、柏木の妻だった落葉《おちば》の宮と夕霧の噂《うわさ》を聞いて、実家に戻った雲居雁の身の上に心を痛める。光源氏と前後して亡くなったことが知られる。和琴《わごん》の名手で、折にふれて弾いている。

中《なか》の君《きみ》

八の宮の次女。母は大臣の娘。大君《おおいぎみ》の同腹の妹。浮舟の異母姉。匂宮《におうみや》と結婚。

43紅梅・45橋姫〜52蜻蛉

誕生後まもなく母と死別して、父宮に愛育される。父宮は、大君には琵琶《びわ》、中の君には箏《しょう》の琴を教えた。京の邸《やしき》が焼失したために宇治の山荘に移り住んだ。仏道修行をする父宮と親交する薫《かおる》の縁で、匂宮にも八の宮と女君たちのことが知られて、手紙が贈られるようになる。父宮から勧められて中の君が匂宮の手紙に時々返事を書くこともあった。父宮の死後、姉大君から、薫との結婚を望まれるが、受け入れない。しかし、大君を思う薫の策略により匂宮と結ばれる。新婚時から匂宮の夜離《よが》れに苦しみながらも愛情を信じて慕情をつのらせていく。一方、大君は、匂宮の誠意を疑い、苦悩を深めていき、やがて亡くなる。大君の死後は、京に迎えられて二条の院に住む。薫の後見をありがたく思うが、恋慕されるようになって困惑するとともに、匂宮からは薫との仲を邪推されてつらく思う。匂宮と六の君の結婚に衝撃を受けるが、すでに懐妊していて、男子を出産する。産養《うぶやしない》や五十日《いか》の祝いも盛大に行われて、世間からは幸い人と讃えられた。薫の自分への恋慕をそらすために、父宮が認めなかった異母妹の浮舟がいることを薫に教える。浮舟の母（中将の君）から頼まれて浮舟を一時二条の院に預かるが、その時に匂宮に発見されてしまう。匂宮は、浮舟の素性を知らないまま関心を懐《いだ》いて、やがて浮舟を捜し出して契り、薫、匂宮、浮舟の三角関係に発展することとなる。薫と匂宮の間で苦悩して追い詰められた浮舟が失踪して宇治川に身を投げたとされて葬儀が行われ、四十九日の法要が催された際は僧に誦経《ずきよう》の布施を寄せたことが語られる。

匂宮《におうみや》

今上帝《きんじようてい》の第三皇子。母は明石《あかし》の中宮。女一の宮と同腹。中の君、さらに六の君と結婚。

35若菜下・37横笛・40御法・42匂宮〜53手習

六条の院で誕生し、紫の上にかわいがられて育てられた。光源氏の死後、薫《かおる》とともにもてはやされる。生まれつき芳香を持つ薫に対抗して香を薫《た》きしめることに熱中した。二人は、「匂う兵部卿《ひようぶきよう》」「薫《かお》る中将」と並び称される。光源氏の色好みとしての側面を受け継ぐ男君である。薫から宇治の姫君の噂《うわさ》を聞いて興味を持つようになる。初瀬《はつせ》参詣の中宿りをきっかけに宇治の八の宮に手紙を通わすようになり、時々中の君から返事をもらう。八の宮の死後、薫の手引きで宇治へ忍んで行き、中の君と契りを結ぶ。春宮《とうぐう》候補のために気ままな行動が許されず、宇治に通うことはできないが、中の君への愛情は深い。薫の提案で宇治へ紅葉狩りに行くが、中の君のもとへは手紙を贈るのみで訪ねることができずに帰京することになって、大君《おおいぎみ》と中の君を落胆させる。この一件で匂宮に誠意がないと思い込み、絶望した大君は発病して亡くなる。大君の死後、母中宮から許されて、中の君を二条の院の西の対《たい》に迎えるが、ほどなく夕霧の六の君と結婚する。思いのほか六の君に魅力を感じ、中の君に愛情を持ちつつも夜離《よが》れするようになる。しかし、懐妊した中の君は無事男子を出産し、産養《うぶやしない》も盛大に催され、二人の関係は落ち着いていく。その一方で、薫と中の君の関係に疑いを懐《いだ》き続けている。中の君が一時預かった浮舟を偶然発見して早速言い寄る。その場はあきらめざるを得なかったものの、後に宇治の浮舟の居場所を知り、薫を装って忍び入り、ついに逢瀬《おうせ》を持つ。対岸の隠れ家に浮舟を連れ出し、「橘《たちばな》の小島」で永遠の契りを誓うなど、素性を知らぬまま浮舟に執着して恋に耽溺《たんでき》していく。薫よりも先に京に浮舟を迎え取ろうと画策するが、薫に浮舟との関係を知られて、厳重に警戒された宇治に赴くものの会うことはできない。浮舟の失踪と死を知って、悲嘆のあまり病床につくが、やがて新たに宮の君への恋を始めるなど色好みぶりは健在である。匂宮は浮舟が生きていることは知らないままであるが、浮舟は、失踪時に清げなる男の姿で現れた物《もの》の気《け》に匂宮を思い、蘇生《そせい》後の小野での生活の折々には匂宮とのことを後悔したり思い出したりする。

軒端荻《のきばのおぎ》

伊予介《いよのすけ》の先妻の娘。紀伊守《きのかみ》の妹。空蟬の義理の娘。

3空蟬・4夕顔・6末摘花

継母《ままはは》の空蟬《うつせみ》と碁を打つ姿を光源氏に垣間見《かいまみ》され、色白で肉付きがよく、大柄で愛嬌のある娘と思われる。その夜、空蟬とともに寝ているところに光源氏が忍び込むが、察知した空蟬が逃げたために、光源氏に空蟬と間違われて契りを結ぶ。軒端荻本人は空蟬の身代わりとは知らない。その後、光源氏の訪れを待ち続けるが、光源氏から手紙はない。父伊予介が上京した頃、結婚の話があるらしいことが語られる。光源氏が夕顔の死を傷んでいた頃、蔵人《くろうど》の少将と結婚した。そのことを聞いた光源氏から歌が贈られて、返歌をする。その後も時折、光源氏から手紙が贈られることがあったらしい。

八の宮《はちのみや》

桐壺院《きりつぼいん》の第八皇子。光源氏の異母弟。大君《おおいぎみ》、中の君、浮舟《うきふね》の父。

45橋姫〜46椎本・(47総角・49宿木)

朱雀院《すざくいん》の在位時代に弘徽殿《こきでん》の大后《おおきさき》たちの春宮《とうぐう》廃立の陰謀に巻き込まれる。後に復権した光源氏の繁栄の陰で世に顧みられなくなった。失意の日々を慰め合った北の方が中の君を出産して亡くなり、さらに京の邸《やしき》が焼けたために、宇治の山荘に移り住む。姫君たちを愛育しながら、宇治の阿闍梨《あざり》に師事して仏道修行の日々を過ごす。その俗ながら聖《ひじり》の生活ぶりが宇治の阿闍梨によって冷泉院《れいぜいいん》や薫《かおる》に伝えられて、薫と法《のり》の友としての交際が始まる。親交が三年ばかり続いた頃、薫の訪問を受けるが、阿闍梨の山寺に籠もっていて留守だった。薫は月下で琴《こと》の合奏をする姫君たちを垣間見《かいまみ》て、大君と言葉を交わす。その後改めて訪問した薫と対面し、姫君たちの後見を頼む。八の宮の姫君に興味を懐《いだ》いた匂宮が初瀬詣《はつせもうで》の帰途に宇治に中宿りし、それをきっかけに手紙が贈られるようになると、中の君に時々返事を書かせた。姫君たちの行く末を苦慮し、薫に重ねて後見を依頼する。その一方で、姫君たちには、信頼できない人に従って宇治を離れるな、宇治にて朽ち果てよとの厳しい訓戒を残し、侍女たちにも姫君たちを身分にふさわしくない人と結婚させないようにと戒めて山寺に籠もる。八の宮死後、大君はこの訓戒をしばしば思い出すことになる。山寺で発病し、下山を願うが阿闍梨に諭されて、そのまま亡くなってしまう。死後、中の君や阿闍梨の夢に現れたことから、姫君たちへの愛執から往生できずにいるとわかる。薫によって、忌日の法事や、宇治の寝殿の寺への改築など、死後も法要が行われている。後に、北の方の死後に中将の君との間に浮舟が生まれたが、わが子とは認めず、母娘を顧みなかったという過去が明らかになる。

花散里《はなちるさと》

麗景殿《れいけいでん》の女御《にょうご》の妹。

　11花散里～15蓬生・18松風～23初音・25蛍・27篝火・28野分・32梅枝・34若菜上・35若菜下・39夕霧～41幻・42匂宮

　桐壺院《きりつぼいん》の女御だった姉麗景殿の女御とともに邸《やしき》に住んで、光源氏の庇護《ひご》を受けていた。光源氏にとって心の安らぎを得る人で、須磨に退去する直前に訪れた光源氏と別れを惜しんで和歌を詠み交わした。帰京後の光源氏からは訪れはないが、手紙だけはある。光源氏が桐壺院の遺産として受け継いだ二条の東の院が改築されると西の対《たい》に迎えられた。性格の良さを評価されて、夕霧を預かって養育する。裁縫や染色の才もあり、子どもたちの母代わりとして大切な役割を果たす。また、式部卿《しきぶきょう》の宮の五十の賀の準備を紫の上と分担して、公的にも光源氏を支えている。紫の上とともに完成した六条の院へ移り、夏の町に住んだ。光源氏が玉鬘《たまかずら》を養女として引き取った際には世話を頼まれたり、後には夕霧と藤典侍《とうないしのすけ》との子の養育を任されたりした。光源氏の死後は二条の東の院に戻った。

光源氏《ひかるげんじ》

桐壺院《きりつぼいん》の第二皇子。母は桐壺の更衣《こうい》。夕霧、明石《あかし》の中宮の父。冷泉院《れいぜいいん》の実父。

　1桐壺～41幻・(42匂宮～45橋姫・49宿木・52蜻蛉)

　桐壺院の第二皇子として生まれるが、幼くして母を亡くして父帝《ちちみかど》から愛育される。帝は、心積もりがあって親王にしなかったが、高麗《こま》の相人《そうにん》などの予言もあり、臣下として政《まつりごと》の補佐をするのがよいと判断して臣籍に降下させた。世の人は、光源氏と藤壺の宮を並べてそれぞれ「光る君」「輝く日(妃《ひ》)の宮」と称賛した。なお、この通称「光る君」は、高麗の相人がつけたとも言われる。元服後、左大臣家の長女（葵《あおい》の上）が正妻となるが、藤壺の宮を恋慕しているために、親しむことができない。雨夜の品定めでは、頭《とう》の中将たちの体験談を聞いて、中の品の女性への関心を懐《いだ》く。空蟬《うつせみ》や夕顔との恋は、そこから誘発されたものである。藤壺の宮へのかなわぬ恋心は一貫していたが、亡き夕顔のことも忘れられずにいて、故常陸《ひたち》の宮の姫君（末摘花《すえつむはな》）への関心に結びつく。その末摘花と逢瀬《おうせ》を持って、予想外の風貌や人柄に困惑したり、好色な老女（源典侍《げんないしのすけ》）との逢瀬を持って、頭の中将から戯れに脅かされたりするような失敗もあった。瘧病《わらわやみ》になった折には、加持祈禱《かじきとう》のために訪れた北山で、藤壺の宮にそっくりな少女（紫の上）を発見して、藤壺の宮の姪と知り、やがて二条の院に引き取る。この間、病のために三条の宮に退出していた藤壺の宮との密会もあった。後に藤壺の宮は皇子（冷泉院《れいぜいいん》）を出産するが、実の父は自分であることを知って、罪の意識におののく。その事実を知らない桐壺帝は光源氏にそっくりな皇子を寵愛する。桐壺帝の主催による花の宴の後、偶然に弘徽殿《こきでん》の細殿で、素性を知らぬまま朧月夜《おぼろづきよ》と契りを結ぶ。後に右大臣の六の君であることを知るが、秘密の関係を続ける。帝（桐壺院）が譲位し、新帝（朱雀院）が即位すると春宮《とうぐう》には藤壺の宮が産んだ皇子が立ち、光源氏は後見役についた。しかし、藤壺の宮への思慕が治まることはなかった。その一方で、正式な妻にしないまま六条の御息所《みやすどころ》との関係も続けていて、待遇の不手際を桐壺院から諫《いさ》められる。そのようななか、葵の上が懐妊し、物《もの》の気《け》に苦しみながらも男子（夕霧）を出産した。ようやく夫婦としてうち解けることができたかと思うものの、秋の司召《つかさめし》のために参内中に急死してしまう。左大臣邸に籠もって悲嘆と供養の日々を過ごす。やがて、亡き葵の上の四十九日の法要後に紫の上と新枕《にいまくら》を交わす。桐壺院崩御の際は、並みひと通りではなく悲しみ、動揺する。右大臣派が席巻する世となり不遇になる。そのような状況下、藤壺の宮に迫って恋心を訴えるが拒否されて、しばらく二条の院に籠もり、煩悶《はんもん》の時を過ごす。しかし、雲《う》林院《りんいん》参籠を経て平常心を取り戻す。桐壺院の一周忌後、法華八講の果ての日に突然藤壺の宮が出家したので、慨嘆する。一方で朧月夜とも逢瀬を重ねていて、とうとう右大臣に密会の現場を発見されてしまう。そのことがきっかけとなって失脚し、須磨に退去した。その翌年の三月の上巳《じょうし》の祓《はら》えの日、暴風雨に見舞われ、夢枕に現れた桐壺院から、住吉の神の導きに従うようにと告げられる。夢告《むこく》に従って明石《あかし》の浦に移って、明石の入道の世話になり、やがて明石の君と契る。召還の宣旨《せんじ》が下《くだ》り、懐妊した明石の君を残して帰京し、復権する。内大臣となった翌年の二月、帝（朱雀院）が譲位し、新帝（冷泉院）が即位した。明石の君に女子（明石の中宮）が誕生し、かつて宿曜《すくよう》の予言に「御子が三人生まれ、一人は帝、一人は后となり、もう一人は太政大臣《だいじょうだいじん》になる」と言われたことを思い出す。姫君の将来のために紫の上の養女としようと考え、紫の上も承知して、大堰《おおい》の山荘に移り住んでいた明石の君のもとから姫君を引き取った。死に臨んだ六条の御息所《みやすどころ》から娘前斎宮《ぜんさいぐう》（斎宮の女御、梅壺の女御、秋好中宮《あきこのむちゅうぐう》）の後見を頼まれて、藤壺の宮と画策して冷泉帝に入内《じゅだい》させた。藤壺の宮が崩御し、悲嘆に沈むなかで、夜居《よい》の僧から出生の秘密を奏上された冷泉帝から譲位をほのめかされて恐懼《きょうく》し、辞退する。六条の御息所の旧邸をもとに六条の院を造成し、春の町に紫の上、夏の町に花散里《はなちるさと》、秋の町に秋好中宮、冬の町に明石の君を住まわせた。夕顔の遺児玉鬘《たまかずら》を六条の院の夏の町に迎えて、養父としてふるまいながら恋情を懐《いだ》き、悩むこともあった。夕霧が雲居雁と結婚し、明石の姫君も春宮に入内した。准太上天皇《じゅんだいじょうてんのう》となり人臣をきわめるが、出家した朱雀院の依頼によって女三の宮の降嫁を承諾し、あらたな問題を抱え込むことになる。四十の賀は、鬚黒と結婚した玉鬘から誰よりも先に祝われる。女三の宮を六条の院に迎えるが、紫の上と比較してその幼さに落胆する。その後、紫の上、秋好中宮、夕霧たちの主催による四十の賀がある。四年が経過し、冷泉帝の譲位、今上帝《きんじょうてい》の即位があり、さらに明石の女御（明石の中宮）が生んだ一の宮が春宮に立つ。この栄華の中で、紫の上が発病したために、二条の院に移して看病する。紫の上は、一時息が絶えるが蘇生《そせい》する。物《もの》の気《け》（六条の御息所の死霊）が現れ、罪障《ざいしょう》を軽くするための供養を依頼される。紫の上の看病のため不在がちの六条の院では、女三の宮と柏木《かしわぎ》の密通事件が起きていた。そのことを知り、藤壺の宮との過去の過ちを思い出し、苦悩する。女三の宮が柏木との間に薫《かおる》を生んだ際に、あらためて藤壺の宮との密事の報いであったと思う。女三の宮は出産後に苦悩を深め、見舞いのために山から下りた朱雀院《すざくいん》の手で出家を果たす。柏木も夕霧に後事を託し、衰弱して死去した。光源氏は薫を抱きながら晩年の人生をしみじみと省みる。それから三年、重態となった紫の上を明石の中宮とともに見舞い、歌を詠み交わす。翌朝、紫の上は亡くなった。悲しみに沈みつつ夕霧とともに葬送を行う。最愛の妻を失った悲しみは深く、出家しようと思いつつもなかなか踏ん切りがつかずに、仏道修行をしている。翌年、季節の移ろいのなかで紫の上を偲《しの》んでいる。八月には紫の上の一周忌に曼陀羅《まんだら》の供養を催し、十一月には出家の準備を整えて、十二月の晦日《みそか》には、追儺《ついな》に興じる幼い匂宮の姿を見て、わが世の果てを思うのだった。物語には描かれないが、年が明けると出家し、まもなく亡くなったらしい。

鬚黒《ひげくろ》

ある右大臣の子。今上帝《きんじょうてい》の母承香殿《しょうきょうでん》の女御《にょうご》の兄。式部《しきぶ》卿《きょう》の宮の長女と結婚。後に玉鬘《たまかずら》と結婚。

24胡蝶・25蛍・29行幸〜31真木柱・34若菜上・35若菜下・（43紅梅・44竹河）

右大将として冷泉帝《れいぜいてい》の信任も厚く、実直な人柄だが、北の方に満足できずに玉鬘に求婚する。一方、玉鬘からは、大原野行幸《おおはらのぎょうこう》に供奉する姿を見られるが、色黒で鬚がちな顔だとして好意を持たれない。玉鬘が尚侍《ないしのかみ》として出仕する直前に強引に結婚したが、玉鬘の意に反した結婚だったのでうち解けてもらえない。北の方は夫の心変わりを嘆き、物《もの》の気《け》に苦しんでいた。玉鬘のもとに行く準備をしていた時、発作を起こした北の方から火取りの灰をかけられてしまい、玉鬘のもとに行けなくなる。すっかり北の方に愛想をつかし、北の方の側に寄りつかなくなったので、北の方は娘（真木柱）を連れて実家の式部卿の宮邸に帰った。玉鬘のもとから自邸に戻った際に、真木柱が残した歌を見て悲しみ、迎えに行くが会わせてもらえない。帝の要請で玉鬘は尚侍として参内したが、帝が玉鬘の局《つぼね》を訪れたことを知り、退出させて自邸に連れ帰る。玉鬘が主催した光源氏の四十の賀の際には、玉鬘が生んだ子らを光源氏に見せる。左大将になり、北の方との縁も切れ、玉鬘一人を大切にする。玉鬘との間には、三人の息子と二人の娘が生まれた。今上帝の即位によって右大臣に昇進し、摂政《せっしょう》となる。後に太政大臣《だいじょうだいじん》に昇進する。光源氏と前後して亡くなったらしい。

藤壺《ふじつぼ》の中宮《ちゅうぐう》（藤壺の宮《みや》）

先帝の四の宮。桐壺院《きりつぼいん》の后《きさき》。式部卿《しきぶきょう》の宮の妹。冷泉院《れいぜいいん》の母。紫の上の叔母《おば》。

1桐壺・2帚木・5若紫・7紅葉賀〜10賢木・12須磨〜14澪標・17絵合・19薄雲・（20朝顔・32梅枝・41幻）

亡き桐壺の更衣に似ているとの典侍《ないしのすけ》の奏上により、入内《じゅだい》し、桐壺帝から寵愛《ちょうあい》される。世の人々から、光源氏の「光る君」に対して「輝く日（妃《ひ》）の宮」と称された。病によって三条の宮に退出した折に、忍び入った光源氏と密会して、つらい身の上を嘆くうちに懐妊したことを知る。何も知らない桐壺帝は喜んで、ますます寵愛される。朱雀院《すざくいん》の行幸《ぎょうこう》の試楽で、光源氏の青海波《せいがいは》の舞に感動し、翌日、光源氏と和歌を交わす。男子（冷泉院）を出産し、光源氏と生き写しなので良心の呵責《かしゃく》に悩む。先に入内した弘徽殿《こきでん》の女御《にょうご》を超えて中宮となる。譲位した桐壺院の御所で臣下の夫婦のように睦《むつ》まじく暮らす。春宮《とうぐう》となったわが子に気ままに会えないことを寂しく思う。やがて、桐壺院が崩御し、四十九日の法要の後に三条の宮へ退出する。春宮の後見として頼りに思う光源氏から相変わらず執拗《しつよう》に恋情を訴えられるので苦悩を深め、思慮をめぐらせて、春宮の安泰のために出家を決意する。桐壺院の一周忌の後に、法華八講《ほっけはっこう》を営み、最終日に出家を遂げる。右大臣派が席巻する世の中で、左大臣、光源氏ともども不遇を託つようになる。そのようななか、光源氏が失脚して須磨に退去することになり、頻繁に見舞いの手紙を贈った。須磨に退去する前日には、来訪した光源氏と御簾《みす》越しではあるが直接言葉を交わす。二年後、召還の宣旨《せんじ》が下りて光源氏は帰京する。その後、朱雀帝は譲位して冷泉帝《れいぜいてい》が即位し、春宮には承香殿《しょうきょうでん》の女御を母とする皇子が立った。藤壺の宮は、出家の身なので皇太后になるべきではないということで、太上天皇《だいじょうてんのう》に準じて御封《みふ》を賜った。光源氏とともに帝《みかど》を後見し、頭の中将の娘（弘徽殿の女御）が入内したので、前斎宮《ぜんさいぐう》（斎宮女御、梅壺の女御、秋好中宮《あきこのむちゅうぐう》）の入内を光源氏とともに画策して、帝の政権が安定するようにはかった。後宮の勢力が前斎宮方と弘徽殿の女御方に二分される中で、絵合《えあわせ》が催され、藤壺の宮と光源氏が推す斎宮女御方が勝った。三十七歳の重厄の年の春から病になり、三月には危篤となって、灯火《ともしび》が消え入るように亡くなった。その年の冬、雪の夜に光源氏の夢の中で、紫の上を相手に自分のことを語ったと恨み言を言った。死後も、折に触れて光源氏から追憶される。

蛍《ほたる》の宮《みや》

桐壺院《きりつぼいん》の皇子。光源氏の異母弟。右大臣の娘と結婚したが死別し、後に真木柱《まきばしら》と結婚。

8花宴・12須磨・17絵合・21少女・24胡蝶〜26常夏・29行幸〜32梅枝・34若菜上・35若菜下・38鈴虫・41幻・(43紅梅)

帥《そち》の宮として登場し、右大臣の娘を北の方とした。母は違うが光源氏と親しく、光源氏が須磨に退去する際も別れを惜しんだ。光源氏の帰京後は、帝（冷泉院《れいぜいいん》）の御前での絵合で判者《はんじゃ》を務めた。兵部卿《ひょうぶきょう》の宮になった後は、朱雀院《すざくいん》の行幸《ぎょうこう》に供奉したり、六条の院の春の町の船楽に参加したりした。光源氏が玉鬘《たまかずら》を引き取った時には、すでに北の方と死別していて、熱心に玉鬘に求婚した。光源氏も玉鬘を蛍の宮にと思い、蛍を放ってその光で玉鬘の姿を見せることもあった。玉鬘が鬚黒と結婚した後も手紙を贈って、返事をもらった。六条の院の薫物合《たきものあわせ》で判者を務めるなど、風雅な催しに欠くことのできない風流な宮として活躍し続ける。琵琶《びわ》の名手でもあり、折にふれて琵琶を演奏した。明石《あかし》の姫君の入内《じゅだい》の準備では、光源氏から草子の作成を依頼されるなど有識者としての役割も重い。女三の宮の婿の候補ともなり、自身もそれを望んだが、光源氏への降嫁が決まって嘆く。その後、真木柱と結婚したが、亡き北の方のことが忘れられず、夫婦仲はよくなかった。紫の上と死別して悲嘆に暮れる光源氏は、この宮にだけは会って歌を詠み合った。

真木柱《まきばしら》

鬚黒《ひげくろ》の長女。母は鬚黒のもとの北の方。蛍の宮と結婚。蛍の宮の死後、紅梅《こうばい》と結婚。

31真木柱・35若菜下・43紅梅・44竹河

十二、三歳の頃、父鬚黒と玉鬘《たまかずら》が結婚したことで、母とともに祖父式部卿《しきぶきょう》の宮に引き取られた。立ち去る際に、いつも寄りかかっていた真木の柱に、別れを悲しむ和歌を残した。会えなくなった父を恋い慕い、鬚黒も真木柱を引き取ろうと願うが、式部卿の宮に許されなかった。求婚者が多かったが、式部卿の宮は柏木《かしわぎ》との結婚を望んでいた。しかし、女三の宮に思いを寄せていた柏木が関心を示さなかったので、先妻を亡くした蛍の宮と結婚することになった。宮の死後は、秘かに紅梅の大納言《だいなごん》が通うようになり、やがて結婚した。大納言邸で、大納言との間に生まれた男君（大夫）、蛍の宮との間に生まれた女君（宮の御方）、大納言の先妻の二人の女君たちと一緒に暮らした。先妻の大君《おおいぎみ》（麗景殿《れいけいでん》の女御《にょうご》）が春宮《とうぐう》に入内《じゅだい》した時には、つき添って参内して世話をした。じつの娘の宮の御方には、匂宮《におうみや》が求婚するが、宮の御方本人が結婚に無関心であり、匂宮に八の宮の姫君との噂などもあることから、積極的に応じることはしない。

紫《むらさき》の上《うえ》

式部卿《しきぶきょう》の宮の娘。母は按察使《あぜち》の大納言の娘。藤壺の宮の姪。光源氏と結婚。

5若紫〜10賢木・12須磨〜15蓬生・17絵合〜26常夏・28野分〜40御法・（41幻・42匂宮・52蜻蛉）

母の死後、祖母（北山の尼君）に養育されていた。瘧病《わらわやみ》の加持祈禱《かじきとう》のために北山を訪れていた光源氏に垣間《かいま》見《み》られた時は、まだ十歳ほどだったが、藤壺の宮にそっくりな顔立ちで、光源氏から関心を懐《いだ》かれる。光源氏は藤壺の宮の姪であることを知ったため、引き取って世話をしたいと申し出るが、尼君は、幼いことを理由に承諾しなかった。尼君の死後、光源氏に引き取られて、二条の院の西の対に住み、光源氏から養育される。引き取られた当時は、雛遊《ひいな》びに興じる幼さだったが、だんだん才能を伸ばし美しく成長していった。葵の上の死後、光源氏と新枕《にいまくら》を交わすが、思いがけないことだったので、すぐには妻として光源氏と親しむことができなかった。光源氏が須磨に退去する際には、深く嘆き悲しんだが、留守の間の荘園の管理を任されるなど、二条の院の女主人としての役割をよく果たした。光源氏が帰京した際はうれしく思う一方、明石《あかし》の君と光源氏の関係には心穏やかではなく、明石の姫君（明石の中宮）誕生のことを聞かされて嫉妬する。前斎宮《ぜんさいぐう》の冷泉帝への入内《じゅだい》に当たっては、光源氏の養女とすることを相談され、うれしく思って入内の準備などの世話をする。光源氏から明石の姫君の引き取りの相談を受けると、自分の手で養育したいと思って受け入れる。光源氏と朝顔の姫君の噂が耳に入り、苦悩を深めるが、つらい気持ちを顔に出さずにいる。光源氏から慰められて、雪の夜、亡き藤壺の宮をはじめとした四人の女性への批評を聞く。六条の院が完成した際には、光源氏とともに春の町に移る。新年を迎えて、長寿の祝いをして、光源氏と末長い契りをこめた歌を詠み交わす。野分《のわき》の際には、見舞いに来た夕霧に垣間《かいま》見《み》られ、夕霧を魅了した。養母として明石の姫君に付き添って参内するなど、六条の院の実質的な女主人として役割を果たすが、世間からは正妻とは認められていない。光源氏から女三の宮が降嫁すると聞かされて衝撃を受けるが、世間の物笑いにならないために鷹揚《おうよう》な心持ちで受け入れざるを得ず、苦悩する日々を送るようになる。光源氏の四十の賀を祝う際には、嵯峨野《さがの》の薬師仏供養を主催する。冷泉院譲位、今上帝即位の後、出家を希望するが、光源氏から許されない。六条の院での女楽では見事な琴の演奏を披露する。その女楽の後に発病して、二条の院に移って療養する。賀茂《かも》の祭《まつ》りの日、危篤になり、六条の御息所《みやすどころ》の死霊が現れるなかで、一時息が絶え入るが蘇生《そせい》する。その三年後、病が重くなって出家を望むが、また も光源氏に許されない。二条の院で法華経千部の供養を催し、死期を感じながらも明石の君や花散里《はなちるさと》たちと和歌を贈答する。かわいがっている匂宮《におうみや》に、自分の死後は二条の院に住むようにとの遺言をする。光源氏や明石の中宮とも歌を詠み合い、八月十四日の朝、露が消え入るように亡くなる。悲しみに沈む光源氏や夕霧によって葬送が行われた。

夕顔《ゆうがお》
三位《さんみ》の中将の娘。玉鬘《たまかずら》の母。
2帚木・4夕顔・（6末摘花・22玉鬘・24胡蝶）
両親と死別して心細い思いをしていた時に、頭《とう》の中将の恋人となり、女子（玉鬘）を生んだ。雨夜の品定めでの頭の中将の体験談では、正妻方に脅されたために娘を伴って姿を隠したと語られている。五条の光源氏の乳母《めのと》（惟光《これみつ》の母）の家の隣に身を置いていた時に、乳母の病気見舞いに訪れた光源氏と夕顔の花をめぐる歌のやりとりがあり、それをきっかけにお互いに正体を隠したまま恋人関係になる。光源氏に何がしの院に連れ出された夜に物の気に襲われて急死する。惟光の手配により、亡骸《なきがら》は東山に運ばれて葬られる。死後一か月ほどして、夕顔の侍女（右近）が、光源氏に夕顔の素性を語る。四十九日の法要は比叡山《ひえいざん》の法華堂で丁重に営まれた。関わりを持ったのは短い間だったが、光源氏の心に忘れられない女性として深く刻まれた。その後、遺児玉鬘は九州下向を経て光源氏に引き取られた。

夕霧《ゆうぎり》
光源氏の長男。母は葵《あおい》の上。雲居雁《くもいのかり》と結婚し、後に柏木《かしわぎ》と死別した落葉《おちば》の宮とも結婚。
9葵・12須磨・14澪標・21少女～44竹河・46椎本～49宿木・51浮舟・52蜻蛉
母葵《あおい》の上が、出産後に急死したため、祖母の大宮が母代わりとなり、左大臣家で養育される。光源氏が須磨・明石から帰京して復権した後、冷泉帝《れいぜいてい》が即位すると、童《わらわ》殿上《てんじょう》した。十二歳で元服すると、光源氏の方針で大学寮に入学し、大宮のもとから離れて二条の東の院に住み、勉学に励んだ。翌年の朱雀院行幸《すざくいんぎょうこう》の際に進士に及第して、秋に五位の侍従になった。その翌年には中将に昇進したらしい。左大臣家で一緒に育てられた雲居雁と幼い恋を育んでいたが、雲居雁を春宮《とうぐう》（今上帝《きんじょうてい》）に入内《じゅだい》させたいと目論んだ内大臣（頭《とう》の中将）によって仲を引き裂かれる。野分《のわき》の日に、六条の院を見舞った際、初めて紫の上を垣間見《かいまみ》て惹《ひ》きつけられ、紫の上への思いに心を乱す。宰相に昇進すると右大臣や中務《なかつかさ》の宮から縁談が来るが、雲居雁への思いから心を動かさない。大宮の三回忌の法要を機に内大臣と和解し、内大臣家の藤の花の宴に招かれて、雲居雁と結婚した。光源氏の四十の賀を主催した際に右大将に昇進し、さらに、冷泉帝の譲位、今上帝の即位によって大納言になった。柏木が亡くなる前に落葉の宮の世話を託されて、宮を見舞ううちに思いをつのらせるようになる。病で小野に籠もった一条の御息所《みやすどころ》が亡くなった時には葬儀の世話をするが、落葉の宮はうち解けず、御息所の四十九日の後、落葉の宮を一条の宮に強引に移し、初めて契りを結んだ。光源氏の死後に右大臣となり、大君《おおいぎみ》を春宮、中の君を二の宮と結婚させた。六条の院の夏の町に落葉の宮を迎え、衝撃を受けて実家の三条殿に戻ってしまった雲居雁と、律儀にひと月に十五日ずつ通った。将来は娘たちを薫や匂宮《におうみや》と結婚させたいと考えていたが、薫と女二の宮の縁談を知って、六の君と匂宮を結婚させる。明石の中宮が叔父の蜻蛉《かげろう》の宮の軽服《きょうぶく》で六条の院に退出した際には、亡き光源氏の威勢にも劣らぬ世話をしたことが語られている。左大臣に昇進したらしい。ただし、「椎本」の巻、「宿木」の巻、「手習」の巻などに「右大臣」の呼称も見え、不審。

横川《よかわ》の僧都《そうず》

比叡山《ひえいざん》の横川に住む高徳の僧。母は小野の母尼。小野の妹尼の兄。

53手習・54夢浮橋

初瀬詣《はつせもうで》の帰途に母尼が発病したために下山し、母尼を宇治院に移す。その時、弟子たちが発見した浮舟を介抱する。小野まで母尼たちを送り、横川に戻るが、妹尼から頼まれると、朝廷の召しにも応じずに籠もっていた山を再び下りて、素性も知れぬ浮舟のために修法《すほう》することを周囲の者から懸念されながらも、一心に加持《かじ》をして物《もの》の気《け》を調伏《ちょうぶく》する。母尼が念仏以外に和琴《わごん》を好むのをたしなめるが、自分自身は碁を好み、妹尼と打つこともある。明石の中宮から女一の宮の物の気の調伏を依頼されて、下山する途中に小野に立ち寄った際、浮舟に懇願されて出家させる。女一の宮の病が平癒した後も引き続き夜居に奉仕し、その折に、明石《あかし》の中宮に浮舟のことを語る。このことがきっかけで、薫が浮舟の生存を知ることとなった。横川を訪れた薫から浮舟の素性を聞いて驚き、出家させたことを内心後悔するが、薫を小野へ案内することは断り、代わりに、薫に依頼されて浮舟への手紙を浮舟の弟小君に託す。さらに、小野の尼君に宛《あ》てて、薫から事情を聞いて困惑していることを浮舟に伝えてほしいこと、また後日参上することなどをしたためた手紙を贈る。高僧だが、戒律一辺倒ではない柔軟性があり、信念に基づいて浮舟の命を救って出家をさせたものの、薫との縁を知ると動揺したことも隠さない。

冷泉院《れいぜいいん》

桐壺院《きりつぼいん》の第十皇子。母は藤壺《ふじつぼ》の宮。実父は光源氏。

7紅葉賀・9葵・10賢木・12須磨〜14澪標・17絵合〜19薄雲・21少女・23初音・29行幸〜31真木柱・33藤裏葉〜35若菜下・38鈴虫・42匂宮・44竹河・45橋姫・47総角

桐壺院《きりつぼいん》と藤壺の宮の間に誕生した。実父光源氏にそっくりの顔立ちで、何も知らない桐壺帝から寵愛《ちょうあい》される。朱雀帝《すざくてい》の即位によって春宮になるが、右大臣派が席巻する中、幼い春宮がその地位を保つことが危ぶまれたので、桐壺院は、自分亡き後の春宮のことを朱雀帝に頼み、光源氏にも後見を依頼して亡くなる。藤壺の宮が出家した折はまだ六歳の幼さだった。光源氏が須磨・明石《あかし》から帰京して復権した後、十一歳で元服し、朱雀帝の譲位によって即位した。後宮には、権中納言《ごんちゅうなごん》（頭《とう》の中将）の娘（弘徽殿《こきでん》の女御《にょうご》）と、光源氏が養女として後見する六条の御息所《みやすどころ》の娘前斎宮《ぜんさいぐう》（斎宮の女御、梅壺の女御、秋好《あきこのむ》中宮《ちゅうぐう》）が入内《じゅだい》した。絵を好むため、絵の上手な梅壺の女御に心を移していったので、権中納言は帝《みかど》の関心をひくために物語絵を集めて対抗した。それは、藤壺の宮と帝（冷泉院）の御前で催された絵合《えあわせ》へと発展し、梅壺の女御方が勝利した。母藤壺の宮の死後、夜居《よい》の僧都《そうず》から実父が光源氏であることを聞いて驚き、光源氏に譲位の意向をもらすが、光源氏からは固辞された。梅壺の女御が中宮となり、光源氏は太政大臣《だいじょうだいじん》に昇進した。玉鬘《たまかずら》の入内を望んでいた帝は、玉鬘が鬚黒《ひげくろ》と結婚した後も出仕を勧め、尚侍《ないしのかみ》として出仕した玉鬘に思いを訴えた。光源氏に准太上天皇《じゅんだいじょうてんのう》の位を贈り、皇子のないまま、病のために在位十八年で譲位した。その後、弘徽殿の女御に女一の宮が生まれ、また、参院した玉鬘の大君《おおいぎみ》との間に女子と男子を得る。薫《かおる》をわが子のように寵愛し、薫を通して、長年疎遠であった兄の宇治の八の宮と交流を始めた。

六条《ろくじょう》の御息所《みやすどころ》

ある大臣の娘。前春宮妃《とうぐうひ》。秋好中宮《あきこのむちゅうぐう》の母。

4夕顔〜6末摘花・9葵・10賢木・12須磨〜14澪標・（17絵合・19薄雲・32梅枝・33藤裏葉・35若菜下・36柏木・38鈴虫）

春宮《とうぐう》に入内《じゅだい》して、女子をもうけたが死別、桐壺帝に内《う》裏《ち》住みを勧められたが辞退する。六条京極の邸《やしき》に住み、ひそかに光源氏が通うようになった。しかし、光源氏の訪れが途絶えがちであることを苦悩するようになる。桐壺帝の譲位、朱雀帝《すざくてい》の即位に伴い、娘（斎宮《さいぐう》の女御、梅壺の女御、秋好中宮）が斎宮となった際に、光源氏との仲を諦めて娘に付き添って伊勢へ下向しようと思案するようになる。新斎院の御禊《ごけい》の日、葵《あおい》の上一行と牛車の立て所をめぐって従者同士が争い、辱めを受ける。葵の上の懐妊に傷つき、悲嘆するうちに、葵の上に取り憑《つ》いた物《もの》の気《け》の正体が亡き父大臣や自分の生霊《いきりょう》であるとの噂《うわさ》を耳にする。心あたりがあり、身から魂が抜け出して、葵の上のもとにさまよっているのではないかと思うようになって苦悩を深める。葵の上に取り憑いた物の気の正体が自分であることを光源氏に知られたと確信する。葵の上の無事出産を聞いて動揺するが、一方で自身の衣についた芥子《けし》の香を、葵の上に取り憑いたゆえかと判断してわが身をうとましく思う。葵の上の死後、弔問の手紙を光源氏に贈るが、光源氏から自分の生霊が亡き葵の上に取り憑いたことをほのめかされたと察する。光源氏の正妻にとの噂が立つが、光源氏の来訪はなく、先例がないことを知りながらも娘とともに伊勢下向を決心する。伊勢下向も間近になった頃、野宮《ののみや》を訪れた光源氏と歌を交わして別れ、その後、斎宮とともに伊勢へ下向する。須磨に退去した光源氏に手紙を贈ることもあった。朱雀院の譲位によって斎宮も交代して帰京する。重い病のために出家し、見舞いに訪れた光源氏に娘の後見を頼んで亡くなった。死後、紫の上に取り憑いて一時危篤に陥らせ、自分の罪障を軽くするための供養を光源氏に頼む。女三の宮の受戒の折にも死霊として現れた。娘の秋好中宮は、母御息所《みやすどころ》が往生できずにいることを光源氏に語って、追善供養をする。

年立

第一部と第二部は光源氏の年齢、第三部は薫の年齢を基準とした。

治世	年齢	巻	事項
治世	1	1桐壺	光源氏、生まれる。
	3		光源氏。袴着を行う。
			夏、桐壺の更衣、亡くなる。
	4		第一皇子（後の、朱雀帝）、春宮になる。
	6		桐壺の更衣の母、亡くなる。
	?		桐壺帝、高麗人《こまうど》たちの観相をもとに、光源氏を臣籍に降下させる。
	?		先帝の四の宮（藤壺の宮）、入内する。
	12		光源氏、元服し、左大臣の一人娘（葵の上）と結婚する。
			〈光源氏が13歳から16歳までの物語の記述はない〉
	17	2帚木	五月雨の頃、光源氏、頭の中将たちと、雨夜の品定めを行う。
			翌日、光源氏、方違え先の紀伊守邸で、空蟬と契りを結ぶ。
		3空蟬	光源氏、紀伊守邸を訪れ、空蟬の寝所に入るが、誤って軒端荻と契りを結ぶ。
		4夕顔	夏、光源氏、大弐の乳母を見舞い、隣家に住む夕顔の存在を知る。
			秋、光源氏、夕顔のもとに通うようになる。
			八月十五日、光源氏、夕顔のもとを訪れ、夜が明け始める頃、夕顔を何がしの院に誘う。
			八月十六日の夜、夕顔、物《もの》の気《け》に取り殺される。
			十月、空蟬、夫とともに伊予の国へ下向する。

桐壺帝			朱雀帝治世
18	19	20	21
5若紫 三月、光源氏、北山で紫の上を垣間見る。 夏、光源氏、三条の宮に退出していた藤壺の宮と密会する。 六月、藤壺の宮、懐妊する。 冬、光源氏、紫の上を二条の院に迎える。		**8花宴** 二月下旬、紫宸殿で桜の花の宴が催される。宴の後、光源氏、朧月夜と逢って契りを結ぶ。 三月下旬、右大臣邸で、藤の花の宴が催される。光源氏、朧月夜と再会する。	〈この年、桐壺帝譲位、朱雀帝即位、藤壺の宮腹の御子（冷泉帝）春宮となる〉
6末摘花 春、光源氏、末摘花の噂を聞き、末摘花邸を訪れる。 八月下旬、光源氏、末摘花邸を訪れ、末摘花と契りを結ぶ。 冬、光源氏、末摘花邸を訪れて、末摘花の顔を見て驚く。			
7紅葉賀 十月、桐壺帝の朱雀院行幸の試楽が催され、光源氏と頭の中将、青海波を舞う。 十月中旬、朱雀院行幸が催された後、藤壺の宮、出産のために三条の宮に退出する。	二月、藤壺の宮、御子（冷泉帝）を出産する。 七月、藤壺の宮、中宮になる。 光源氏、参議に昇進する。		

帝治世		
22	9葵	四月、新斎院の御禊《ごけい》の日、葵の上と六条の御息所の従者、物見の場所取りの争いをする。 八月、葵の上、夕霧を出産するが、その後亡くなる。 冬、光源氏、葵の上の四十九日が終わり、紫の上と新枕《にいまくら》を交わす。
23	10賢木	九月、六条の御息所、娘の斎宮とともに伊勢に下向する。 十一月、桐壺院、亡くなる。 十二月、藤壺の宮、三条の宮に退出する。
24	10賢木	二月、朧月夜、尚侍《ないしのかみ》になる。 朝顔の姫君、斎院になる。 十二月下旬、藤壺の宮、出家する。
25	10賢木	春、左大臣、辞任する。 夏、光源氏、右大臣邸に退出中の朧月夜と密会し、右大臣に発見される
25	11花散里	五月二十日、光源氏、麗景殿の女御のもとを訪れ、その後、西面の花散里を訪ねて語り合う。
26	12須磨	三月、光源氏、左大臣家の人々や、紫の上、藤壺の宮たちと別れを惜しみ、須磨に退去する。 八月十五夜、都に思いを馳せる。
27	12須磨	三月、光源氏、上巳《じょうし》の祓《はら》えの後、暴風雨に襲われる。
27	13明石	三月十三日の夜、光源氏、亡き桐壺院の夢を見る。 同日の夜、朱雀帝、亡き桐壺院の夢を見て、以来、眼病を患う。 三月、光源氏、明石の入道に迎えられて明石に赴く。 八月中旬、光源氏、明石の君と契りを結ぶ。

朱雀	冷泉帝治世		
28	29	30	31

28

13明石

夏、明石の君、懐妊する。

七月、光源氏に召還の宣旨が下り、光源氏、帰郷する。

秋、光源氏、権大納言に昇進する。

十月、光源氏、故桐壺院のための法華八講を催す。

15蓬生

末摘花、光源氏の須磨退去後、生活は困窮を極める。

29

14澪標

二月、春宮、元服する。

二月下旬、朱雀帝譲位、冷泉帝即位。光源氏は内大臣に、致仕の左大臣は太政大臣になる。

三月、明石の姫君、生まれる。

秋、光源氏と明石の君、それぞれ住吉に参詣する。

秋、六条の御息所、斎宮とともに帰京して、出家する。その後、光源氏に前斎宮の将来を遺言して亡くなる。

15蓬生

四月、光源氏、花散里のもとを訪れる途中で、末摘花と再会する。

16関屋

秋、光源氏、石山寺参詣の途中、逢坂の関で、入京する常陸介一行に会う。

30

〈光源氏が30歳の年の物語の記述はない〉

31

17絵合

春、前斎宮（梅壺の女御／後の、秋好中宮）、入内する。

三月、藤壺の宮の御前で絵合が催されるが決着がつかず、後日、帝の御前でふたたび絵合が催されて、梅壺の女御方が勝つ。

18松風

秋、二条の東の院が完成し、花散里、西の対に移り住む。

秋、明石の入道、明石の尼君伝領の大堰の山荘を改修させる。

秋、明石の君、尼君や姫君たちと入京して、大堰の山荘に入る。

秋、光源氏、大堰の山荘を訪れて、明石の君と再会する。

秋、光源氏、紫の上に、明石の姫君を養女として迎えることを相談する。

治世

31

冬、光源氏、明石の姫君を紫の上の養女として、二条の院に迎え取る。

32

19薄雲

春、太政大臣、亡くなる。

この年、天変地異が起こり、疫病も流行する。

三月、藤壺の宮、亡くなる。

夏、冷泉帝、出生の秘密を知り、光源氏に帝位を譲ろうとするが、光源氏、頑なに拒む。

秋、権中納言（頭の中将）、大納言に昇進する。

20朝顔

秋、光源氏、朝顔の姫君のもとに訪れる。

十一月、ふたたび朝顔の姫君のもとに訪れ、源典侍に会う。

雪の夕暮れ、光源氏、庭で女童たちに雪玉を作らせて紫の上に見せ、亡き藤壺の宮や朝顔の姫君たちの思い出を語る。

その夜、藤壺の宮、光源氏の夢に現れる。

33

21少女

三月、藤壺の宮の一周忌。

夏、夕霧、元服して、大学寮で学ぶ。

秋、梅壺の女御、中宮になる（秋好中宮）。光源氏は太政大臣に、大納言（頭の中将）は内大臣に昇進する。

秋、内大臣、雲居雁を自邸に引き取る。

34

二月下旬、冷泉帝、朱雀院に行幸する。

秋、夕霧、従五位となって侍従に任じられる。

35

秋、六条の院が完成し、女君たちが移り住む。

22玉鬘

四月、夕顔の遺児玉鬘、筑紫を逃れて、乳母たちとともに入京する。

九月、石清水八幡宮参詣の後に初瀬寺に参詣して、右近と出会う。

帝	年齢	巻	出来事
冷泉帝	35	21少女	十月、明石の君も、六条の院に入る。
		22玉鬘	十月、光源氏、玉鬘を六条の院に迎えて、花散里を後見役とする。
			年末、光源氏、女君たちに新年の装束を調えて贈る。
	36	23初音	正月一日、六条の院の新春の祝い。光源氏、女君たちのもとを順に訪れる。
			正月二日、光源氏、六条の院に上達部や親王たちを迎えて饗応する。
			正月十四日、男踏歌が催される。
		24胡蝶	三月下旬、光源氏、春の町で舟楽を催す。この日、秋好中宮、秋の町で春の御読経を始める。
			四月、光源氏、玉鬘のもとに送られて来た手紙を一緒に見て、求婚者たちを批評する。
		25蛍	五月雨の夜、光源氏、蛍の光で、兵部卿の宮（蛍の宮）に玉鬘を見せる。
			五月五日、六条の院の馬場で、騎射が催される。
			五月雨が続くなかで、光源氏、玉鬘に、物語について語る。
		26常夏	夏、内大臣、近江の君を引き取る。
			夏、光源氏、六条の院の春の町の釣殿での納涼の際、近江の君のことを皮肉る。
			夏、内大臣、雲居雁や近江の君の処遇に苦慮する。
		27篝火	秋、光源氏、玉鬘に恋心を訴える。
			この日、夏の町の夕霧のもとを訪れた柏木たちを招いて、奏楽をさせる。
		28野分	八月、暴風雨が六条の院を襲う。夕霧、六条の院を見舞い、紫の上を垣間見る。
			同日、三条の宮に、祖母大宮を見舞う。
			翌日、夕霧、秋好中宮を見舞い、その後、光源氏とともに六条の院の女君たちのもとを巡る。
		29行幸	十二月、冷泉帝、大原野に行幸する。玉鬘、初めて帝と実父内大臣を見る。
	37		二月、光源氏、内大臣に、玉鬘が内大臣の娘であることをうち明ける。
			二月十六日、玉鬘、内大臣を腰結役として、裳着が催される。玉鬘、初めて、実父内大臣と会う。

帝治世	年齢	巻	出来事
帝治世	37	30藤袴	秋、夕霧、三月に亡くなった大宮の喪に服している玉鬘のもとを訪れて、思いを訴える。 八月に大宮の喪が明けて、玉鬘、十月に尚侍として出仕することが決まる。
	37	31真木柱	十月頃、玉鬘、鬚黒と結婚する。 十一月、鬚黒、玉鬘を迎えるために、邸を改築する。それを知って、北の方の父式部卿の宮、娘を引き取る。
	38	31真木柱	正月、玉鬘、尚侍として参内する。冷泉帝、玉鬘の局を訪れる。 十一月、玉鬘、男子を出産する。
	39	32梅枝	二月十日、六条の院で、薫物合が催される。 翌日、明石の姫君、秋好中宮を腰結役として、裳着が催される。 二月下旬、春宮、元服する。
	39	33藤裏葉	三月二十日、大宮の三回忌が催される。 四月七日、内大臣邸で、藤の花の宴が催される。その日、夕霧、雲居雁と結婚する。 四月下旬、明石の姫君、紫の上につき添われて、春宮（後の、今上帝）のもとに入内する。 秋、光源氏、准太上天皇になり、内大臣は太政大臣に、夕霧は中納言に昇進する。 十月下旬、冷泉帝、朱雀院とともに、六条の院に行幸する。 【以上、第一部】 冬、女三の宮の裳着が催される。その三日後、朱雀院、出家する。
	40	34若菜上	正月二十三日、玉鬘、光源氏に若菜を献上して、四十の賀を催す。 二月中旬、女三の宮、六条の院に降嫁する。 二月、朱雀院、西山の寺に移る。 夏、明石の女御、懐妊して、六条の院に退出する。 十月、紫の上、光源氏の四十の賀のための薬師仏供養を催す。

治世	年齢	巻	事項
冷泉		34若菜上	十二月下旬、秋好中宮、六条の院に退出して、光源氏の四十の賀のために祝宴を催す。 十二月下旬、右大臣に昇進した夕霧、冷泉院の命により、光源氏の四十の賀を催す。
	41		三月中旬、明石の女御、第一皇子（後の、春宮）を出産する。 三月下旬、柏木、六条の院の蹴鞠の際、女三の宮を垣間見る。 柏木、春宮（後の、今上帝）を介して女三の宮の猫をもらい受けてかわいがる。 蛍の宮、真木柱と結婚する。
今上帝治世		35若菜下	〈光源氏が42歳から45歳までの物語の記述はない〉
	46		冷泉帝譲位、今上帝即位。鬚黒が右大臣となる。 十月、光源氏、紫の上や明石の女御とともに住吉に参詣する。
	47		正月二十日頃、光源氏、六条の院で女楽を催す。 翌日、紫の上、発病する。 四月中旬、柏木、女三の宮とひそかに逢う。 四月中旬、紫の上、病重く、在俗のまま受戒する。 冬、明石の女御、三の宮（匂宮）を出産する。 十二月、光源氏、朱雀院の五十の賀を催す。
	48	36柏木	春、女三の宮、薫を出産する。その後、出家する。 春、柏木、亡くなる。 三月、薫の五十日の祝いが催される。
	49	37横笛	春、光源氏、歩き始めて無邪気に振る舞う薫を見て、老いを感じる。 秋、夕霧、一条の宮を訪れて、柏木の遺愛の横笛を贈られる。

治世

50	38鈴虫	八月十五夜、光源氏、鈴虫の音を聞きながら琴《きん》の琴《こと》を弾く。 同日、冷泉院、光源氏や夕霧たちを招いて、詩歌の宴を催す。
	39夕霧	八月、一条の御息所、亡くなる。 夕霧、落葉の宮と結婚する。
51	40御法	春、紫の上、病重く、出家を望むが、光源氏は許さない。 三月、紫の上、二条の院で法華経千部を供養する。 夏、紫の上、病気見舞いのために退出した明石の中宮と対面する。 八月十四日、紫の上、光源氏に看取られながら亡くなる。
52	41幻	二月、光源氏、紫の上が大切に思っていた紅梅を見ながら、紫の上を偲ぶ。 八月、光源氏、紫の上の一周忌に曼荼羅の供養を行う。 年末、光源氏、出家の準備をする。 十二月晦日、光源氏、人生の終わりを悟る。
	雲隠	〈巻名のみ。これから八年、物語の記述はないが、この間に光源氏は亡くなっている〉 【以上、第二部】
14	42匂宮	二月、薫、侍従になる。 秋、薫、右近中将に昇進する。
15	44竹河	三月、蔵人の少将、鬚黒の大君と中の君を垣間見る。 四月、大君、冷泉院と結婚する。
		正月、男踏歌が催される。

今上帝		
16	42匂宮	44竹河 四月、大君、冷泉院の二の宮を出産する。 中の君、尚侍になる。
17		
18		
19	薫、三位の宰相に昇進する。	
20	正月十八日、六条の院で賭弓の還饗が催される。 45橋姫 薫、宇治の八の宮のもとを訪れる。	
21		
22	晩秋、薫、八の宮の姫君たちを垣間見る。 十月、薫、八の宮から姫君たちの後見を頼まれる。	
23	46椎本 二月二十日頃、匂宮、初瀬参詣の帰路、宇治を訪れる。 秋、薫、中納言になる。 八月、八の宮、姫君らに訓戒を残して、寺に籠る。 八月二十日頃、八の宮、山寺で亡くなる。 年の暮れ、薫、宇治を訪れて、大君に恋心を訴える。	秋、夕霧は左大臣に、紅梅は右大臣に、薫は中納言に昇進する。
24	春、匂宮、姫君に逢わせてくれるように、薫にせがむ。 夏、薫、宇治で姫君たちを再び垣間見る。 49宿木	43紅梅 春、紅梅、匂宮に婿となるようにとほのめかす歌を送る。 春、匂宮、宇治に通う。

治世		
24	25	26
47総角 八月、薫、八の宮の一周忌の準備のために宇治を訪れる。薫、大君に恋心を訴えるが、拒まれる。 八月、薫、八の宮の喪が明けた後、宇治を訪れて、大君の寝所に忍び込むが、逃げられる。 八月二十八日、匂宮、薫の導きで中の君と契る。 十月、匂宮、紅葉狩を口実に宇治を訪れるが、中の君に逢えずに帰京する。 十一月中旬、大君、薫に看取られながら亡くなる。 十二月、匂宮、宇治を訪れ、中の君を見舞う。	**48早蕨** 二月初旬、薫、中の君のもとを訪れて、大君を偲ぶ。 翌日、匂宮、中の君を二条の院に迎える。 二月下旬、夕霧の六の君の裳着が催される。	
49宿木		
夏。今上帝の女二の宮の母、亡くなる。 秋、帝、薫と碁の勝負をして、女二の宮との結婚をほのめかす。一方、夕霧、六の君と匂宮との結婚を望み、匂宮、それを承諾する。	夏、中の君、懐妊する。 八月、匂宮、夕霧の六の君と結婚する。 八月、薫、中の君に恋心を訴える。 八月、中の君、薫に浮舟のことを語る。	二月、薫、権大納言になり、右大将を兼ねる。 二月、中の君、男君を出産する。 二月、薫、女二の宮と結婚する。 三月末、薫、女二の宮を三条の宮に迎える。 四月、薫、宇治で浮舟を垣間見る。

今上帝		
26	27	28
50東屋 秋、浮舟、中の君のもとに預けられる。 秋、浮舟、三条に移される。 九月、薫、弁の尼を介して浮舟に逢い、宇治に移す。	**51浮舟** 正月、匂宮、宇治に行って、薫を装って浮舟に逢う。 三月、匂宮、浮舟を迎える手紙を送る。 **52蜻蛉** 三月、浮舟、失踪する。 春、匂宮と薫、浮舟の死を嘆く。 夏、薫、女一の宮を垣間見、もの思いする。	**54夢浮橋** 夏、薫、横川の僧都を訪ね、浮舟のことを確かめる。 帰京の翌日、薫、浮舟に手紙を送るが、浮舟の返事はない。 【以上、第三部】
	53手習 春、横川の僧都、浮舟を救う。小野の尼君、浮舟を小野に伴う。 秋、小野の尼君の娘婿中将、浮舟に思いを寄せる。 九月、浮舟、横川の僧都の手で剃髪する。 九月、僧都、浮舟のことを明石の中宮に語る。	（53手習） 春、薫、浮舟のことを聞く。 四月、薫、横川の僧都を訪ねようとする。

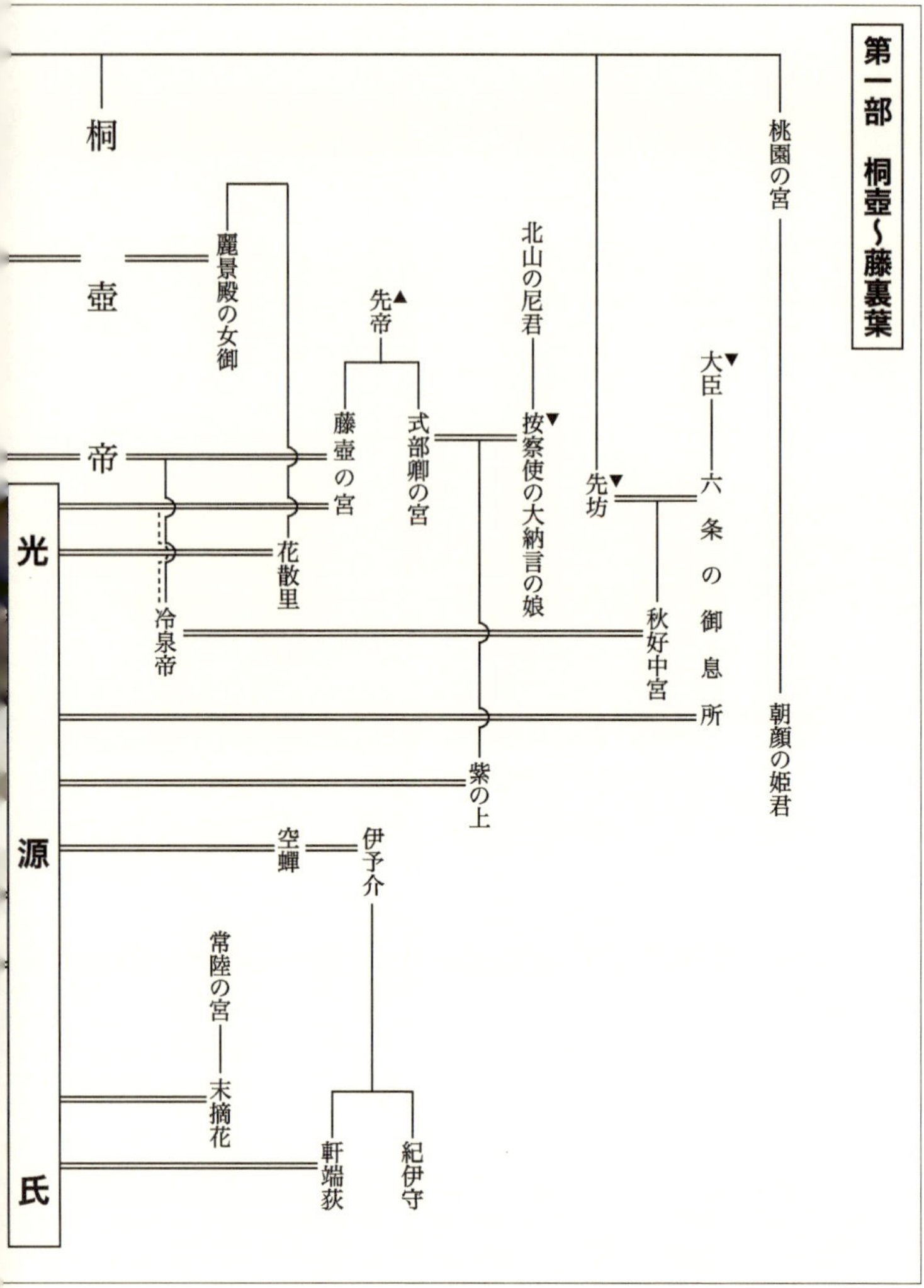
第一部　桐壺～藤裏葉
桃園の宮
朝顔の姫君
大臣
六条の御息所
先坊
秋好中宮
北山の尼君
按察使の大納言の娘
先帝
式部卿の宮
藤壺の宮
紫の上
麗景殿の女御
花散里
桐壺帝
冷泉帝
光源氏
空蟬
伊予介
常陸の宮
末摘花
軒端荻
紀伊守

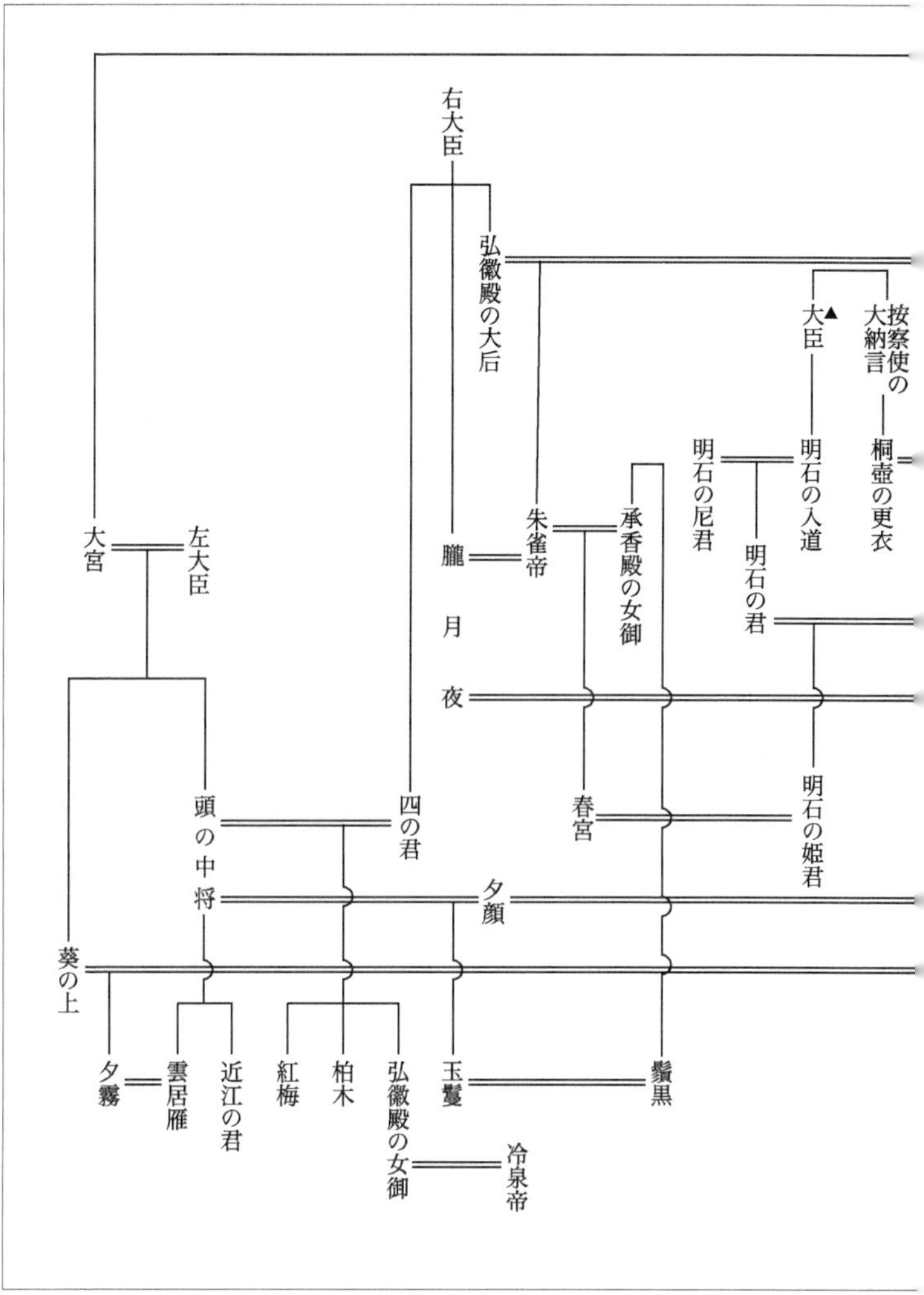
按察使の大納言
大臣▲
桐壺の更衣
明石の入道
明石の尼君
明石の君
明石の姫君
右大臣
弘徽殿の大后
朱雀帝
承香殿の女御
朧月夜
春宮
鬚黒
四の君
夕顔
玉鬘
冷泉帝
弘徽殿の女御
柏木
紅梅
大宮
左大臣
頭の中将
葵の上
近江の君
雲居雁
夕霧

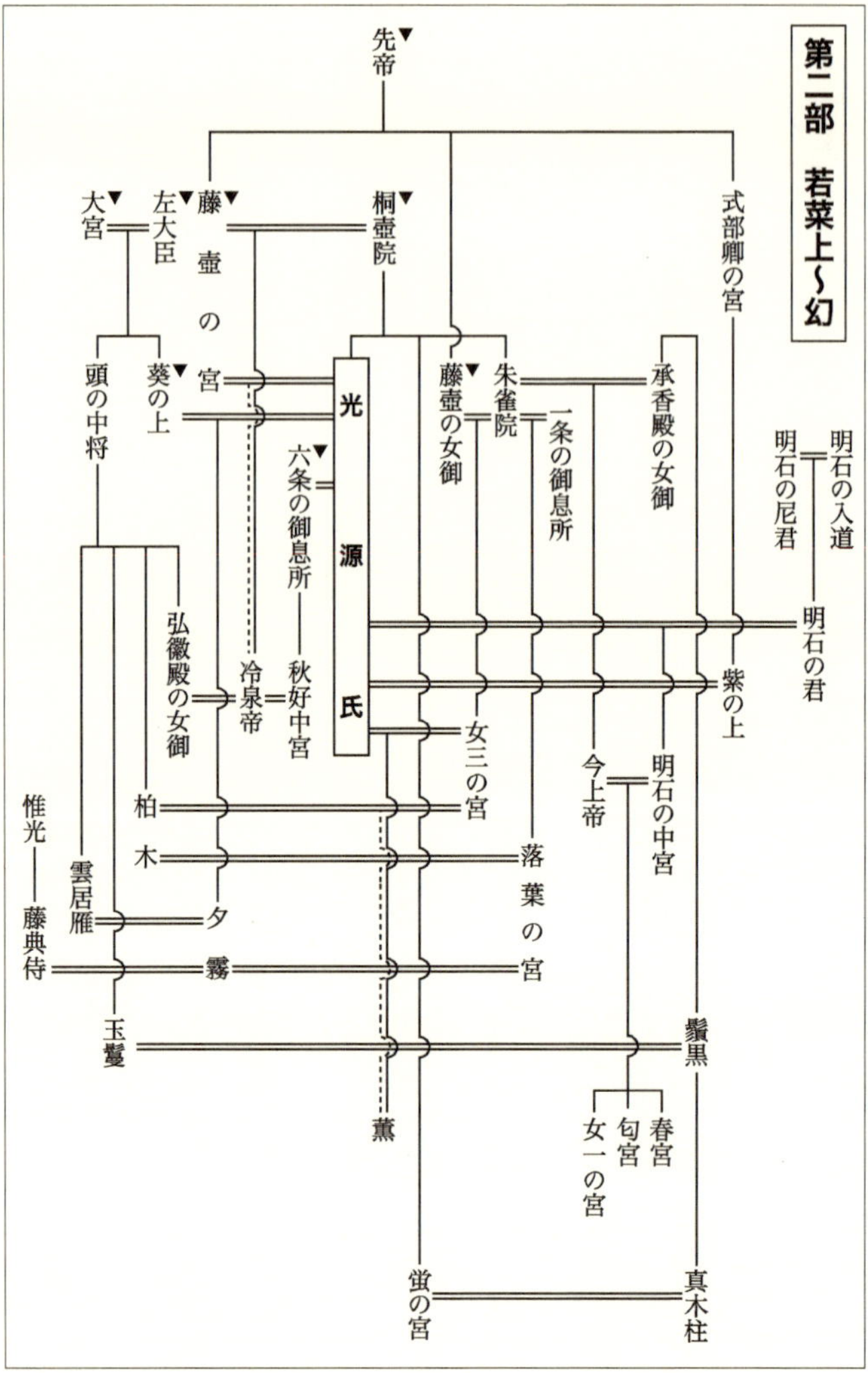
第二部　若菜上〜幻
先帝
式部卿の宮
桐壺院
藤壺の宮
左大臣
大宮
葵の上
頭の中将
光源氏
藤壺の女御
朱雀院
一条の御息所
承香殿の女御
明石の入道
明石の尼君
六条の御息所
明石の君
紫の上
弘徽殿の女御
冷泉帝
秋好中宮
女三の宮
今上帝
明石の中宮
柏木
落葉の宮
惟光
藤典侍
雲居雁
夕霧
玉鬘
鬚黒
薫
春宮
匂宮
女一の宮
蛍の宮
真木柱

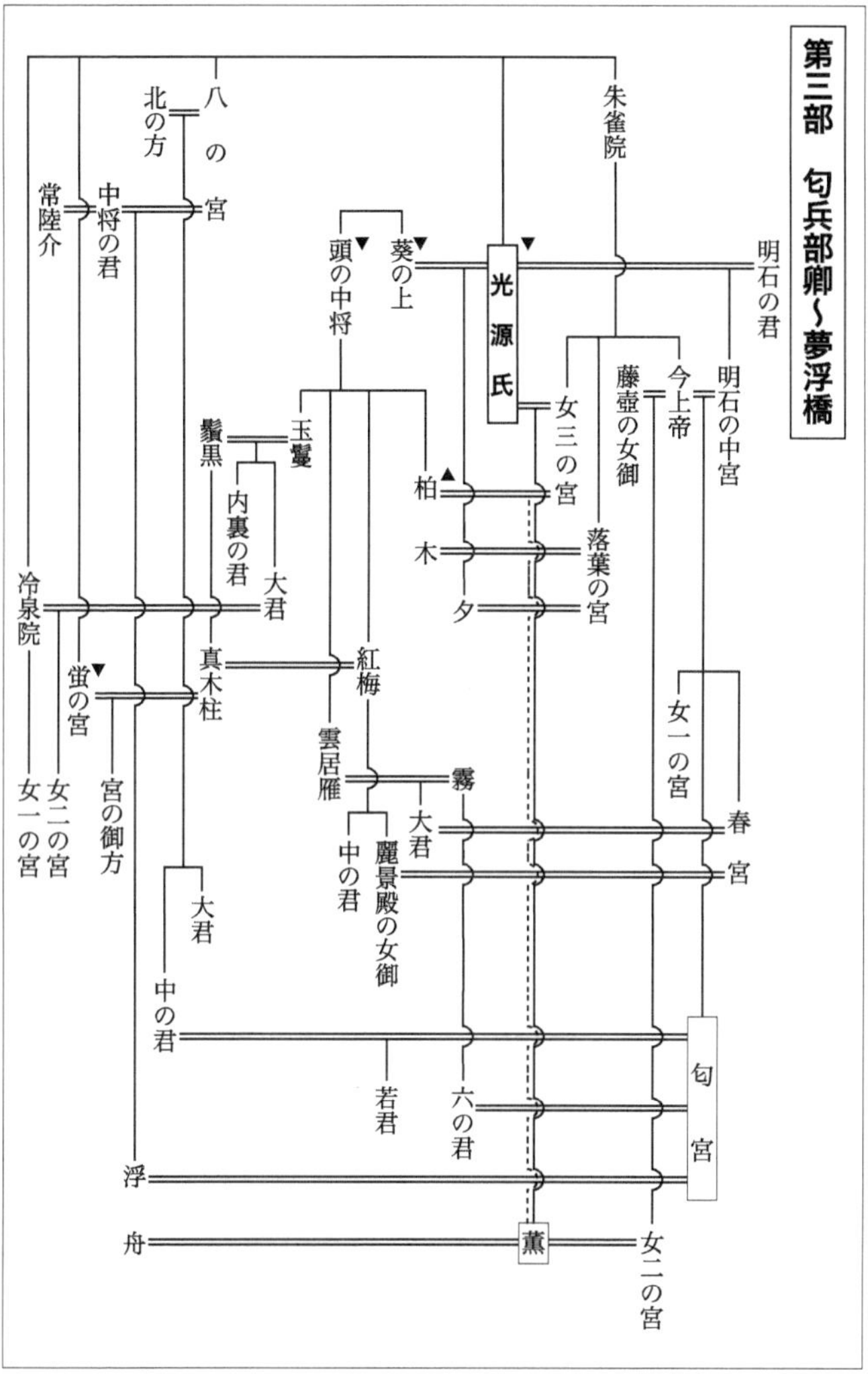
第三部　匂兵部卿～夢浮橋
朱雀院
明石の君
光源氏
八の宮
北の方
中将の君
常陸介
葵の上
頭の中将
今上帝
明石の中宮
藤壺の女御
女三の宮
落葉の宮
柏木
夕霧
玉鬘
髭黒
内裏の君
大君
冷泉院
紅梅
真木柱
蛍の宮
宮の御方
女二の宮
女一の宮
雲居雁
女一の宮
春宮
大君
中の君
麗景殿の女御
大君
中の君
若君
六の君
匂宮
浮舟
薫
女二の宮

本書は、二〇一一年九月に小社より刊行した『世界一わかりすぎる源氏物語』（『源氏物語大辞典』編集委員会著、角川ソフィア文庫）をもとに大幅な加筆修正を行い、「源氏物語主要人物事典」を加えたものです。

針本正行（はりもと・まさゆき）
國學院大學学長。博士（文学）。主な著書に『平安女流文学の表現』（おうふう）など。

室城秀之（むろき・ひでゆき）
白百合女子大学名誉教授。博士（文学）。主な著書に『新版　うつほ物語　現代語訳付き』全六冊（角川ソフィア文庫）など。

鈴木裕子（すずき・ひろこ）
駒澤大学教授。修士（文学）。主な著書に『『源氏物語』を〈母と子〉から読み解く』（角川叢書）など。

角川選書 1203

古典手帖《こてんてちよう》 源氏物語《げんじものがたり》　角川選書《かどかわせんしよ》ビギナーズ

令和６年10月30日　初版発行

編／針本正行《はりもとまさゆき》、室城秀之《むろきひでゆき》、鈴木裕子《すずきひろこ》

発行者／山下直久

発　行／株式会社KADOKAWA
〒102-8177　東京都千代田区富士見2-13-3
電話 0570-002-301（ナビダイヤル）

印刷所／株式会社KADOKAWA

製本所／株式会社KADOKAWA

カバー・帯・本文デザイン／小川恵子（瀬戸内デザイン）

ISBN 978-4-04-703727-4　C0395

◆◇◇

この書物を愛する人たちに

詩人科学者寺田寅彦は、銀座通りに林立する高層建築をたとえて「銀座アルプス」と呼んだ。

戦後日本の経済力は、どの都市にも「銀座アルプス」を造成した。

アルプスのなかに書店を求めて、立ち寄ると、高山植物が美しく花ひらくように、書物が飾られている。


印刷技術の発達もあって、書物は美しく化粧され、通りすがりの人々の眼をひきつけている。

しかし、流行を追っての刊行物は、どれも類型的で、個性がない。

歴史という時間の厚みのなかで、流動する時代のすがたや、不易な生命をみつめてきた先輩たちの発言がある。

また静かに明日を語ろうとする現代人の科白がある。これらも、銀座アルプスのお花畑のなかでは、雑草のようにまぎれ、人知れず開花するしかないのだろうか。

マス・セールの呼び声で、多量に売り出される書物群のなかにあって、選ばれた時代の英知の書は、ささやかな「座」を占めることは不可能なのだろうか。

マス・セールの時勢に逆行する少数な刊行物であっても、この書物は耳を傾ける人々には、飽くことなく語りつづけてくれるだろう。私はそういう書物をつぎつぎと発刊したい。

真に書物を愛する読者や、書店の人々の手で、こうした書物はどのように成育し、開花することだろうか。

私のひそかな祈りである。「一粒の麦もし死なずば」という言葉のように、こうした書物を、銀座アルプスのお花畑のなかで、一雑草であらしめたくない。

一九六八年九月一日　角川源義